A Madame Anne-Marie Bourguon,
En hommage de l'auteur,

PALAIS-ROYAL

Du même auteur

DOM SÉBASTIEN, ROI DE PORTUGAL, roman, Julliard, 1979.

BELGIQUE REQUIEM, pamphlet, Julliard, 1980.

RENÉ SWENNEN

PALAIS-ROYAL

roman

JULLIARD
8, rue Garancière
PARIS

IL A ÉTÉ TIRÉ DE CET OUVRAGE VINGT-CINQ
EXEMPLAIRES SUR VERGÉ DE HOLLANDE DES
PAPETERIES VAN GELDER DONT QUINZE
EXEMPLAIRES NUMÉROTÉS DE 1 A 15 ET DIX
EXEMPLAIRES HORS COMMERCE NUMÉROTÉS
DE HC I A HC X, LE TOUT CONSTITUANT
L'ÉDITION ORIGINALE

© Julliard, 1983

ISBN 2-260-00339-7

A Jean Dutourd, qui a écrit :
« Il y a une grande et profonde leçon à tirer de Thermidor, à savoir que la vertu, la pureté, l'incorruptibilité installent l'enfer sur la terre, tandis que le vice et la corruption sauvent le monde... »

PREMIERE PARTIE

THERMIDOR

La conversation tombant sur l'Ancien Régime, Julien Théroigne fut bien forcé d'admettre qu'il n'en avait à peu près conservé aucun souvenir. Une rupture s'était faite dans sa mémoire aux alentours de 1785, alors qu'il avait douze ans. Son père, qui était chanoine au chapitre de Saint-Lambert à Liège, était décédé cette année-là à l'âge de soixante-trois ans d'une crise de goutte. Sa mère, une servante, était morte depuis cinq années déjà. Julien ne conservait d'elle qu'une image fugace brouillée par l'éloignement. Il ouvrit le vieux cabas où il avait entassé ses rares objets personnels, et il déroula sous les yeux étonnés de ses compagnons une toile peinte à l'huile qu'il avait découpée au canif lors de la mise à sac du palais des princes-évêques. Il l'avait emportée avec lui, roulée comme un parchemin. Le tableau représentait une scène de cour quelque trente ans avant sa naissance, sous le prince-évêque Velbruck. Celui-ci, rose et rasé de frais, était occupé à entendre un petit orchestre baroque composé d'une flûte, d'un basson et d'une viole d'amour. Le prince, assis majestueusement, était entouré de vicaires généraux, de chanoines, de prévôts et d'officiers. Le peintre ne s'était pas soucié de leur conférer une expression personnelle. Ils regardaient tous uniformément vers le prince dans une attitude grave et respectueuse. Le père de Julien se tenait au deuxième rang des chanoines, en vêtements civils surmontés d'un col gallican, ce qui équivalait dans cette principauté du Saint Empire à une profession de foi voltairienne. Le fait ne devait pas déplaire au prince qui tenait lui-même à la main un livre dont le titre pouvait être distingué à la loupe : c'était les *Lettres philosophiques* de Voltaire. Tout ce monde était empesé, provincial, mais serein, à mille lieues d'imaginer le bouleversement qui terminerait le siècle. Contrastant avec ces visages de circonstance, le peintre avait placé sur le côté gauche du tableau, de dos par rapport au prince, une jeune femme ravissante qui jouait avec un chiot et souriait en écoutant la musique. Sans doute s'agissait-il de la maîtresse du prince. Elle semblait ne vivre que pour l'instant présent et n'être occupée que d'elle-même. La grâce de la jeune femme exprimait l'Ancien Régime tout entier avec cette pointe de libéralisme dans les idées et de libertinage dans les mœurs qui était la marque distinctive du temps. Julien roula la toile avec soin comme il aurait fait d'une relique. Elle ajoutait trente ans à sa mémoire. Telles des échasses qui haussent un homme par-dessus la foule, ce tableau rendait Julien sensible à tout ce que la société avait perdu dans la Révolution.

Julien Théroigne était arrivé à Paris le dimanche 14 avril 1793 par grand vent. A la suite du retour des Autrichiens dans Liège, une centaine d'habitants de cette ville s'étaient réfugiés à Paris. Julien en faisait partie. La Commune avait décidé pour l'occasion une fête de l'Hospitalité. Des députations de tous les corps constitués parties de la place de la Bastille étaient allées chercher les Liégeois à la porte Saint-Martin. Les officiers municipaux liégeois revêtus de leur écharpe transportaient dans un chariot les archives de leur ville. Le cortège entouré d'une foule immense s'était rendu à la Maison commune, ci-devant l'Hôtel de Ville, où une adaptation du chant des Marseillais avait accueilli les hôtes :

> *D'une patrie infortunée*
> *Braves enfants, accourez tous ;*
> *Dignes d'une autre destinée,*
> *Venez habiter parmi nous.*

Dès le lendemain, hélas ! il avait fallu vivre. Grâce à la recommandation d'un sans-culotte, Julien avait trouvé de l'embauche chez un tisserand de la rue de la Tixeranderie, dans le quartier le plus puant et le

plus surpeuplé de Paris. Cette rue faisait partie de
la section des Arcis, qui tenait ses réunions dans
l'église Saint-Jean-en-Grève. Elle était voisine de la section des Lombards, qui siégeait dans l'église Saint-
Jacques-la-Boucherie, et de la turbulente section du
Roi-de-Sicile, qui siégeait dans l'église du Petit-Saint-
Antoine. La Révolution vibrait là de tout son bruit formidable. Bien que le cimetière des Innocents fût fermé
depuis plusieurs années, une tenace odeur de cadavre
continuait à emplir le sol. On ne savait trop si elle sortait de la terre ou si elle collait aux murs. Par temps
chaud, l'infection était redoutable. Faute de place,
l'on enterrait de nouveau depuis quelques mois dans
le cimetière de Saint-Jacques-la-Boucherie, dont la
terre était réputée pour *manger* un cadavre en huit
jours. Les délibérations des sans-culottes de la section
se déroulaient dans une atmosphère de putréfaction
aggravée par la mauvaise odeur ordinaire des citoyens,
car on ne se lavait pas volontiers à Paris. Julien avait
été habitué par les Pères de son orphelinat à se baigner
chaque samedi dans l'eau froide. Celle-ci provenait
d'un ruisseau qu'un ingénieux système de pompe transportait en toute saison jusque dans les étages les plus
élevés du couvent. Il n'y avait, hélas ! rien de tel rue
de la Tixeranderie. Faute d'adduction d'eau, il fallait
fréquenter les bains-douches. Il y en avait neuf pour
toute la ville et la plupart étaient trop éloignés ou
trop coûteux pour que l'apprenti osât s'y risquer. Il
se baignait donc dans la Seine, à proximité de l'île
Saint-Louis, où un bateau avait été approprié à l'usage
des bains froids. Julien en fut un hôte assidu, grâce à
quoi il paraissait toujours propre au travail, dans un
vêtement de serge bleue qu'il lavait lui-même à grande
eau sur la grève et qu'il avait reçu de son patron en
cadeau de bienvenue. Il ne fumait pas, ne buvait pas,
se contentait de l'ordinaire de la maison et n'achetait
aucun vêtement, si bien qu'il put économiser semaine
après semaine les vingt sous journaliers de son salaire
qu'il enfermait dans son cabas. Il en retirait quatre

sous tous les trois jours pour se rendre au bateau à
bains froids.

Le patronyme de Julien était si commun à Liège —
Terwagne — qu'il ne s'était pas donné la peine de
l'épeler au greffier de la section des Arcis. Celui-ci
l'avait tout naturellement orthographié Théroigne, ce
qui avait rempli d'aise le jeune Liégeois qui d'un seul
coup s'était vu naturaliser parisien. Le hasard seul
l'avait mené là. L'usage familial aurait voulu qu'il se
consacrât à la prêtrise, mais il n'avait révélé aucune
disposition dans ce sens, si bien que ses éducateurs
l'avaient voué à un métier manuel. Il savait fort peu de
chose du tissage en arrivant à Paris. Il apprit le secret
des étoffes sous la férule d'un jacobin vertueux qui
élevait les apprentis dans l'amour du travail, de la
patrie, de la modestie et de la République. Chaque
jour amenait le *Père Duchesne* dans la maison, grâce
à quoi Julien suivait pas à pas les événements de la
Révolution. C'était tantôt pour l'exécution de Marie-
Antoinette, « la plus grande joie de toutes les joies du
Père Duchesne après avoir vu de ses propres yeux la
tête du Veto femelle séparée de son col de grue ! ».
C'était une autre fois pour l'exécution des Girondins,
« la grande joie du *Père Duchesne*, après avoir vu défi-
ler la procession des Girondins et des Rolandins pour
aller jouer à la main chaude à la place de la Révolution ; le testament de Coco-Roland et les confidences
de sa viédasse de femme ». Les apprentis avec qui
Julien partageait sa chambre au sixième étage de l'immeuble fréquentaient volontiers les nombreuses fêtes
révolutionnaires. Celles-ci n'avaient pas manqué depuis
le 14 avril : l'acquittement de Marat, la journée du
31 mai, le procès de Charlotte Corday, la fête du
10 août commémorative de la chute de la royauté,
l'exécution de Marie-Antoinette, celle de Vergniaud
et des Girondins, la journée du 3 octobre qui avait
vu la Convention proscrire 126 de ses membres.
Julien, lui, préférait le silence et la solitude. Il s'aban-
donnait au bonheur d'être seul quand les voix gouail-

leuses de ses compagnons dévalaient dans l'escalier. Il
tirait alors de sa paillasse l'un ou l'autre livre qu'il
empruntait à la bibliothèque de la section et lisait à la
chandelle jusqu'à une heure avancée de la nuit. Le
tisserand s'était avisé du caractère taciturne de Julien.
Tout en encourageant son goût pour l'instruction, il se
souciait de ces habitudes renfermées. Aussi lui adres-
sait-il quelquefois la parole sur des sujets divers, tels
que les intempéries, la cherté des denrées, l'hypocrisie
des prêtres. Julien répondait évasivement. Il avait été
habité très tôt par la certitude d'un destin particulier.
Lequel ? Il ne savait pas, mais il s'était toujours tenu
à l'écart des garçons de son âge, révulsé par leur insou-
ciance, par leurs opinions sommaires. Un jour de particulière mélancolie, il ouvrit l'*Héloïse* de Jean-Jacques
Rousseau. Un mal de dents le travaillait depuis le matin
et l'empêchait de trouver le sommeil. Les effusions,
les sentiments exaltés, les serments éternels, toute
cette vibration de la sensibilité qui emplit le roman,
l'émurent au plus haut point. Il fut heureux de voir
ses compagnons endormis, car des larmes lui coulaient
sur les joues. Il aurait aimé lui aussi tenir une Héloïse
dans ses bras et accomplir pour elle des actions bril-
lantes. Le vent s'engouffrait en tempête par la tuile
faîtière du toit et tourbillonnait dans la chambre en
sifflant. Bien loin de Marat, d'Hébert et de la Révolution, Julien sentait naître en lui un monde nouveau
qu'il eût voulu exprimer d'une manière neuve. Hélas !
il n'était ni peintre ni écrivain ; assassiner quelqu'un
à l'instar de Charlotte Corday était au-dessus de ses
forces. Il s'endormit en espérant que l'avenir lui appor-
terait l'occasion d'une action d'éclat.

Il est probable que n'importe quel événement aurait inspiré à Julien de grandes résolutions, car il ne supportait plus cette vie confinée qui, succédant à l'orphelinat, lui donnait l'impression d'une existence vouée à la mesquinerie, tandis que le monde bougeait autour de lui. La société chambardée libérait des forces inhabituelles, et Julien restait à ne rien faire ou plutôt à forger les chaînes de son futur esclavage. A Liège du moins, il avait participé à la destruction du régime épiscopal. Ici la rue ne l'inspirait pas, il se sentait étranger aux luttes des factions. La nausée lui venait rien qu'à considérer les sans-culottes. La haine qu'ils se portaient mutuellement lui était intolérable. Un rapport s'était établi dans sa pensée entre la saleté des rues, le manque d'eau, la rareté des bains, et la Révolution. La pourriture semblait submerger Paris. Elle grimpait sur les maisons dont les murs étaient couverts d'affiches lacérées, que la pluie et le vent détachaient pièce à pièce. Elle était dans les caniveaux où les ordures attendaient d'être charriées vers la Seine par la pente naturelle du sol. Elle grimpait aux frontons des demeures garnis de pendeloques révolutionnaires : dépouilles d'aristocrates, bonnets phrygiens, drapeaux déchirés. Elle ruisselait sur cette place de la Révolution, ci-devant Louis-XV, la plus belle de Paris, où la guillotine était dressée et dont le puisard empestait le sang caillé. La pourriture germait enfin dans cette rue de la Tixeranderie où les ballots puaient des jours entiers sur la chaussée avant que la municipalité se décidât à les enlever. Julien voyait souvent en songe la cour du prince-évêque, ses bougies, ses dîners priés, ses menuets, qu'il n'avait jamais connus, à moins d'une mémoire engloutie antérieure aux souvenirs. Il vivait dans cet état d'esprit quand tout Paris se mit à cancaner à propos de *Paméla*. C'était pourtant une petite affaire. Il s'agissait d'une pièce assez banale qui se jouait au Théâtre de la Nation, ci-devant Théâtre-Français. Rien ne désignait particulièrement cette comédie à la vindicte de la censure jacobine, sinon que l'histoire se déroulait dans un milieu d'aristocrates et attribuait à ceux-ci des sentiments touchants tout à fait invraisemblables pour qui connaissait les mœurs horribles de ces gens-là. L'auteur, François de Neufchâteau, remania son texte et transforma Paméla en roturière. Il subsistait cependant au quatrième acte deux vers qui n'avaient retenu l'attention de personne à la lecture mais qui, à la scène, firent scandale :

Ah ! les persécuteurs sont les plus condamnables,
Et les plus tolérants sont les plus raisonnables.

« Point de tolérance politique ! C'est un crime ! » s'écria un patriote. Ce fut le hourvari. Le public, qui n'espérait pas trouver dans la modeste *Paméla* une occasion de hurler contre les sans-culottes, expulsa le perturbateur. Celui-ci alla se plaindre aux Jacobins. Non seulement *Paméla* fut interdite, mais le Théâtre de la Nation fut fermé et les acteurs emprisonnés ! Un compagnon de chambre de Julien était rentré ce soir-là avec le *Journal des Spectacles ;* l'histoire y était racontée par le menu et les noms des comédiens emprisonnés imprimés en toutes lettres. Parmi ceux-ci figuraient deux actrices d'une légendaire beauté, Mlle Lange

et Mlle Raucourt, qui venaient d'être enfermées à
Sainte-Pélagie. Julien resta à méditer une grande partie de la nuit. La *Feuille de Salut public* confirmait la
nouvelle : « Enterrement de *Paméla* et arrestation des
muscades et muscadins ci-devant pensionnaires du
ci-devant *Veto*. Notre prophétie d'hier vient de s'accomplir, les comédiens ordinaires du roi sont enfin mis
en arrestation, et sans doute ces laquais étourdis de
l'aristocratie vont-ils subir la peine tardive que provo-
quaient depuis si longtemps leurs crimes collectifs et
individuels envers la Révolution. » On ne devrait
jamais nommer ses ennemis. Julien apprit par ce journal ultra-révolutionnaire l'existence insoupçonnée des
muscadins. Les sensations de *la Nouvelle Héloïse* lui
parcoururent le corps. Il aurait voulu chuchoter des
vers pour sa consolation, mais tous ceux qu'il connaissait étaient secs, didactiques, déclamatoires. Il se mit à
concevoir le projet extravagant d'aimer Mlle Lange
ou Mlle Raucourt, il ne savait encore laquelle puisqu'il
ne les avait jamais vues, mais il les supposait l'une et
l'autre belles, dignes d'être aimées, grandies par le
malheur, et en tout point capables de susciter l'action
d'éclat qu'il méditait. Libérer l'une d'entre elles par un
coup de force, ou les deux, voilà qui était propre à
l'illustrer. Il restait à trouver le chemin de cet auda-
cieux projet. Ce soir-là, pour la première fois, Julien
Théroigne franchit la Seine. Il ne s'attarda pas à visiter
le ci-devant Théâtre-Français, ni le Panthéon, ni la
Sorbonne. Il gagna directement à pied la rue de la Clef
où se dressait la sombre et lugubre prison de Sainte-
Pélagie. Celle-ci accueillait autrefois les filles repenties
et les demoiselles de bonne condition qui étaient tom-
bées dans l'oubli d'elles-mêmes. Cette Bastille femelle
n'avait pas été abattue comme l'autre ; au contraire
on n'y avait jamais vu autant de femmes. Julien eut
beau considérer la prison sous toutes ses faces depuis
la rue de la Clef jusqu'au pont aux Biches, aucun
moyen ne lui apparut de secourir les malheureuses
actrices.

Il rentra dans sa chambrette extrêmement triste.
Il détestait la faiblesse à laquelle il était réduit, faute
de relations sociales. Il ne connaissait personne à qui
parler de son projet. Dans cette extrémité du désespoir,
il renonça à sa réserve accoutumée et s'ouvrit de ses
malheurs à un compagnon de chambrée, celui-là même
qui ramenait de temps à autre le *Journal des Spectacles* et le lisait en fumant un cigare. Cet ami fut étonné
par la naïveté de Julien, non qu'il trouvât insensé
d'aimer Mlle Lange ou Mlle Raucourt, car lui-même
les aimait secrètement de longue date, mais parce qu'il
lui paraissait tout simple de rencontrer des acteurs. Il
suffisait d'aller au Palais-Royal, d'engager la conversation avec les dîneurs, et de se faire des amis grâce auxquels il serait possible d'entrer dans l'intimité des
comédiens. Le Palais-Royal n'était connu de la maison
du tisserand que par l'assassinat de Michel Lepeletier
de Saint-Fargeau, ci-devant président à mortier au
Parlement de Paris, l'homme le plus riche de la capitale, qui dînait tranquillement chez Février après avoir
voté la mort du roi, quand il fut accosté par un
inconnu :

— Vous avez voté la mort du roi, monsieur Lepeletier ?

— Oui, monsieur, et j'ai voté selon ma conscience.
Que vous importe au surplus ?

L'inconnu donna à Lepeletier un violent soufflet
qui le renversa contre le mur, puis tira dessous son
habit un sabre court appelé *briquet* et le lui plongea
dans le flanc.

— Tiens, misérable, tu ne voteras plus !

La salle était pleine de dîneurs. L'homme s'attarda
à converser avec quelques-uns, puis se retira tranquillement sans être arrêté. Ce détail surtout provoquait
l'indignation du tisserand qui n'était pas loin de sou-
haiter que l'on rasât le Palais-Royal, comme on avait
fait de la ville insurgée de Lyon.

Les deux amis résolurent d'aller souper dans ce
lieu de plaisirs. Ils préparèrent leur soirée avec le plus

grand soin. Ils discutèrent longuement s'il fallait apporter des cigares avec soi ou s'il était plus distingué de
les acheter à une cigarière. Le choix du restaurant ne
fut pas moins débattu. Les *Petites-Affiches* vantaient
les mérites de Méot, du Véfour, du café Corazza, du
café de Chartres, de Véry, de Février, du Grand Premier de l'hôtel Vauban, de Vénua, de Léda, de Gervais,
de Velloni. Dans l'impossibilité de juger sans voir, ils
convinrent de décider sur place. La préparation du
costume fut une grande affaire. Octave jurait que la
race des muscades ou muscadins avait les mains propres, les cheveux peignés avec soin et les pieds bien
chaussés, ce qui ne semblait guère remarquable à
Julien. Celui-ci confectionna de nuit et à la hâte, pour
lui-même et pour son ami, deux costumes, l'un de drap
noir, l'autre de drap bleu, dont il paya la matière avec
ses économies. Il se réserva le drap bleu qui lui semblait plus beau. Ils firent emplette de deux chemises
blanches en batiste et rafistolèrent du mieux qu'ils
purent leurs moins mauvais souliers. Ceux de Julien
venaient de loin, il les portait déjà à Liège où ils sortaient de la garde-robe de son père, le chanoine ; ils
étaient à hauts talons et à bouts carrés, comme un
signe insolent d'aristocratisme. Nul doute que dans cet
appareil il pût entrer le front haut chez Corazza. Néanmoins, la timidité tenaillait les deux amis, qui ne
s'aventurèrent au Palais-Egalité que le soir de la fête
à Saint-Cloud, quand tout Paris chantait sous la tonnelle et alors que les arcades du Palais étaient vides
de monde. Sans doute n'était-ce pas indiqué pour rencontrer des acteurs, mais ils se persuadèrent qu'après
tout la rareté de la pratique leur donnerait l'occasion
d'un tête-à-tête qui ne se présenterait peut-être pas
dans d'autres circonstances.

Sous les quolibets de leurs compagnons, qui trouvaient les deux compères bien élégants pour une fête à
Saint-Cloud, ils s'en allèrent à pied, les poches lourdes
de leurs économies, et gagnèrent le Palais-Royal par
la rue des Lombards, la rue de la Lingerie, et la rue

Honoré. Le Palais était désert comme la place de Grève une nuit de gel. C'était à se demander pour quels habitués et par quelle sorte d'abnégation commerciale le restaurant Méot et le café Corazza restaient ouverts. Julien et Octave se promenèrent de l'un à l'autre sans faire leur choix et finirent par s'asseoir sur un banc au milieu du jardin, tout au plaisir d'admirer l'architecture et l'espace.

La solitude est un mal qui se guérit vite au Palais-Egalité. Julien et Octave étaient assis depuis dix minutes, les bras ballants, quand deux ravissantes demoiselles, l'une blonde, l'autre brune, vinrent demander courtoisement la permission de leur tenir compagnie.

— Nous cherchions à dîner, dit Octave, mais comme notre restaurant habituel est fermé, nous prenons l'air.

— Quel est votre restaurant habituel ? demanda la brune, qui s'appelait Fauvette.

— Le Grand Premier de l'hôtel Vauban ! répondit Octave.

— Oh ! qu'à cela ne tienne, dit Fauvette, je connais un excellent traiteur qui nous servira de bons petits plats pas chers dans un cabinet particulier.

Les deux amis hésitèrent sur le parti à prendre. Déjà ils songeaient à leurs économies.

— Est-ce un café fréquenté par des actrices ? demanda Julien.

— Assurément, répondit Fauvette en pouffant de rire. Vous ne pouvez mieux tomber, la Raucourt en est une cliente assidue !

Le restaurant, pour bizarre que cela parût, n'offrait aucune entrée à rue. Il fallait grimper à l'étage, frapper trois coups convenus et subir l'examen d'un judas pour être admis dans l'établissement. Mme de Sainte-Foix dirigeait la maison. Fauvette lui chuchota quelques mots à l'oreille qui firent aussitôt appareiller une table ronde dans une chambrette qui donnait par un œil en demi-lune sur le jardin Egalité. Julien s'attarda à regarder la nuit qui tombait. Les arcades du Palais-Royal en évoquaient d'autres. A l'arrière-plan du tableau, par une fenêtre à travers laquelle se penchait un page, l'on apercevait derrière le prince-évêque Velbruck les arcades gothiques de la cour du palais de Liège. C'était comme aujourd'hui l'automne et le couchant. Julien songea à sa destinée. Il n'était pas assez sot pour ne pas deviner l'issue du repas. L'humiliation qu'il en ressentait lui faisait détester la vie. Avant même que la collation fût prise, Fauvette avait entraîné Octave dans une chambre voisine. Celui-ci n'avait probablement suivi Julien qu'en vue de rencontrer des femmes.

— Tu es songeur, dit Adèle. Il me semble que tu es trop intelligent pour le métier que tu fais. Tu as un grand front, et j'ai observé que les chirurgiens, les savants, les professeurs ont toujours de grands fronts. Tu dois être très intelligent.

Elle se pencha par-dessus l'épaule de Julien pour tâcher d'apercevoir ce qu'il contemplait dans les jardins. La nuque d'Adèle était fine, sa chevelure nouée en chignon libérait quelques mèches blondes à la racine des cheveux, et son air mutin indiquait une joie de vivre qui marchait de pair avec ses dix-sept ans.

— Je ne suis pas celui que tu crois, dit Julien, se libérant tout à coup de sentiments trop longtemps comprimés. Je ne suis pas venu ici pour m'amuser. J'aime une femme que je croyais trouver ce soir au Palais-Egalité. Tu penses bien que je n'en suis pas à ma première expérience et que je sais à quoi m'en tenir sur le compte de la Sainte-Foix. Penses-tu que je n'aie pas lu les opuscules qui se vendent sous le manteau et que je ne connaisse rien des demoiselles *Chit ! Chit !* du Palais-Royal ?

— Je ne figure pas dans ces brochures ! répliqua vivement Adèle, je travaille depuis quinze jours seulement chez la Sainte-Foix. Au reste, si je te déplais, paie-moi et va-t'en !

— Tu ne me déplais pas, répondit-il en posant ses mains sur les épaules d'Adèle. Je te trouve même jolie, mais je veux que tu saches à quel homme tu as affaire. Malgré mon jeune âge, je ne puis séparer le plaisir de l'amour. Je voudrais passer la nuit avec toi, mais il me faudrait pour cela t'aimer d'abord. Or, j'aime une actrice célèbre, elle m'a accordé ses faveurs un soir que je l'avais visitée dans sa loge, et je suis désespéré de savoir qu'elle est enfermée à Sainte-Pélagie.

— Mais à l'instant tu m'as dit que tu espérais la trouver ce soir au Palais-Egalité !

— C'est vrai, je venais ici en espérant sa libération, mais les Jacobins ne lâchent pas si facilement leur proie. Crois-moi, Adèle, je suis un homme d'expérience et je sais où je vais. C'est pourquoi je te prie de me pardonner, tu me plais beaucoup, mais je me dois à mon serment. Adieu ! tu entendras parler de moi avec éclat !

La Sainte-Foix avait débuté dans la prostitution sous Louis XV. Elle avait été pendant longtemps la pourvoyeuse des plaisirs du maréchal de Soubise. A ce titre, elle figurait chaque semaine dans les dîners de la Guimard qui avait accoutumé d'offrir trois repas hebdomadaires dans son hôtel de la Chaussée-d'Antin, un pour les grands seigneurs, un pour les gens de lettres, et le troisième, qui tournait en orgie, pour les filles en renom. Mlle de Sainte-Foix faisait partie du troisième. La Révolution avait tout d'abord porté un coup à la galanterie. Aussi la Sainte-Foix avait-elle délaissé sa maison retirée de la rue des Petits-Champs, spécialisée dans les plaisirs de la roue et du fouet, pour prendre en location un premier étage au n° 129 du Palais-Royal. Sous le couvert d'une activité de traiteur, elle employait dix filles, généralement très jeunes, dont la plus vieille ne dépassait pas vingt ans. Ces filles racolaient deux par deux en *sœurs promeneuses* sous les arcades du Palais-Royal et dans le sordide passage qui donnait accès rue Honoré par les *galeries de bois*, ces baraques enfumées qui fermaient le Palais-Royal du côté du Louvre. La Sainte-Foix avait conservé la componction et la feinte humilité des maquerelles de l'Ancien Régime. Ces mœurs antiques ne subsistaient que dans la restauration et dans la galanterie. L'on pouvait discuter longtemps des mérites de la Révolution, mais du moins pour ce qui concernait les privilèges de la bouche et du sexe, il était hors de doute qu'ils avaient été abolis, au grand plaisir des gourmands et des débauchés. La Sainte-Foix recevait à la manière noble, vêtue d'une robe noire en dentelle de Calais, les cheveux couverts d'une mantille, des mitaines aux doigts, et un médaillon au cou dont le profil, paraît-il, était celui de Vénus. Personne à Paris n'avait jamais rencontré Vénus. En revanche, ceux qui se souvenaient d'elle ne pouvaient manquer de reconnaître la reine Marie-Antoinette. Le cynisme et la soixantaine n'avaient pas éteint chez la Sainte-Foix la passion des jeunes gens. Elle excellait jadis à déniaiser les garçons du beau monde. Ses manières maternelles étaient fort appréciées dans cette circonstance. Elle avait conservé de cette ancienne spécialité un goût très vif pour l'âge tendre. Aussi fut-elle dépitée quand Julien quitta la place. Moins que le manque à gagner, elle regrettait une partie fine à laquelle elle avait espéré prendre part.

— Je n'ai pu le retenir, dit Adèle en guise d'excuse. Il m'a soutenu qu'il aimait une actrice emprisonnée à Sainte-Pélagie.

— Sais-tu au moins son nom ? demanda la Sainte-Foix.

— Il ne m'en a rien dit, je sais seulement qu'il est employé dans la basoche.

— Va, tu n'es qu'une étourdie. Fauvette sait mieux y faire que toi.

Comme Fauvette demeurait occupée avec Octave, la Sainte-Foix revêtit une vaste pèlerine et se coiffa d'un bonnet pour sortir. Pendant qu'elle déambulait sous les arcades, appuyée au bras de sa *nièce*, elle réfléchit à la situation. Elle n'avait pas souri le moins du monde quand Adèle, désappointée, lui avait confessé les motifs de sa rebuffade. Outre qu'elle avait perdu l'habitude de rire des hommes, elle était fort occupée ce soir-là par un message qui lui était parvenu le matin même de la Raucourt. Les mœurs de celle-ci étaient secret de polichinelle. On en faisait des chansons et un esprit fort avait lancé au café de Chartres qu'il aurait fallu pour la punir l'enfermer avec des hommes et non avec des femmes ! La pitié des royalistes pour Mlle Raucourt en avait été accrue. Sappho bénéficiait de la plus grande indulgence depuis que l'accusation de tribadisme avait été lancée en public contre la reine par l'infâme Chaumette. Mlle Raucourt avait été questionnée à ce sujet. Elle avait répondu que ses rapports avec Marie-Antoinette avaient toujours été parfaitement dignes. Chaumette était revenu à la charge par un biais. Il lui avait demandé si elle connaissait la princesse de Lamballe ou la duchesse de Polignac. Elle avait dit qu'elle les avait aperçues l'une et l'autre à Versailles, toujours fort éloignées de la reine. L'actrice avait eu souvent recours, et jusqu'à une date toute récente, aux services de Mme de Sainte-Foix pour la fournir en jeunes filles accommodantes. Aussi la maquerelle n'avait-elle pas été surprise que Mlle Raucourt la suppliât d'agir auprès des conventionnels qui fréquentaient la maison. Mme de Sainte-Foix avait apprécié cette marque de confiance ; elle n'en avait tiré aucune vanité. S'il était une chose au monde qu'elle haïssait, c'était bien la Révolution. Elle priait chaque soir pour l'orphelin du Temple, selon une formule qui circulait sous le manteau et qu'elle avait apprise par cœur : « Divine mère de mon Sauveur, qui dans le temple de Jérusalem avez offert à Dieu le Père Jésus-Christ son fils et le vôtre, je vous offre à vous-même notre roi bien-aimé Louis XVI. C'est l'héritier de Clovis, de sainte Clotilde, de Charlemagne ; le fils de la pieuse Blanche de Castille, de Saint Louis, de Louis XIII, de la vertueuse Marie de Pologne, et du religieux prince Louis dauphin que je vous présente. Ces noms si chers à la religion n'auront-ils pas auprès de vous la même vertu qu'eurent tant de fois auprès du Dieu d'Israël les noms d'Abraham, d'Isaac et de Jacob ?

« Reine du ciel, reine de l'Eglise catholique, reine de nos rois et de la France, soyez-la de ce monarque chéri. Adoptez-le comme vous adoptâtes au pied de la croix le chaste et bien-aimé disciple de la douceur et de la charité, et prouvez-lui que vous êtes sa mère.

« O Marie, si vous êtes pour lui, qui sera contre lui ? Régnez en souveraine sur sa personne, sur son cœur et sur ses actions. Conservez, prolongez ses jours et rendez-les heureux. Augmentez et perfectionnez sans cesse ses vertus chrétiennes et ses vertus royales. Sanctifiez surtout ses épreuves et ses sacrifices et faites-lui mériter une couronne plus brillante et plus solide que les plus belles couronnes de la terre. »

Mme de Sainte-Foix appliquait à Louis XVII cette prière qui avait été rédigée à l'époque du procès de Louis XVI. Dès qu'elle avait aperçu Julien, elle avait jugé de la naïveté et de la résolution du jeune homme. A l'évidence, il n'avait jamais connu de femme. Mme de Sainte-Foix avait besoin de communiquer avec la Raucourt. Il lui fallait pour cela un factotum qui courrait dans Paris et qui ne craindrait pas de risquer sa liberté en commerçant avec les gardiens de Sainte-Pélagie. Pendant que Mme de Sainte-Foix réfléchissait de la sorte, Fauvette vint la rejoindre dans les *galeries de bois*. Elle avait tiré d'Octave le maximum possible de renseignements. Elle savait que les deux jeunes gens n'étaient pas employés dans la basoche, mais qu'ils étaient apprentis tisserands, et qu'ils logeaient rue de la Tixeranderie à une adresse qu'Octave avait tenue secrète. Il avait livré sans beaucoup d'élégance le nom de son ami : Julien Théroigne. Mme de Sainte-Foix se fit répéter par Adèle les paroles de Julien. Ces dernières révélaient un sentiment amoureux chez le jeune homme qu'il faudrait, le cas échéant, organiser en faveur des projets politiques de la Sainte-Foix. Celle-ci abandonna les demoiselles à leur travail qui ne promettait guère d'être lucratif ce soir-là. Tandis qu'elle rentrait chez elle, le citoyen Antonelle, juré au tribunal révolutionnaire, qui avait siégé dans le procès de

Marie-Antoinette, arrivait en compagnie galante. Sous
un bras il tenait Preziosa et sous l'autre Graziella.
Preziosa aimait Mlle Raucourt qui avait eu pour elle
des bontés signalées. Le caractère bas et vulgaire d'Antonelle s'amuserait des détails graveleux de cette liaison entre femmes, et Preziosa reçut la consigne d'obtenir des renseignements sur la situation pénitentiaire
de l'actrice. Déjà une intrigue compliquée germait dans
l'esprit de la maquerelle. Julien tenait un rôle dans ce
plan.

Le jeune homme n'eut guère le loisir de méditer sur son infortune, car un événement considérable vint bouleverser la maison du tisserand. Depuis quelques semaines, celui-ci se montrait moins assidu aux réunions de la section des Arcis. Il prenait plaisir certes à pénétrer coiffé du bonnet phrygien dans une église, mais il restait taciturne. A table, des réflexions lui avaient échappé qui révélaient un désenchantement proche du dégoût. La loi sur les suspects venait d'être votée. Elle semblait faite tout exprès contre le négoce. Au reste, ni Chaumette ni Basire n'avaient dissimulé que les boutiquiers, artisans et commerçants figuraient en premier parmi les individus suspects de manquer à la Révolution. De surcroît, le tisserand cultivait un innocent plaisir auquel la République venait de mettre fin. Sur le réquisitoire d'Hébert, la Commune avait pris l'arrêté suivant au sujet de l'Opéra : « Considérant que ce spectacle doit acquérir un nouveau lustre et prospérer pour la Révolution, d'après l'engagement formel que prennent les artistes de purger la scène lyrique de tous les ouvrages qui blesseraient les principes de liberté et d'égalité que la Constitution a consacrés et de leur substituer des ouvrages patriotiques ;

« Considérant que les administrateurs actuels ont

déclaré qu'ils allaient faire fermer ce spectacle et cesser leurs paiements ;

« Le Conseil autorise les artistes de l'Opéra à administrer provisoirement cet établissement ;

« Arrête en outre, comme mesure de sûreté générale, que Cellérier et Francœur, administrateurs de l'Opéra, seront arrêtés comme hommes suspects ; que les scellés seront mis sur leurs papiers et sur ceux du Comité de l'administration actuelle de l'Opéra. L'administration de police est chargée de mettre à l'instant à exécution l'article précédent. »

Autant dire qu'il n'y aurait plus d'opéra, sauf d'ineptes couplets révolutionnaires. « C'est une grande faute, dit le tisserand, la Révolution va mettre le plaisir dans le camp de ses ennemis. » Ce fut sa dernière parole. Dès le lendemain, il fut arrêté par la Commune, sur une dénonciation anonyme. Il y avait tout lieu de croire que celle-ci trouvait sa source dans les ateliers, car les gendarmes dirigèrent leurs recherches avec une sûreté étonnante. Ils saisirent comme indices de royalisme des livres vieux de vingt ans dont le tisserand avait négligé d'arracher la page de garde fleurdelisée. Ils mirent la main sur un dessin grivois qui représentait Marie-Antoinette tendrement enlacée avec la duchesse de Polignac. Ils interrogèrent les apprentis un à un au sujet des opinions du tisserand sur le commerce, le maximum des prix, sur l'Opéra et sur les spectacles.

Julien fut vivement ému par cette arrestation. Il souffrait de la stupéfaction douloureuse de sa patronne. En considérant la chose avec attention, il en vint à se persuader que l'auteur de la dénonciation était Octave. Il n'avait de cela aucune preuve, sinon que le comportement d'Octave était bizarre depuis quelques jours. Il sortait tous les soirs sous prétexte d'une amourette, mais revenait de ses escapades chargé du parfum caractéristique des filles. Or, les vingt sous de son salaire étaient impuissants — et de beaucoup — à payer de telles dépenses.

Julien attendit la nuit pour former sa conviction. La question était de savoir si Octave se trouvait au Palais-Royal ou non. Brumaire venait d'amener le premier gel. Les pas de Julien résonnaient sur le pavé de la rue de la Verrerie. Paris lui parut soudain plus grand. Les misères humaines qui souillaient la ville étaient comme anéanties par le froid. Le grand combat journalier qui dressait les individus les uns contre les autres s'était tu. La nature reprenait son empire. Paris n'était plus qu'une étroite construction de quelques hectares aux limites de la Champagne, de la Brie et de la Beauce. Les hommes pouvaient bien se déchirer, la nature restait immuable, insouciante. Quand bien même il n'y aurait plus sur terre, ni liberté, ni douceur, ni loyalisme, il resterait encore les saisons et la nature ; aucun décret des Jacobins ne pourrait jamais empêcher l'homme de se reposer dans la contemplation du froid et des nuages. On pouvait fermer l'Opéra et le Théâtre de la Nation, l'univers continuerait à parler de la beauté. La Révolution était arrivée à ce point où le soleil et la neige devenaient contre-révolutionnaires.

Quand Julien arriva au Palais-Egalité, celui-ci était désert à cause de l'heure tardive. Parmi les ombres qui rôdaient encore, il ne tarda pas à reconnaître Adèle, ou plutôt il fut reconnu par elle en même temps qu'il l'apercevait. Elle se porta devant lui et le prit par la main.

— Monsieur Julien ! Je croyais que vous ne reviendriez plus. Quel dommage, pensais-je ; vos paroles m'avaient émue, et je me reprochais de n'avoir pas tout de suite trouvé la réponse.

— Quelle réponse ? demanda Julien.

— J'ai dix-sept ans comme vous, Julien, pour moi vous ne serez jamais un client. Si vous m'aimiez un peu, vous sauriez que je ne suis pas une fille vénale. Je déteste ce métier. Je ne veux pas m'y fixer, ni davantage vous entraîner chez la Sainte-Foix. Laissez cela à Octave, c'est un garçon sans cœur.

2

— Octave est donc chez la Sainte-Foix ? dit Julien.

— Il est avec Fauvette comme chaque soir, ne le saviez-vous pas ?

— Mademoiselle Adèle, vous venez de me rendre un grand service, je vous expliquerai cela plus tard, soyez assurée que je reviendrai ; pour l'heure, des devoirs urgents m'appellent.

Julien s'éclipsa vers la rue de la Tixeranderie pour déposer ses renseignements sur la table de la patronne. Quand il arriva, une sorte de conseil de guerre réunissait la femme et le fils du tisserand, avec le président de la section des Arcis, un sellier nommé Adorable Franconville. Celui-ci envisageait une action énergique, telle par exemple qu'une démarche auprès de Danton. Julien raconta ce qu'il savait ; Adorable, en négociant expérimenté, se précipita sur le livre des comptes. Celui-ci était tenu de la main même du tisserand, selon une méthode simple qui consistait à inscrire les recettes journalières dans une colonne et les dépenses dans l'autre. Chaque jour, une double addition établissait le solde de la journée.

— Pas un franc ne manque, dit le président, ton mari s'en serait aperçu. Dis-moi, citoyenne, Octave était-il commissionnaire ?

Sur la réponse affirmative de la patronne, Franconville se frappa le front d'un geste un tant soit peu théâtral.

— J'ai compris, dit-il, c'est donc qu'il fraude le maximum !

La patronne ouvrit de grands yeux éberlués, car jamais d'un mouvement spontané de sa pensée, elle n'aurait imaginé que l'on pût frauder le maximum qui avait été établi pour le bien du peuple. La maison de son mari abritait donc un pareil monstre ! Le bruit allait se répandre qu'ils étaient des accapareurs, qu'ils vendaient au-dessus du tarif et qu'ils se faisaient délivrer des quittances fausses, écrites au prix officiel. Tout cela était passible de mort.

— Voilà donc par quel moyen on jouit des filles,

soupira Julien. Celles-ci corrompent les jeunes gens, qui corrompent à leur tour le commerce. Rien ne prouve que des députés eux-mêmes ne prêtent la main à ces turpitudes. C'est la République qui est gangrenée.

— Elle ne le serait pas si le maximum n'existait pas, répliqua Franconville qui avait des idées arrêtées sur le commerce et sur l'économie. Commençons par aller dénoncer Octave au tribunal révolutionnaire. C'est le seul moyen de sauver notre position.

Octave avait dû se douter de quelque péril, car il n'était pas rentré de la veille. Le jour ne s'était pas encore levé que déjà le quatuor se dépêchait vers le Palais de Justice, avec l'espoir de rencontrer Fouquier-Tinville avant l'audience. L'accusateur public travaillait dès 6 heures du matin dans son bureau. Il achevait à l'instant de délivrer les billets d'exécution capitale. Franconville déclina à un huissier son nom et sa qualité. En entendant le bruit des voix derrière la porte, Fouquier-Tinville se retourna de trois quarts pour juger les arrivants. Tous quatre étaient vêtus de drap grossier, la citoyenne portait des sabots, et Adorable Franconville une veste bleue avec un foulard rouge autour du cou et sur la tête le bonnet phrygien. Sûr qu'il n'avait pas affaire à des muscades, Fouquier-Tinville permit aux citoyens de parler sur le seuil du bureau. Il nota à la volée le nom d'Octave et celui du tisserand, puis il compulsa un registre et tria les procès-verbaux de police qui venaient de lui être apportés.

— Le dossier de ton mari ne m'est pas encore parvenu, dit-il. Du reste nul ne sait si Octave est l'auteur de la dénonciation et s'il fraudait le maximum à l'insu de son maître. Tout cela mérite d'être vérifié. Sois sûre que j'instruirai l'affaire avec le plus grand soin.

— Mais on ne peut garder un homme en prison sur de vieux livres et sur une gravure antiroyaliste, objecta Franconville.

— Ce ne sont que des indices, répondit Fouquier-Tinville, sentencieux. Autrefois existait la preuve

conjecturale. Aujourd'hui c'est la conviction des jurés
qui est souveraine. Il n'est d'autre preuve que leur
conscience.

L'huissier referma la porte sur un signe de l'accusateur public. Une intervention politique paraissait
indispensable, mais laquelle ? Franconville connaissait
un peu Basire, l'ami de Danton, et un peu Vadier, avec
qui il partageait une haine féroce des prêtres, mais
comment atteindre ces hommes ? Dans l'extrémité où
ils se trouvaient et à la manière dont on écrivait jadis
au roi, ils coururent rue Honoré chez Robespierre,
qui habitait presque vis-à-vis la rue Saint-Florentin.
Le logis n'était pas gardé, ce qui ne laissa pas de les
surprendre. Pour tout huissier, ils rencontrèrent la
fille du menuisier Duplay, Cornélie, qui achevait d'étendre le linge dans la cour. Elle tenait à la main une
paire de bas de coton rayé, suivant la mode d'alors.
De l'autre côté, la mère Duplay, assise entre un baquet
et un saladier, épluchait des légumes. Cornélie, sur
le récit que fit Adorable Franconville, s'en alla prévenir Robespierre. Elle mit cinq minutes avant de revenir. Entre-temps, un homme de beaucoup d'autorité
était venu et avait décliné son identité avec hauteur.
C'était Billaud-Varenne, membre du Comité de salut
public. Quand Cornélie revint, elle aperçut Billaud.
« Il vous faudra attendre votre tour, citoyen », dit-elle
avec douceur à Billaud, qui manifesta quelque impatience. Robespierre était occupé à sa toilette qui se
déroulait dans les anciennes formes. Il était enveloppé
d'un peignoir, la figure couverte de poudre. Les besicles
qu'il portait ordinairement n'étaient pas sur son visage,
si bien que ses yeux avaient quelque chose de trouble.
Adorable Franconville salua l'Incorruptible avec sim-
plicité, selon l'usage du temps. Robespierre ne lui
rendit pas son salut ; il se tourna vers son miroir de
toilette suspendu à la croisée et se mit en besogne de
racler la poudre qui cachait son visage, en respectant
soigneusement les angles de la coiffure ; il ôta ensuite
son peignoir, se lava dans une espèce de cuvette qu'il

tenait à la main, se nettoya les dents, cracha à plusieurs reprises à terre, puis se tourna vers les visiteurs.

— Cela ne me regarde pas, dit-il, le Comité de salut public n'a pas été institué pour dicter ses jugements au tribunal révolutionnaire. Je prends note que le maximum est fraudé par les tisserands ; je dénoncerai le fait à la tribune de la Convention.

Adorable Franconville voulut ajouter quelques mots, mais il comprit à l'expression de Robespierre que ses efforts seraient inutiles. Julien sortit sans attendre la fin de l'entretien. Il s'adressa hardiment à Billaud-Varenne que la fille Duplay n'avait pas fait asseoir et qui se reposait sur le rebord de la fontaine.

— Si c'est la Commune qui a arrêté ton patron, dit-il, adresse-toi à Chaumette. On nous attribue tous les pouvoirs, à nous les Comités, et nous servons à entériner les arrêts des factions.

La petite troupe sortit complètement découragée de la maison Duplay. Une bise glaciale soufflait sur Paris ; aucune de ces personnes n'avait dormi ni mangé, et elles souffraient moralement de l'injustice qui se commettait sous leurs yeux.

— L'injustice, dit la patronne, est une chose qui vous paraît étrangère jusqu'au jour où elle vous prend à la gorge. Que nous reproche-t-on donc ? Je ne puis croire à un tel malheur.

Elle éclata en sanglots. Des passants dans la rue se retournèrent. Comme le malheur n'avait plus à Paris qu'un visage, ils pensèrent à la guillotine. Valait-il la peine d'aller à la Commune ? Chaumette passait pour un fou. Peut-être serait-il possible d'attendrir le *bonhomme Pache*, le maire de Paris, mais l'espoir commençait à se retirer du cœur de Franconville. Il voyait bien que son collègue tisserand était *suspect* au sens légal du terme. Il conservait assez de jugement pour se rendre compte que, quelle que fût la vilenie d'Octave, le tisserand, par le seul fait de son négoce et de sa propriété, rentrait dans la catégorie des ennemis potentiels de la Révolution. Les livres et la gravure n'étaient que prétextes paperassiers à un fait qui dépassait de beaucoup les astuces procédurières : le délit d'opinion. Franconville en tira des conséquences pour lui-même. A l'avenir, il frauderait le maximum, puisque, innocent ou coupable, la présomption pesait également sur tous. Julien avait appris davantage en une journée qu'en dix-huit ans. Il sentait que l'épreuve de force ne tarderait pas entre la Révolution et l'instinct de vie. A rester seul dans sa chambre et à travailler honnêtement, il risquait tout juste l'arrestation ou la conscription. Forcé de chercher un refuge, il songea à l'enclos inviolable du Palais-Royal. C'était le monde des escarpes et des prostituées. Le duc d'Orléans, en interdisant à la police d'entrer chez lui, avait eu en vue de ruiner Louis XVI. L'arme se retournait contre la Révolution. Les gendarmes qui s'aventuraient dans le Palais-Egalité risquaient d'y recevoir un coup de couteau. L'Incorruptible lui-même n'avait pas osé porter le fer dans cette citadelle du plaisir. Il se bornait à dénoncer l'influence des catins sur la vie publique. Julien songea à regret que son destin prenait corps à cause du malheur d'un homme vertueux.

— Peut-être vais-je quand même aller trouver Danton, dit Franconville.

Il n'eut pas le temps d'en dire davantage. Quand ils arrivèrent rue de la Tixeranderie, un chariot déposait le cadavre du tisserand. Celui-ci s'était pendu la nuit dans sa cellule.

Julien résolut, aussitôt après la mort de son patron, de quitter la rue de la Tixeranderie, qui lui était devenue intolérable. Il enveloppa ses hardes dans un cabas et gagna le Palais-Royal. Il frappa à la porte de la Sainte-Foix qui se montra ravie de revoir le jeune homme. Celui-ci s'inquiétait de n'avoir pas aperçu Mlle Adèle sous les arcades. La Sainte-Foix se proposa d'aller la quérir. Julien aurait voulu y courir lui-même, mais son hôtesse éleva des objections. A un mot que Julien surprit entre la Sainte-Foix et Preziosa, il devina qu'Adèle se tenait au *Théâtre des Ombres chinoises* dans l'ombre duquel le spectacle était concurrencé par les obscénités de la salle. Quand Adèle rentra, elle ne vint pas directement à la rencontre du jeune homme. Elle gagna d'abord le cabinet de toilette où elle s'attarda un peu trop au gré de Julien qui déjà s'apprêtait à faire une scène. Quand enfin elle parut, elle portait une robe légère qui désarma la rancune de son soupirant.

— Eh bien ! dit la Sainte-Foix, allez souper, c'est la meilleure façon de faire connaissance.

Julien demeurait timide et ne savait trop quelle contenance adopter. Il craignait qu'Adèle ne fût reconnue par des passants. N'allait-on pas rire de lui ou le

prendre pour un souteneur ? Il trouva bientôt le ton
d'aisance qui convenait. Il n'eut pour cela qu'à marcher posément à côté d'Adèle qui trottait d'un pas vif
en bavardant et en agitant les bras, comme si elle
allait au bal. Par rapport aux moyens modestes du
jeune homme, tous les restaurants étaient trop chers.
Adèle proposa *les Trois Frères Provençaux*, rue Helvé-
tius, ci-devant rue Sainte-Anne, où l'on dînait très bien
pour trente-neuf sous. Les jeunes gens commandèrent
le repas du jour, qui se composait d'une salade de
museau, de petits pieds et d'une tartelette aux poires.
Adèle se lança dans ses considérations phrénologiques
habituelles.

— J'ai remarqué, dit-elle, en lui passant la main
dans les cheveux, que tu as le front haut et l'occiput
bosselé. Ton nez est droit, tu as le menton ferme, la
bouche large, le regard mâle. Je suis certaine que tu
es appelé à une grande destinée. Ce n'est pas comme
moi, ajouta-t-elle, j'ai le front étroit, l'implantation
des cheveux basse, le nez petit, la bouche menue. Je
suis née sans intelligence.

— Voyons, Adèle, dit Julien, crois-tu que je t'aimerais si tu avais le front large, un grand nez, une
grande bouche et des bosses sur la tête ?

Ils rirent en s'étreignant les mains. Quand le repas
fut terminé, ils se mirent à courir dans Paris, portés
par une sorte d'ivresse. La neige s'était mise à tomber.
Déjà elle blanchissait la chaussée comme une légère
plume. Julien en fit la remarque. Adèle, qui prenait
toutes les expressions dans leur sens obscène, demanda
à Julien s'il était au poil et à la plume, ou au poil
seulement, c'est-à-dire s'il aimait les deux sexes ou un
seul. Il était trop inexpérimenté encore pour oser
répondre à Adèle qu'il désirait seulement le poil de la
jeune femme. Le boulevard Cerruti était désert, tel un
cours de province à la lisière de Paris. Julien, qui
digérait mal les petits pieds, dut s'arrêter pour souffler
un peu. Malgré l'air glacé, il se sentait pris de chaleur.
Ils étaient à l'origine de la Chaussée-d'Antin, face à

l'hôtel Guimard. Julien s'assit sur une borne. La neige
tombait en rafales et commençait à transpercer le vêtement léger de l'apprenti. Son linge humide lui collait à
la peau. Une sorte de nuage blanc passa devant ses
yeux. Il prit la main d'Adèle, tout à la honte d'être
malade dans cette circonstance. Devant lui la porte
de l'hôtel Guimard venait de s'ouvrir. Julien vit un
homme en sortir. Il était vêtu de noir avec au cou
une écharpe blanche et à la main une canne à pom-
meau d'ivoire. Julien fit un geste pour héler l'homme,
qui se détourna un moment. C'était Julien vieilli d'une
vingtaine d'années. Il sortait d'un bal dont la musique
retentissait encore dans la cour. A la boutonnière, il
portait un œillet blanc. Sa barbe était blonde. Il sourit
à Julien et s'éloigna.

— Comment vas-tu ? demanda Adèle, qui paraissait
indifférente au froid, malgré la légèreté de son costume.

— Mieux, dit Julien, qui tremblait.

Adèle le poussa dans un bosquet de boulingrins
à l'intérieur de l'hôtel. Elle avait tiré sa robe par-
devant et la serrait entre ses cuisses, comme font les
prostituées, pour ne rien laisser perdre de leurs
formes. La gorge sortait du léger corsage de soie.
Julien ranimé s'enhardit. Adèle avait la taille fine et
les seins menus. Julien eut bientôt la preuve qu'elle ne
restait pas insensible aux caresses, malgré ce que les
ateliers racontaient des prostituées. Ce fut ainsi qu'ils
s'aimèrent pour la première fois dans les jardins de
l'hôtel Guimard, au son d'un violon, qui déroulait le
XIXe siècle par anticipation aux yeux du jeune homme.

Quand ils revinrent au Palais-Royal, ils durent envi-
sager leur installation. Julien s'était promis de ne
jamais habiter chez la Sainte-Foix. Il mit quelque
répugnance à accepter une chambre d'où il était prévenu qu'il devrait déguerpir souvent pour faire place
à la pratique. Aussi l'installa-t-on dès le lendemain
dans une chambre de bonne, qui n'était pas chauffée
et où ils dormaient dans les bras l'un de l'autre sous
plusieurs épaisseurs d'édredon.

Adèle résolut de persister dans la galanterie en invoquant un motif qu'elle reservait inlassablement à Julien :

— Nous sommes nés pauvres, disait-elle, le hasard ne nous a gratifiés d'aucune fortune. Si je ne me prostitue plus, ce sera pour moi comme pour toi les travaux manuels, l'atmosphère confinée d'un grenier, les files d'attente devant les magasins, plus de théâtre, plus de restaurant. Sais-tu que je suis une enfant trouvée ? Un prêtre m'a découverte sous le porche de son église à Reims, en plein hiver. J'ai été transportée à Paris par un convoi qui conduisait cinquante bébés de mon espèce. Onze sont arrivés vivants. Les autres ont été enterrés dans les paroisses le long du chemin. Ils mouraient par manque de lait ou à cause du froid. Quand on est né ainsi, si l'on est fille, on devient putain, si l'on est garçon, truand.

Julien ne combattait pas les raisons d'Adèle, mais ses origines sociales, quoique fort obscurcies, lui laissaient entrevoir qu'il existe d'autres moyens plus sûrs de faire fortune à l'abri de la police. Celle-ci, il est vrai, n'était guère redoutable au Palais-Royal. Elle tenta une incursion peu de temps après l'installation de Julien. Aussitôt des courtauds de boutiques sortirent des cafés, des théâtres, des salles de jeux, des appartements, pour entourer les policiers et simuler une émeute. Certains criaient : « A bas Robespierre, à bas le maximum, le Comité de salut public à la lanterne ! » Un jeune homme agrippa Julien par le revers de la veste et le poussa vers la troupe. « Comment ! dit-il, tu protèges une fille et tu ne te bats pas ! » Julien découvrit qu'il était déjà connu. L'émeute ne l'effrayait pas. Il l'avait fréquentée assidûment à Liège. Il savait que la police n'est pas composée de héros et recule devant la force ouverte. Les jeunes insurgés poussaient des cris, ils échangeaient des horions avec les gendarmes, mais ils ne passaient pas à l'action. Ce n'était pas la bonne méthode. Julien s'avança hardiment et brisa son bâton sur le crâne d'un policier. Ce fut un hurlement de joie. Les jeunes insoumis se mirent à frapper les gendarmes à coups de canne et de chaise. La maréchaussée s'enfuit précipitamment. Le Palais-Royal restait inviolé.

En étudiant la disposition des lieux, Julien s'aperçut qu'une hiérarchie ordonnait le Palais selon les endroits. Du côté des *galeries de bois*, c'était la vénalité de bas étage, une clientèle répugnante, des filles avachies, promptement éliminées par la vérole. Dans la galerie de Chartres, c'était la prostitution des enfants des deux sexes, de huit à douze ans, qui se prêtaient à des plaisirs hâtifs dans l'obscurité du *Théâtre des Ombres chinoises* ou du *Cabaret des Aveugles*. La considération naissait avec les salles de jeux et les grands bordels. La renommée s'établissait dans les grands restaurants — Méot, Véry, le Véfour, Beauvilliers — et les grands cafés — le café de Chartres, le café de Foy, Corazza —, où s'assemblait à la nuit tombée, profitant de l'inviolabilité des lieux, tout ce que Paris comptait d'ennemis de la Révolution. Celle-ci avait poussé les royalistes et les Girondins à cette extrémité de tenir leurs réunions sous la protection de la pègre. Si Méot était le lieu de rendez-vous de l'aristocratie, le café de Chartres était celui des muscadins.

Julien enviait cette jeunesse dorée — parfumeurs, clercs de basoche, garçons coiffeurs, drapiers, bijoutiers, tisserands —, qui refusait la conscription et qui n'hésitait pas à braver la Terreur par une tournure excentrique. Ce qu'il y avait de désuet dans les mœurs des aristocrates faisait place ici à la plus franche gaieté. Ces garçons et ces filles riaient à gorge déployée, comme si Robespierre n'existait pas, ou plutôt leur joie trouvait un aiguillon dans le danger. Ils s'amusaient d'autant mieux que vivre était déjà un luxe inouï. Julien se mit à fréquenter, grâce à l'argent d'Adèle, le café de Chartres et le café Corazza. Il se tenait à l'écart des muscadins, immobile devant un verre de vin rouge, en fumant des cigares et en lisant les journaux. Un soir, il entreprit de se confectionner un habit, afin de porter un grand coup. Il le tailla proche du corps, dans un beau drap vert bouteille, avec des revers larges en velours noir. Il y attacha dix-sept boutons de nacre, en mémoire de l'orphelin du Temple, et accompagna son costume d'une paire de bottes couleur crottin. A la main, il tenait des gants jaunes. Quand il parut dans cet équipage au café de Chartres, ce fut un grand émoi. Julien avait spontanément deviné le style muscadin. Il avait choisi un dimanche pour paraître, car les dimanches venaient d'être abolis, et il était séditieux de s'*endimancher*. Il était accompagné, non par Adèle, mais par la Sainte-Foix, qui inspirait la crainte à cause de son influence supposée auprès de quelques conventionnels et qui forçait l'admiration par son allure tout imprégnée de l'ancien genre. Elle disait *monsieur* au maître d'hôtel et refusait le tutoiement ; avant de manger, elle se signait ; elle portait la nourriture à sa bouche comme par inadvertance, d'un geste un peu las contrastant avec la goinfrerie de ces temps de disette. Madame Roland venait d'être suppliciée ; comme pour lui rendre hommage, la Sainte-Foix commanda à haute voix le mets favori de la jeune morte, un veau à la casserole. Le maître d'hôtel comprit l'allusion et déposa sur la table une bouteille de vin de la Gironde. La réputation de Julien fut aussitôt établie auprès de la jeunesse dorée. Quand il revint le lendemain, les muscadins élargirent le cercle pour l'accueillir, mais il avait payé cher son succès. La Sainte-Foix lui fit entendre au retour qu'elle prétendait à son dû et qu'un baiser sur la joue ne suffirait pas. Elle adoucit un peu la rudesse du devoir en apportant à ses propositions les formes de l'antique galanterie. Elle lut à Julien un poème qui avait dû servir beaucoup :

> *Je vois trop bien, hélas ! que mon âge est passé*
> *Et qu'une jeune amante a chez vous devancé*
> *L'ardent amour que je vous porte.*
> *Avant que du temps je ne sorte,*
> *Laissez-moi encor vous aimer.*
>
> *Distrayez une nuit à la jeune galante.*
> *Une vieille maîtresse est quelquefois charmante.*
> *Ses bras comme un souvenir enlacé,*
> *Sa bouche comme une fièvre ardente*
> *Joignent le présent au passé.*
>
> *Ne croyez pas trop tôt aux feux de la jeunesse.*
> *La beauté égoïste ignore les caresses,*
> *Tandis que l'amour délaissé,*
> *Qui se voit soudain embrassé,*
> *Veut faire oublier la vieillesse.*

Julien, pourtant, manqua de vaillance, si bien qu'Adèle fut appelée à la rescousse. Dans un noir profond et entouré des deux femmes, Julien fut enfin capable de rendre à la Sainte-Foix les hommages qu'elle attendait.

Quelques jours plus tard, la maquerelle fit à Julien une proposition inattendue qui vint affermir la position sociale des jeunes gens. Une boutique de cigares était libre dans la galerie de Beaujolais, entre le restaurant Véry et le café du Caveau, à deux pas du café de Chartres, dans la partie la plus huppée du Palais-Royal, là où de vieux gluckistes et de vieux piccinistes continuaient chaque soir au Salon des Arts les querelles des temps heureux. Leur soirée n'était pas moins relevée qu'autrefois, car les chanteurs en congé prêtaient un concours bénévole. Des airs de Gluck, de Piccini, de Mozart retentissaient sous les lambris. C'était un coin de Trianon voué à l'amour des arts et des sciences, sous l'œil des frères Montgolfier.

Adèle continua son métier de prostituée. Elle craignait l'avenir et, sur son insistance, un paravent fut installé qui séparait le magasin de l'arrière-boutique. Un divan, une cuve d'eau chaude sur le poêle et des serviettes complétèrent l'appareil. Tout le monde agissait de la sorte au Palais-Royal. Il n'y avait guère de commerce qui ne vécût sur un fonds de prostitution. Les grands restaurants eux-mêmes avec leurs cabinets particuliers n'échappaient pas à la règle. C'est ce que Robespierre nommait la *dictature des catins*.

Les deux jeunes gens purent s'établir dans un appartement assez coquet, au coin de la rue Vivienne et de la rue des Petits-Champs, là où les prostituées se rassemblaient le soir en grappes multicolores, car Adèle, même dans le privé, voulait garder un œil sur la prostitution. C'était comme le baromètre de sa réussite. Julien apprit à découvrir sa femme, qui était compliquée. Elle s'était prostituée à quinze ans sur les quais, entre les Tuileries et le Pont-Tournant. A cause de son jeune âge, elle attirait une clientèle de pédérastes dont c'était le lieu de réunion. Un jour, un *monsieur* lui avait offert des beignets de pommes de terre. Adèle l'avait suivi dans sa retraite du Palais-Royal où il l'avait vendue à la Sainte-Foix pour quelques centaines de livres. Adèle était passionnément attachée à la prostitution. Elle n'était en train que s'il fallait racoler. Le métier, il est vrai, lui avait tout appris et tout donné. A une époque de misère et de souffrance, la noce lui avait assuré une vie joyeuse parcourue de bons vins, de spectacles, de mets raffinés. Alors

que les filles de son état ne savaient en règle générale
ni lire ni écrire, Adèle avait perfectionné sa connaissance du français sous la férule de la Sainte-Foix qui
l'épuisait en d'interminables dictées. « Ce n'est pas
tout d'être galante à seize ans, disait la vieille maquerelle, il faut être comtesse à vingt-cinq ! » Adèle ne
parlait pas le langage des Halles, elle ne disait pas
une *blouque,* elle ne s'exclamait pas « queue manière !
queue galanterie ! j'allons z'y montrer qu'on a de l'éducation ! ». Elle aimait les fleurs et veillait à ce qu'en
toute saison, un bouquet fût déposé sur la table. Elle
connaissait mieux que personne l'art de la propreté
corporelle. Sa toilette était longue et irréprochable
de netteté. Ses cheveux étaient propres, coupés court,
elle se fardait peu et préférait montrer sa peau au
naturel, qui était blanche, laiteuse. A peine se pas-
sait-elle les mains et la gorge à la pâte d'amande pour
en accentuer la blancheur. Elle mangeait des fruits,
des légumes, quelques huîtres, une volaille, rarement
des pâtisseries. Parfois elle avait du vague à l'âme.
Elle s'allongeait sur un sofa et demandait à Julien
de lui lire les poètes. Celui-ci déclamait André Chénier,
La Harpe, Voltaire. Quand un vers lui plaisait, elle le
faisait répéter et l'apprenait par cœur. A ces heures-là,
elle avait des exigences. Julien devait lui laver les pieds,
lui couper les ongles, apprêter sa coiffure. Elle aurait
voulu disposer de lui pour elle seule. A cette condition,
elle passait à Julien toutes ses fantaisies.

Celui-ci n'oubliait pas son objectif. Il commençait
à s'incruster dans le monde des muscadins. Il y réus-
sissait d'autant mieux que quelques-uns de ses nouveaux amis mettaient cette fréquentation à profit pour
mieux connaître Adèle. Julien rendait des services. Il
savait tailler un pantalon, coudre une veste, préparer
une cravate. Les Pères qui avaient pourvu à son éducation ne s'étaient pas trompés en lui découvrant des
dons manuels. Il dut prouver davantage. La première
mission qui lui fut commandée touchait à la religion.
Les églises venaient d'être fermées sous l'action des

enragés. Des représentants, dont Robespierre, avaient rappelé publiquement à la Convention que la liberté des cultes était garantie par la Loi fondamentale et que les citoyens pouvaient en user. Des messes aussitôt avaient été dites dans des chapelles privées ou dans des maisons particulières, le plus souvent par des prêtres assermentés, car les autres étaient hors la loi. Les hébertistes et la Commune s'émurent de ce retour aux *orgies des Egyptiens.* Les portes des lieux de culte furent brisées, les hosties jetées au sol et piétinées, les dévotes troussées et frappées au cul. Des jeunes gens convinrent d'une action destinée à protéger les messes. Sur un ton un peu haut, et en présence de jacobins, ils se convièrent mutuellement à un office rue des Petits-Champs. Les jacobins y accoururent. La messe avait à peine commencé et la porte cochère de l'hôtel était close, quand des coups de bâton retentirent. Une troupe de jacobins et de tricoteuses envahit la maison en proférant des cris laïques. Aussitôt les jeunes gens intervinrent. Julien se porta à l'avant du combat. Il affectionnait les attaques brusques qui impressionnent par l'effusion de sang. Il frappa un sans-culotte d'un coup terrible sur le front. Le sang jaillit par une plaie ouverte. Les jacobins étaient beaucoup plus nombreux que leurs ennemis, ils auraient pu résister, au contraire ils s'enfuirent à toutes jambes. Les jeunes gens connurent le triomphe ce soir-là au café de Chartres. Au-delà de l'événement, Julien se fit la réflexion que les jacobins étaient des hommes redoutables dans une assemblée, mais qu'ils étaient peu préparés à se défendre contre une force résolue. Il en tira de grandes conséquences pour l'avenir.

Ce fait d'armes vint aux oreilles de la Sainte-Foix qui décida de lancer enfin Julien dans ce qui la préoccupait. Il s'agissait de se rendre à Sainte-Pélagie et d'entrer en rapport avec Mlle Raucourt. L'affaire cette fois était grave. Elle ne consistait plus à affronter dans la rue quelques individus désarmés, il fallait se mesu-

rer à l'imposant dispositif de la Terreur. Mme de
Sainte-Foix envoya Julien chez Mlle Lange qui venait
d'être libérée et qui occupait de nouveau son hôtel de
la rue Saint-Georges. Julien s'y présenta, une recommandation de la Sainte-Foix à la main. Mlle Lange d'un
coup d'œil inspecta Julien. Elle ne pouvait croire à un
espion, néanmoins elle fut prudente. Elle évoqua sa
vie de détenue et raconta des anecdotes tantôt plai-
santes et tantôt cruelles, mais elle ne quitta pas le
terrain des généralités. Elle lui déclama une chanson
qu'une ancienne comédienne avait composée sur le
concierge de Sainte-Pélagie :

> *Je suis un vrai républicain,*
> *Je me contente de bon pain.*
> *Quand certains mangent du chapon,*
> *Je me pourlèche de goujons.*
> *Oui, j'adore le cervelas,*
> *Mais je méprise le foie gras.*
> *Aux criminels les paupiettes ;*
> *Moi, je préfère les nonnettes !*

Julien ne manquait pas d'esprit. Il devina que la
chanson consignait le tarif du bonhomme.

Ce fut ainsi qu'il put présenter un colis à la Raucourt le jour de l'an 1794, après avoir payé le chapon
de goujons et les paupiettes de nonnettes.

Julien se levait ordinairement vers midi. Il brossait à grande eau le trottoir de la boutique et nettoyait soigneusement la vitrine. Il préparait les luminaires pour le soir, car le Palais-Royal ne vivait vraiment qu'à partir de 7 heures. Jusque-là ce n'était qu'un jardin ni plus ni moins fréquenté que d'autres, fortement concurrencé les décadis et autres jours de repos par Tivoli et par les Champs-Elysées. Julien dînait selon l'usage d'alors entre 2 et 3 heures de l'après-midi. Il mangeait avec Adèle dans des restaurants à prix fixe, où l'on servait pour moins de quarante sous un potage, une viande, des légumes et une pâtisserie. Le soir, le couple ne soupait pas avant minuit. Lorsqu'ils avaient de l'argent à dépenser, ils s'attablaient chez Véry ou chez Beauvilliers, sinon ils se contentaient de quelques huîtres au café de Chartres. Cet emploi du temps laissait à Julien de nombreuses heures inemployées, pendant lesquelles il circulait dans les rues avoisinantes. Sa promenade était presque toujours identique. Il remontait par la rue de Richelieu vers le boulevard Cerruti et redescendait ensuite vers la Seine par la rue Saint-Denis. Il revenait au Palais-Royal à travers un labyrinthe de ruelles dont il s'amusait à varier l'itinéraire. Par une sorte de complaisance envers le passé, il frôlait la rue de la Tixeranderie sans jamais la visiter. Il s'attardait dans les venelles sordides qui entouraient Saint-Jacques-la-Boucherie et Saint-Julien-en-Grève : la rue de la Lanterne, la rue des Ecrivains, la rue Jean-Pain-Mollet, la rue des Arcis, la rue Planche-Mibray, où les prostituées opéraient à même le ruisseau. Il affectionnait le spectacle de la misère et restait de longues minutes à contempler les files qui se formaient devant les magasins d'alimentation. Il tâchait de surprendre la condition sociale de chacun. Si les ouvriers et les artisans étaient nombreux, les files au fur et à mesure de la pénurie se grossissaient de rentiers, de bourgeois, d'anciens aristocrates, qui conservaient un air digne face à la ruine de leur mode de vie. Julien s'interrogeait sur ce qui l'attirait dans ce spectacle des infortunes. Sans doute y avait-il là quelque morbidité, mais davantage encore un désir infini d'apprendre comment échapper à la pauvreté. Il découvrit bientôt que la Révolution était en train d'affamer les classes sociales qui l'avaient inventée.

Pour éviter la déconfiture, les Comités avaient dû imposer un maximum au prix des denrées et produits de première nécessité. De la sorte, ils avaient réussi à maintenir le prix du pain dans des limites acceptables. En revanche, les autres produits se raréfiaient. La viande fuyait ; la chandelle, le savon, le drap, le cuir, le charbon devenaient inabordables. Ils existaient cependant, mais une foule d'entremetteurs les retirait du marché pour les écouler en fraude du maximum. De plus les Comités avaient annulé les anciennes rentes qui étaient désormais plafonnées et payées en assignats. La classe des rentiers avait été détruite. C'étaient d'anciens fonctionnaires ou d'anciens négociants qui voyaient avec stupeur l'effondrement des efforts de toute une vie. Ils portaient des vêtements bourgeois rapiécés d'avant 1789. Leurs mains craquelées, leurs lèvres fendues, leurs pommettes rougies indiquaient qu'ils ne se chauffaient plus et qu'ils passaient leurs journées autour des braseros publics. Ils guettaient les acheteurs éventuels pour des tableaux,

des vêtements, des bijoux, des meubles, de la vaisselle
d'argent.

Julien empocha un soir les gains d'Adèle pour acheter quelque marchandise. Adèle s'aperçut du larcin et
courut les salles de jeux, persuadée que son homme
était en train de la ruiner. Julien rentra à 11 heures
du soir avec un sac d'où il retira une pendule qui
datait des dernières années de Louis XV et qu'il avait
achetée pour une bouchée de pain. Elle était ornée de
fleurs de lys et portait l'effigie du roi, ce qui suffisait à
la retirer du marché. Il la mit posément dans la vitrine,
le lendemain, entre deux boîtes de cigares. La pendule
fut achetée par un Allemand pour un prix vingt fois
supérieur à ce qu'elle avait coûté au jeune homme.
Du coup Julien se mit à parcourir les rues des Petits-
Champs, des Filles-Saint-Thomas, Saint-Georges, de la
Chaussée-d'Antin. L'hiver augmentait les souffrances.
Les bourgeois et les anciens aristocrates, privés de
leurs rentes, mouraient de froid. Julien s'arrêtait à
bavarder avec des femmes dignes qui souffraient d'en-
gelures et avec des messieurs transis qui devaient faire
effort pour tutoyer. Il leur demandait s'ils n'avaient
rien à vendre, et il était rare qu'il ne revînt pas avec
un miroir, une cafetière, des chinoiseries, un petit
tableau. Il se mit à louer une voiture pour enlever des
pièces plus considérables : meubles, commodes, vais-
seliers, qui aboutissaient sur le trottoir du Palais-Royal
où elles étaient offertes au marchandage des riches
étrangers et de quelques conventionnels. Le Palais-
Royal se mit à ressembler à un bric-à-brac. Les mar-
chandes de cigare proposaient des pommes de terre,
du mobilier, de la lingerie, des gigots, du vin de Bourgogne. Les libraires ajoutaient à leurs étalages des jar-
retelles, des bottes, de la cire. Les parfumeurs vendaient des allumettes. Les prostituées proposaient un
jambon en même temps que leurs charmes. Le jeune
homme trouvait déplorable qu'Adèle continuât à se
prostituer alors qu'il gagnait de l'argent. Elle lui répondit qu'elle préférait les métiers sûrs. Elle fut forcée

cependant d'interrompre son activité à cause d'une épidémie de poux. D'une propreté méticuleuse, elle ne supportait pas ces bestioles grasses et blanches qui couraient sur les édredons. Elle éloigna le paravent, la bassine, les serviettes, et s'inventa une tournure qui découragerait les propositions grivoises.

Cette vie consacrée à la prospérité dissimulait pourtant un secret : c'était Sainte-Pélagie. Julien s'y rendait chaque semaine à l'insu de sa femme. Il avait commencé par étudier soigneusement la disposition des lieux. Il repéra tout d'abord un bouchon auvergnat d'où il avait vue sur l'entrée de la prison. Sainte-Pélagie de prime abord était une forteresse impénétrable. Toutefois une attention soutenue révélait que la prison était le lieu d'une circulation intense. Des fournisseurs entraient et sortaient, des parents négociaient la faveur de visiter des détenus, des gendarmes amenaient des suspects ou enlevaient des condamnés. Les moyens ne manquaient pas de corrompre les gardiens. Le péril néanmoins restait grand. Une dénonciation signifiait la mort. Julien, conscient du risque, agit avec prudence. Il se présenta comme s'il était un fournisseur cherchant à écouler des pommes de terre, du pain noir, des légumes.

Il fut éconduit par le concierge qui le pria de soumissionner auprès du Comité de sûreté générale. Bientôt cependant le concierge se laissa gagner par un rôti, un lapin, des œufs frais. Julien débattit longtemps avec la Sainte-Foix de la manière la plus appropriée de faire parvenir un billet à Mlle Raucourt. Ils prirent soin de ne dissimuler aucun message dans le chapon, qui était trop naturellement désigné à cet effet. La Sainte-Foix cuisina elle-même des nonnettes. Dans l'une des pâtisseries, elle avait caché une cartouche en métal dans laquelle une lettre fut introduite. Mlle Raucourt usa de la même voie pour répondre. Elle sollicitait l'aide extérieure, non pour elle-même, mais pour sa compagne, Mlle de Sainte-Amarante. La Sainte-Foix se souvenait parfaitement du marquis de Sainte-Ama-

rante, qui était le scandale personnifié. Le jeu, la
débauche, le chantage formaient ses occupations les
plus ordinaires. Il y satisfaisait avec naturel, comme
d'autres font chaque jour leur promenade. Le marquis appartenait à la maison de Madame Elisabeth,
sœur de Louis XVI, qui avait été composée de la façon
la plus inconvenante, mais il devait sa fortune à la
charge qu'il avait exercée d'adjuger pour le duc d'Orléans les locations du Palais-Royal. Le prix officiel
était majoré d'un pas-de-porte de 10 % qui tombait
dans l'escarcelle du marquis. Plusieurs parmi les
maquerelles les plus renommées de la capitale lui
devaient d'avoir pu occuper les meilleures arcades du
Palais-Royal. Contre la liberté d'établissement, il avait
au passage prélevé une dîme qui se payait tantôt en
nature et tantôt en espèces. Il s'était toutefois montré
bon père dans la mort. Il avait en effet succombé à
une maladie vénérienne juste avant d'être englobé
dans la conspiration d'Orléans, ce qui avait sauvé sa
fortune de la confiscation. Ce décès avait assuré à
moitié seulement l'héritage d'Emmeline, car sa mère
était morte entre les mains d'une soigneuse, nommée
Berthe Rigollet, qui se prévalait d'un testament bizarrement écrit par lequel la vieille marquise l'instituait
prétendument légataire universelle de ses biens. La
Rigollet venait par sommation d'huissier de réclamer
à Mlle de Sainte-Amarante la délivrance du legs. Elle
avait fait davantage et envoyé une dénonciation
en règle au tribunal révolutionnaire. Elle accusait
Emmeline, entre autres forfaits, d'avoir été la maîtresse de la reine. Cette énormité intéressa au plus
haut point le Comité de sûreté générale, car Mlle de
Sainte-Amarante était à peine âgée de onze ans quand
la reine avait quitté Versailles ; elle en avait quinze à
présent et il paraissait fort vraisemblable que la Capet
eût poussé la corruption jusqu'à se distraire avec une
enfant. N'avait-elle pas aimé la duchesse de Polignac
et la princesse de Lamballe ? N'avait-elle pas connu
charnellement son propre fils, le Dauphin ? Que

n'avait-elle pu faire avec une pucelle comme Mlle de Sainte-Amarante ? Dans quelle fange, dans quelle bauge ne s'était-elle pas vautrée ?

Emmeline cachait son désespoir dans le giron de la Raucourt, qui ne s'était jamais sentie aussi maternelle. L'actrice la pressait de choisir un avocat, mais la jeune fille ne comprenait rien à la chicane et craignait de réveiller le Comité de salut public qui semblait l'avoir oubliée en prison depuis l'exécution de Philippe-Egalité. Elle résolut de se présenter seule devant le tribunal civil et, le cas échéant, de réclamer un défenseur si les choses venaient à mal tourner. Mme de Sainte-Foix, tout agitée de la fructueuse commission qu'elle devinait, délégua Julien en observateur avec un ancien avoué de ses clients.

La salle d'audience était vide, à l'exception de Rigollet qui se voyait déjà héritière. Mlle de Sainte-Amarante, craintive et menue, se tenait sur un banc entre deux gendarmes. L'avocat de Rigollet parla le premier d'une manière qui laissait douter s'il s'agissait d'une affaire politique ou d'un procès successoral. Les horreurs du ci-devant Orléans et de son valet Amarante formèrent l'essentiel de la plaidoirie. Sa conclusion fut que les fruits du vice devaient enfin revenir à la vertu. Le président se tourna avec affabilité vers Mlle de Sainte-Amarante.

— Tu n'as pas de défenseur, citoyenne ? demanda-t-il.

— Non, citoyen-président, je m'en remets au tribunal du soin de juger ma cause.

— Citoyen-avocat, dit le président, la défenderesse est mineure et je ne vois pas que tu aies cité son tuteur.

— A ma connaissance, elle en est dépourvue, dit l'avocat ; il ne m'incombe pas de diligenter une tutelle. Ma procédure est régulière, je demande que la cause soit jugée.

— Elle n'est pas régulière, dit le président, puisque le tuteur n'a pas été cité.

— Eh ! comment pourrais-je citer quelqu'un qui n'existe pas ? répliqua l'avocat.

— Alors, le tribunal va désigner un tuteur à la défenderesse, dit le président.

— Queu ménage ! s'exclama Rigollet. C'est-y besoin de toutes ces manières pour dépouiller une aristocrate !

— C'est la loi, citoyenne, dit le président.

— J'accuserai cette loi et toi-même aux Jacobins, dit Rigollet, menaçante.

— Comme tu voudras, citoyenne, dit le président. Pour l'heure, je désigne le représentant Tallien comme tuteur de la défenderesse et j'ajourne la cause au 23 thermidor.

— N'y a-t-il pas d'audience plus rapprochée ? demanda l'avocat.

— Il faut laisser à la citoyenne le temps de faire modifier la loi, répondit le président avec humeur.

Mlle de Sainte-Amarante rentra à Sainte-Pélagie tout encombrée de ce Tallien qu'elle ne connaissait pas et qui était sûrement une bête féroce, comme tous les Jacobins.

Le printemps fut radieux. Il formait un contraste poignant avec le regain de terreur qui s'était abattu sur Paris. Les optimistes n'espéraient plus que dans la *clémence de Danton*. Le bruit reposait sur peu de chose, des allusions embarrassées à la tribune, quelques phrases timides dans le *Vieux-Cordelier*. L'opinion modérée néanmoins s'était inventé un nouveau chef. Après La Fayette, après Mirabeau, après Bailly, après Dumouriez, après Brissot, c'était maintenant Danton. « Vous connaissez la nouvelle, avait dit l'abbé Delille, il semble que Danton veuille mettre un peu d'eau dans son sang ! » Les événements avaient d'abord donné raison aux optimistes. Robespierre avait dénoncé Hébert et *les enragés*.

Julien, pour la première fois, assista à une exécution capitale. Sur tout le parcours, la foule accablait Hébert des mots qui avaient fait la réputation du *Père Duchesne*. « Va donc éternuer dans le sac ! — Va jouer à la main chaude ! » Julien, qui n'avait pas vingt ans et qui avait peu vécu, était stupéfait par la naïveté du peuple. « Quoi donc, disait celui-ci, le *Père Duchesne* était un agent de l'Angleterre. Il est bel homme, il envisageait sans doute de *marier* la fille Capet. Il voulait devenir roi ! Comment des ambitions de cette sorte peuvent-elles naître dans l'esprit d'un

simple particulier ! » Julien vit que le sens critique
avait péri et devina que l'arme pourrait être retournée
contre Robespierre. On en était loin. Danton à son
tour fut arrêté. Julien cette fois n'eut pas le cœur de
se rendre à l'exécution. Quoique indifférent à la politique, il tombait à son tour dans cette torpeur morale
caractéristique de la Terreur. L'on était conduit à
l'échafaud par groupes et par catégories. C'était un
jour les fermiers généraux, le lendemain les dantonistes, puis en bloc le Parlement de Paris, ensuite des
marchands ou des paysans. Lucile, la femme de Desmoulins, fut exécutée. La sœur et la concubine de
Marat se retrouvèrent en prison. Des prêtres qui
avaient abjuré et quelques évêques du même acabit
furent mis à mort. Robespierre venait de faire décréter
l'Etre suprême et l'immortalité de l'âme par la Convention : il ne pouvait plus souffrir le spectacle des masca-
rades antireligieuses. Même la crasse ne protégeait
plus, et l'ex-capucin Chabot monta dans la charrette.
Quant au Palais-Royal, il devint silencieux. Le temps
des muscadins était fini. Ceux-ci se cachaient ou par-
taient aux armées. Les ennemis les plus résolus de la
Révolution portaient de vieux fracs souillés. L'élégance
était suspecte. Personne n'osait plus rien acheter ni
rien dépenser. Le luxe était criminel. La contrainte ne
cédait qu'avec la nuit. On avait donc vécu un jour de
plus ! Alors les théâtres se remplissaient. L'on vit un
marchand dépenser en un soir chez Méot les gains de
six mois. Adèle reprit son métier, car les cigares se
vendaient mal, et les petits trafics de Julien se raréfiaient. Elle sortit de nouveau son paravent, sa bassine
et ses serviettes. Elle retourna même chez la Sainte-
Foix. La férocité des temps détraquait les esprits. La
jeune femme était sollicitée de se livrer à des jeux
cruels qui consistaient à décapiter au moyen d'une
petite guillotine des oiseaux, des souris, des poussins.
Les clients émoustillés par le sang injuriaient la bes-
tiole : « Crève donc, jacobin ! Je te tiens, monstre ! »
Une chambre était spécialement affectée à cet usage

avec un baquet de son, une statue de la Liberté en miniature vis-à-vis de la guillotine, exactement comme sur la place de la Révolution. Des tentures noires, des candélabres évoquaient la mort. Adèle dut à plusieurs reprises se déguiser en veuve. Elle taisait soigneusement ces détails à Julien, qui avait cru vaincre la misère et qui s'irritait du terrain perdu. Il reprochait à Adèle de se prostituer et en même temps s'y résignait. Le climat était au désespoir. Ce fut alors qu'il reçut un billet du représentant Tallien le conviant à un rendez-vous au café de Foy.

Julien avait le défaut de ne pouvoir dissimuler ses sentiments. Son visage ressemblait à ces étoffes multicolores exposées aux devantures des tisserands et qui changent de couleur avec le soleil. Adèle le taquinait souvent sur la plasticité de son visage qui proclamait tantôt la colère, tantôt la joie ou l'ennui.

— Comme tu es grave, dit-elle ce jour-là en se levant. C'est à cause de notre querelle d'hier soir ? Moi aussi, Julien, je préférerais me passer de la prostitution. Que fais-tu pour cela ? Tu as vendu quelques bibelots qui t'ont servi à acheter de belles chaussures. Et ensuite ? As-tu réfléchi à la manière de survivre ? As-tu essayé de t'illustrer à la tribune de ta section ? Es-tu prêt à partir aux armées ? Il y a des généraux de vingt-cinq ans, paraît-il.

— Mes affaires sont peut-être plus avancées que tu ne crois, répondit-il d'un air mystérieux.

Incrédule, Adèle haussa les épaules et commença sa toilette.

— Où dîne-t-on aujourd'hui ? demanda-t-elle.

— Je ne dînerai pas avec toi.

— Voyons, Julien, cesse de me chercher querelle. Si tu as une affaire en train au sujet d'un meuble ou d'un tableau, mène-la donc en dehors des heures que nous nous réservons.

— Je ne dis pas cela pour te contrarier, mais parce que c'est vrai. Tu voudrais me voir faire de la politique, tu vas être servie.

— Quelle sorte de politique ? demanda-t-elle.

— De la politique dangereuse ! répondit-il en pla·
çant un poignard dans sa ceinture.

Adèle partit d'un éclat de rire.

— Coquin, dit-elle en lui posant un baiser sur les
lèvres, trouve-toi à 2 heures chez Beauvilliers, j'ai
envie que nous dépensions.

Le printemps radieux s'insinuait à travers les
arcades du Palais-Royal. Il apportait avec lui des
effluves lointains qui venaient de la Beauce, de la
Normandie, de l'Océan : odeurs de blé, senteurs de
marée, parfums d'animaux marins. Julien songea à
l'orphelinat. Sa vie intérieure était opprimée par la
discipline. Elle souffrait de la grossièreté de ses condis-
ciples et de leur matérialisme obtus, qui leur faisait
considérer un plat de lentilles comme une fête. De
grosses fèves, des soupes épaisses, des platées de
pommes de terre étaient un régal pour ces êtres frustes
qui allaient répétant : « Nous ne manquons de rien,
n'est-ce pas ? » A Julien tout manquait : les couleurs,
la gaieté, la musique, la danse, la bonne chère, les
carrosses, les bals, le théâtre, le monde. Un jour qu'une
bienfaitrice de l'établissement avait visité les orphe-
lins, Julien fut conquis par son parfum. Pour la première fois de sa vie, il entrevoyait qu'une des finalités
possibles de l'existence est de tenir une femme parfu-
mée dans ses bras. Il s'était approché de la personne
et lui avait baisé la main. Ses doigts avaient longuement conservé les traces du parfum. Il se les passait
sous le nez en rêvant d'un destin improbable. Ce destin
allait peut-être prendre corps. L'événement impossible
qu'il avait espéré pendant plusieurs années arrivait
enfin. Le jeune homme fit le tour du Palais-Royal pour
calmer ses nerfs. Il éprouva quelque gêne à voir Adèle
assise sur un banc, une enfant à la main pour attendrir
les passants et justifier au plus haut prix le sacrifice
incalculable de son honneur de mère. Julien se souvint
d'avoir vu, enfant, deux rats qui s'entre-tuaient pour
un morceau de lard. Il trouvait à cette image une force

symbolique. La vie n'avait été pour lui qu'une suite
d'affrontements barbares. La chance l'avait mené à
Paris, conduit au Palais-Royal. Ses choix les plus
surprenants découlaient de cette certitude qui l'habitait : il deviendrait puissant, il serait riche. L'époque
facilitait la réussite en supprimant les barrières. Il
n'avait plus à compter sur la naissance ni sur le bon
ton inné des aristocrates. Cette leçon permanente de
goût et de style était périmée. Les formes compliquées
du passé avaient disparu. Il n'était plus besoin de
s'infliger une règle à chaque pas. La seule règle était
de vaincre. Il avait conscience qu'en temps ordinaire
ses forces seraient demeurées inemployées. La Révolution, qu'il détestait, lui offrait du moins cette possi-
bilité inespérée : tenir le haut du pavé, arracher le
pouvoir aux sots. Julien aimait le pouvoir pour son
lustre, les palais pour leurs miroirs, et l'audace qui
plaît aux femmes. Une naissance bâtarde l'avait mis à
cent lieues de la volupté. L'argent, l'action, le crime
étaient des instruments qui lui permettraient de recon-
quérir son bien. Il ne cessait jamais d'être le spectateur de lui-même. Quand il aperçut Tallien au café
de Foy, Julien reconnut aussitôt son semblable.

Tallien avait connu son heure de gloire au retour de Bordeaux quand il avait présidé la Convention nationale le jour même de la mise en accusation de Danton. Depuis lors, il était suspect. Il n'avait pourtant jamais appartenu aux anciennes coteries. Ni feuillant, ni brissotin, ni hébertiste, ni dantoniste, il avait été toujours et uniquement montagnard. Il avait donné des gages de sa fidélité à la Terreur en soumettant Bordeaux qu'il avait purgée du parti girondin. Il se croyait en droit d'espérer quelque marque de gratitude. A l'inverse, il s'était heurté à l'hostilité de Robespierre. L'accueil de l'Incorruptible avait été glacial, et ce trait, qui aurait pu paraître isolé, s'était aggravé de lourdes inquiétudes quand d'autres conventionnels délégués en province avaient été reçus de la même façon. Tallien craignait d'avoir prêté le flanc à l'accusation de modérantisme par quelques mesures de clémence qu'il avait consenties aux caprices de sa maîtresse, Thérésia Cabarrus. Mais la suspicion de Robespierre s'abattit également sur Fouché, sur Dubois-Crancé, sur Barras, sur Fréron, sur Bentabole, qui avaient été féroces dans leurs missions respectives. Du coup, il devenait certain que Robespierre préparait une nouvelle purge contre les *pourris*. Des bruits couraient en effet selon lesquels les représentants de la

Convention en province ne s'étaient pas bornés à châtier les traîtres, mais qu'ils s'étaient enrichis de leurs dépouilles. Comme pour confirmer ces rumeurs, le Comité de salut public venait d'ordonner l'arrestation de Thérésia Cabarrus. Elle avait été conduite à la prison de la Petite-Force ; ses biens furent placés sous séquestre. Le premier mouvement de Tallien fut de se précipiter à Sainte-Pélagie pour s'instruire sur l'organisation des prisons. Il y vit Mlle de Sainte-Amarante. Tallien était de ces hommes qui découvrent le malheur quand ils en sont personnellement atteints. Il avait jusque-là traversé la Révolution sans rien voir de celle-ci, si ce n'est sa carrière. Il découvrait soudain le vrai visage de la *liberté*. Mlle de Sainte-Amarante, à l'âge de quinze ans, était retenue depuis neuf mois à Sainte-Pélagie uniquement parce que son père avait servi Orléans. Il existait des citoyennes Rigollet. Elles recevaient l'appui des Jacobins. Tallien mesura de quel prix se payait le rêve des philosophes. Sur le moment même, il fut porté, tel Brutus, à courir poignarder le tyran dans le sein de la Convention. Il se retint à cause de Thérésia. Pour secourir celle-ci, il avait besoin d'un agent qui s'introduirait dans la place. Emmeline lui donna involontairement l'idée d'employer Julien.

La Petite-Force, rue de la Culture-Sainte-Catherine, à proximité de la rue Saint-Antoine, était, comme Sainte-Pélagie, une ancienne maison d'hébergement pour filles publiques. Sa façade, au lieu de se trouver dans l'alignement de la chaussée, était vingt pieds en retrait de celle-ci, de telle sorte que la prison paraissait se dresser au fond d'un cul-de-sac. Julien usa de la méthode qui lui avait si bien réussi à Sainte-Pélagie et inspecta les lieux à partir d'une taverne voisine, mais il ne put trouver aucun moyen de communiquer avec l'intérieur. Les visites étaient rares et la conciergerie inaccessible. Des sans-culottes veillaient en permanence dans le cul-de-sac. Le cas semblait désespéré quand un soir, alors que la taverne était vide, le patron vint poser la main sur l'épaule du jeune homme.

— Ta petite amie est enfermée ? dit-il. C'est une catin ou une ci-devant ?

— C'est l'une et l'autre à la fois, répondit Julien qui glissa la main dans sa veste pour y saisir le manche de son couteau.

— Calme-toi, répondit le tavernier. Tu penses bien que je n'ai pas installé mes fourneaux dans cet endroit puant pour servir de bonne sœur aux prisonniers. Mon négoce a des ramifications. Tu n'es pas truand, mais c'est égal, je peux t'indiquer le moyen de communiquer avec l'intérieur, si tu y mets le prix.

Julien ouvrit son gousset d'une main et aligna vingt-cinq livres sur la table sans quitter son couteau de l'autre. Le tavernier lui révéla que la Petite-Force communiquait avec la prison voisine de la Grande-Force par un souterrain, et que le concierge de la Grande-Force était vénal. Il passait pour avoir été successivement moine, proxénète, flibustier, septembriseur, espion ; la rumeur assurait qu'il servait présentement d'agent royaliste. Entre les aristocrates et lui-même, il avait toutefois dressé la solide muraille de la pègre. Celle-ci seule connaissait le mot de passe : « Brave bougre, ne t'amuse donc pas à la moutarde, fais-y crever ces scélérats ! »

Julien ne voulut rien tenter sans en référer d'abord à Tallien. Le conventionnel se renseigna auprès du collègue Fouché. Celui-ci n'avait plus de domicile fixe. Il logeait à l'hôtel ou chez des amis. Robespierre avait déclaré aux Jacobins qu'un de ses griefs était que Fouché fût en vie. Menacé plus qu'un autre, Fouché courait Paris, visitant les conventionnels, suscitant des complots, dénonçant Robespierre à la colère du parti athée. Son intermédiaire était le maître d'hôtel du café Corazza. Alerté par celui-ci, il y vint un jour à 3 heures. Il s'attabla devant Tallien, qui l'attendait, et commanda un bœuf gros sel. Il était accompagné de Barras que Tallien connaissait de vue uniquement. Barras avait conservé de ses origines nobles une allure fière et hautaine qui déplut à Tallien. Sa personne dégageait comme une impression d'impatience et de fébrilité qui effrayait. Barras avait mis la Provence à feu et à sang, et s'y était enrichi sans scrupules. On sentait chez lui un homme prêt à tout pour échapper à Robespierre. Sans souci de paraître trop riche, il commanda des huîtres et un chapon.

— Tu manges en un seul repas ton allocation mensuelle de représentant ? dit Fouché avec humour.

— Oui, dit Barras, la chance me sourit quand je dépense !

Fouché fit un long exposé sur la situation politique. Barras écoutait avec tous les signes extérieurs de l'irritation.

— As-tu une troupe ? demanda-t-il comme pour conclure.

Fouché dut admettre qu'il n'en possédait aucune. Barras, qui avait servi dans l'armée de Breteuil, gardait les réflexes militaires et jugeait impossible de se lancer à l'assaut de la Commune sans une milice organisée. Tallien était soucieux avant tout de secourir Thérésia. Il dévoila l'existence de Julien qu'il décrivit comme le chef de tous les muscadins du Palais-Royal. Sur cette affirmation, ils décidèrent de réunir la conspiration le surlendemain à 11 heures au café Corazza. Concernant la Grande-Force, Fouché n'avait su collecter que des ragots. Peut-être le concierge était-il royaliste, peut-être sans-culotte, et sans doute l'un et l'autre à la fois, mais il s'annonçait davantage comme un agent provocateur. L'action était extrêmement risquée. Julien choisit néanmoins de l'engager.

« Brave bougre, ne t'amuse donc pas à la moutarde ! Fais-y crever ces scélérats ! » Le *brave bougre* tourna vers Julien sa face borgne qu'il avait apprêtée comme à la comédie italienne, avec un bandeau noir et des boucles d'oreilles de flibustier. Il n'interrompit pas son dégoûtant travail qui consistait à déverser dans une charrette les excréments du puisard de la prison. L'insupportable odeur méphitique emplissait la cour et empuantissait tout le quartier, jusqu'à la rue Antoine d'où s'élevèrent des cris de protestation. Le *bougre* lança un seau au fond du puisard et le remonta à l'aide d'une poulie.

— Tiens, des ossements, grommela-t-il.

Un crâne, des tibias sortirent du puisard. Le *bougre* les retira du seau sans paraître gêné. Il les essuya avec un torchon et les déposa sur le sol. Julien crut apercevoir sur ses lèvres quelques paroles qui pouvaient ressembler à une prière.

— Suis-moi à la conciergerie, dit l'homme, nous pourrons y causer à l'aise. Autrefois, vois-tu, on ne prenait pas soin d'enterrer les morts dans les cimetières, quand ils n'étaient pas repentis. On creusait une fosse dans le jardin ou on les jetait dans le puisard. A quoi bon en effet se mettre en frais d'un corps

qui ne ressusciterait pas à la vie éternelle ? Heureusement, ajouta-t-il, les lumières des philosophes nous
ont guéris de ces superstitions. Nous sommes bien
aises de vivre dans un siècle de raison.

— Je suis envoyé par le tavernier de la Petite-
Force, dit Julien.

— Tu es truand ?

— Je protège une fille au Palais-Royal.

— Alors nous sommes frères. J'ai connu le bagne
sous Louis XV. Ma femme, qui était maquerelle, a été
exposée sur l'âne. Un truand passe toujours pour moi
avant un honnête homme.

Ces paroles furent dites d'une voix volontairement
gouailleuse qui parut fausse à Julien. Celui-ci ne douta
pas que le moine jouait la comédie du banditisme
pour mieux dissimuler la mission qu'il accomplissait.
Il jugea prudent toutefois de s'en tenir lui aussi à
l'apparence du proxénétisme.

— Mon maître, dit-il, a des motifs particuliers de
s'intéresser à une catin de luxe, Thérésia Cabarrus,
ci-devant marquise de Fontenay, âgée de vingt ans,
qui est enfermée à la Petite-Force. Il voudrait connaître les conditions de son emprisonnement et ses
besoins, faire passer des messages et obtenir des
réponses. Il est prêt à payer le service à son juste
prix. Voilà l'affaire.

Julien depuis quelque temps avait modifié son langage. Il s'était appliqué, lorsqu'il logeait rue de la
Tixeranderie, à acquérir la prononciation rapide et le
ton volubile du petit peuple parisien. Il s'était aperçu
ensuite, à mesure qu'il fréquentait le Palais-Royal,
que les anciens aristocrates et les financiers parlaient
d'un ton égal, sans accentuation des syllabes, en s'ex-
primant comme s'ils ignoraient la langue écrite. Ils
évitaient soigneusement les liaisons et prononçaient
uniquement les lettres qui s'entendent, à l'exclusion de
celles qui se voient. Les phrases étaient brèves, les
réflexions incisives, le vocabulaire réduit au minimum,
avec une méticulosité, une précision qui semblaient pro-

venir de l'ancien Parlement. Julien avait gagné à leur contact l'art de s'exprimer avec économie. Ce trait n'échappa nullement à l'ex-bernardin. Il considéra les mains blanches de Julien, respira son cou parfumé, admira la solidité de ses muscles, et conclut qu'il s'agissait de quelque muscadin ou peut-être d'un agent royaliste. Il s'enhardit.

— Ça me fend le cœur, foutre, de secourir une ci-devant ; cette canaille ne mérite pas de vivre, mais j'ai pitié de la jeunesse. Le mot de passe pour toi sera : « Le soleil luit sur la Provence. »

— Monsieur y est comte, dit Julien.

— Oui, dit le geôlier, mais prends garde, la dix-septième heure n'est pas arrivée !

Une précaution supplémentaire de Fouché consista à placer Julien à l'angle de la rue Traversière et de la rue de Richelieu pour surveiller l'arrivée des participants à la réunion du café Corazza. Il était convenu que chacun gagnerait le Palais-Royal par un étroit passage situé entre les rues de Richelieu et de Montpensier. Le soir, cet endroit était plein de prostituées, de truands, de voyeurs, au milieu desquels il était aisé de disparaître en cas de péril. Julien avait assisté l'après-midi aux débats de la Convention afin de reconnaître les représentants dont il devrait assurer la sécurité. Ils étaient neuf : Barras, Tallien, Fréron, Lecointre, Courtois, Garnier de l'Aube, Rovère, Thirion et Guffroy. Fouché s'était abstenu à cause des espions qui l'entouraient. Merlin de Thionville, Bourdon de l'Oise, Bentabole et Dubois-Crancé avaient exprimé leur appui mais restaient momentanément sur leurs gardes. Julien devait donc surveiller neuf conspirateurs dont il avait gravé les traits dans sa mémoire. Pour plus de sûreté, il s'était adjoint un muscadin, nommé Duchosal, sectionnaire actif des Amis de la Patrie. Les deux jeunes gens montaient la garde de conserve depuis quelques minutes quand ils virent arriver Barras. Celui-ci marchait le front haut, sans la moin-

dre dissimulation, indifférent au danger comme un
colonel de cavalerie qui s'apprête à commander la
charge. Julien, qui aimait la bravoure, admira l'allure
de Barras qu'il aurait souhaité pour chef. Lecointre
et Courtois arrivèrent ensuite à cinquante pas l'un de
l'autre. Puis ce fut Tallien. Julien faillit le saluer, mais
un réflexe de prudence lui fit détourner la tête au
moment où il passait et adresser la parole à une fille
nommée Catherine, dont il avait connu les faveurs en
secret d'Adèle. L'instant d'après, Octave apparut.
Julien fut à ce point stupéfait qu'il oublia de rentrer
dans l'ombre, mais heureusement Octave passa sous
le nez de son ancien compagnon sans rien voir,
sinon un point qui filait devant lui et qui paraissait
se confondre avec Tallien. « Garde l'endroit, dit Julien
à Duchosal, j'en ai pour une minute. » Il suivit Octave
qui marchait dans les pas de Tallien et qui accéléra
l'allure dès qu'il aperçut le passage Montpensier.
Octave s'approcha tout contre le conventionnel qui
risquait de disparaître dans la foule du Palais-Royal.
En proie à la plus vive émotion, Julien se dépêcha de
précéder Tallien au café Corazza où, comme il l'avait
prévu, Octave entra à son tour, cherchant Tallien des
yeux. Ne le voyant plus, il s'attabla en commandant
une glace. Julien s'était retiré déjà dans le vestiaire
du premier étage qui offrait une vue plongeante sur
le café. Les conspirateurs étaient réunis dans un salon
de musique où le maître d'hôtel avait disposé des
rafraîchissements et des cigares. Barras, pour se singu-
lariser, demanda une glace à la vanille. Les derniers
conventionnels arrivèrent un à un sous le regard avide
d'Octave qui nota leur nom dans un calepin. Il parut
hésiter sur le parti à prendre, regarda sa montre, puis
commanda à souper. Il semblait résolu à attendre la
fin de la réunion pour mieux identifier les participants.
Cette circonstance et la prolixité des conspirateurs
allaient sauver le complot. Chacun discourut longuement. Dans cette époque qui parlait trop, ils parlèrent
davantage encore.

Quand Julien devina au ton des voix que la réunion
était finie, il se précipita dans le salon de musique.

— Citoyens-représentants, dit-il, un homme que je
connais et qui est une fripouille opère comme espion
dans la salle. Il suivait Tallien rue Traversière. Il achève
de souper et s'attarde dans l'attente de votre sortie.
Que dois-je faire ?

— Le tuer ! dit Barras.

Tallien s'en alla regarder par la fenêtre du vestiaire
afin de vérifier s'il ne connaissait pas l'espion.

— Je ne sais rien de cet homme, dit-il, il ne faut
pas hésiter.

Julien fut chargé de la besogne. Les conventionnels
soupèrent quand même de bon cœur. Fréron, que le
vin de Bourgogne portait à la gauloiserie, composa une
complainte désopilante. Pendant qu'il la déclamait,
Julien discutait avec Barras du moyen d'assassiner
Octave.

Complainte de la jeune fille

Fi ! Monsieur, je me lasse
De tous vos compliments
Et vous demande en grâce
D'agir plus hardiment.
Laissez donc votre main courir sous mon corsage,
Un amant généreux ne se veut point si sage.

Oh, Monsieur, je frémis
Sous votre main amie.
Mon collet trop bien mis
La voudrait plus hardie.
Arrachez aussitôt cette sotte chemise.
On dirait pour mon sein que vous craignez la bise !

Ah ! Monsieur, je vous presse
De frotter mon bourdon.
Rien en vous ne me blesse,
Vous avez mon pardon !
Ne parlez donc pas tant ! Laissez là tous ces mots.
Touchez-moi vite au con et fendez l'abricot !

Le café Corazza présentait une seconde issue vers la rue de Montpensier. Les conventionnels s'éclipsèrent par cette sortie, tandis que Julien, après avoir utilisé la même voie, revint dans le Palais-Egalité par les galeries intérieures et entra au café Corazza comme s'il venait y chercher un rafraîchissement à 2 heures du matin. Le café était vide. Seul Octave s'attardait devant une liqueur, tandis que les garçons commençaient de retourner les chaises.

— Quelle surprise ! s'exclama Julien. Toi ici après de si longs mois ! Eh bien ! l'on peut dire que tu es un cachottier. Qu'as-tu fait pour disparaître ainsi sans prévenir ? Sais-tu l'événement qui s'est produit dans la maison le jour de ton départ : notre patron a été arrêté comme suspect. Le pauvre homme s'est pendu dans sa cellule.

Octave semblait contrarié. Il regardait Julien avec méfiance en cherchant à établir un rapport entre cette présence insolite et la réunion des conventionnels. A un sourire du maître d'hôtel, il comprit qu'il avait été joué.

— Y a-t-il une double issue dans ce café ? demanda-t-il à Julien.

— Il y a en effet une entrée pour les fournisseurs, rue de Montpensier.

— Je suis bien aise de t'avoir revu, dit Octave, en se dressant avec humeur, mais tu m'excuseras, un rendez-vous m'attend.

— A cette heure ? demanda Julien.

— Oui, à cette heure.

— C'est un rendez-vous galant, je suppose ?

— C'est un-rendez-vous-je-suppose.

— Un instant, citoyen, je voudrais que tu me libères d'un doute. Notre patron, n'est-ce pas toi qui l'as dénoncé ?

— Cet homme était un accapareur, dit Octave. Il fraudait le maximum et trichait sur les fournitures de drap aux armées.

— Ainsi donc, tu l'as dénoncé ?

— J'ai agi selon ma conscience et je n'ai au surplus aucun motif de me justifier auprès de toi.

— Voilà une réponse maladroite, dit Julien qui se souvenait de Le Peletier de Saint-Fargeau. Tiens, misérable, tu ne dénonceras plus.

Il lui planta son couteau en plein cœur, juste sous le thorax. Octave s'écroula en poussant un han ! assourdi qui retentit dans tout le café. Il remua d'abord un peu les jambes et la tête, puis expira.

— Y a-t-il un puisard pour jeter le corps ? demanda Julien au maître d'hôtel.

— Un puisard ? Mais tu es fou ! Tu veux nous faire condamner à mort ? Jette-le donc dans la Seine !

— Pour qu'on l'identifie et qu'on arrête Tallien ? Non, cela ne se peut.

Julien enveloppa le corps dans un sac et le roula dans l'escalier de service jusqu'à la rue. Une voiture appelée par le maître d'hôtel les y attendait.

— Je dois livrer ces restes à la prison de la Grande-Force, dit Julien. Fouette, cocher !

Le hasard offrit à Julien une satisfaction sur laquelle il ne comptait pas. Un encombrement barrait la rue de la Verrerie. Pour le contourner, le cocher emprunta la rue de la Tixeranderie. La maison du tisserand dormait. L'enseigne était toujours intacte. Sans doute la veuve avait-elle continué le commerce. Il sembla à Julien que la mémoire du défunt était vengée par ce cadavre qui cahotait dans un sac. Cette heureuse coïncidence accrut encore l'audace du jeune homme. Il frappa à la porte de la prison avec énergie. « Je veux parler au concierge », dit-il. Le gardien, un moment interloqué, appela le concierge qui tendait une chandelle à la face de Julien.

— Le soleil luit sur la Provence, dit celui-ci.

— Ah ! c'est toi, dit le concierge, que viens-tu faire à cette heure ?

— J'ai à te livrer des restes, dit Julien, et je n'ai pu attendre la dix-septième heure.

— Un instant ! dit le concierge qui ouvrit la porte.

Ils entrèrent hâtivement à l'intérieur de la conciergerie où l'affaire fut débattue. La voiture venait d'entrer à son tour. Les roues paraissaient assourdissantes sur les pavés, tandis que la Grande-Force menaçait de se réveiller. Duchosal, qui ne supportait plus l'épreuve, vomit.

— Va-t'en, dit Julien, tu m'encombres !

— Il faut faire vite, dit le moine, l'aube approche. Dépouillons d'abord le cadavre. Rien ne doit permettre de l'identifier.

Il retira les vêtements et les brûla dans un fourneau dont il ranima la flamme avec du suif et du bois sec. Puis il aligna sur la table les objets personnels du défunt : une montre, un gousset, un poignard, un certificat de civisme et une carte de police. Les documents furent brûlés, tandis que Julien enveloppa le poignard et la montre dans un linge avec l'intention de les jeter à la Seine. Le gousset fut vidé de son contenu ; il contenait vingt-huit livres. Le concierge se pencha sur le corps et en retira le couteau. Un gargouillis de sang noirâtre sortit de la poitrine en gros caillots.

— Epanche la plaie, dit-il à Julien ; dépêchons, le jour se lève.

Ils placèrent le corps dans une brouette qu'ils recouvrirent d'un drap et se dirigèrent vers le puisard de la prison. L'orifice était assez large pour recevoir un corps.

— Couvre-toi la figure avec ton mouchoir, dit le moine. Les gaz méphitiques pourraient te tuer.

Une horrible odeur s'échappa du puisard quand le moine souleva le couvercle de fonte.

— Vas-y, dit-il en maintenant le couvercle avec un crochet recourbé.

Julien précipita le cadavre dans la fosse où il s'engloutit avec un bruit mat. Le jeune homme voulut approcher la chandelle pour s'assurer que le corps avait disparu sous les excréments.

— Halte, malheureux, s'écria le concierge. La flamme pourrait communiquer le feu aux gaz et provoquer une explosion. Du reste, tu n'as rien à craindre. Les boues ne sont enlevées que deux fois l'an. D'ici là, le corps sera réduit à l'état de savon gras.

Quand ils rentrèrent à la conciergerie, le moine proposa à Julien de rencontrer Thérésia Cabarrus. Le jeune homme accepta avec empressement. Thérésia, mal réveillée, fut introduite dans la cuisine de la conciergerie où fumait un café chaud. Elle portait une chemise de lin, un pantalon rayé, un châle en laine et un bonnet. Aux pieds, elle avait gardé ses souliers de bal. Elle eut un geste gracieux pour saluer Julien.

— Tallien ne pourrait-il me faire parvenir du linge, dit-elle, et quelque argent pour améliorer mon ordinaire ?

— Voici vingt-huit livres, dit Julien, en tirant de sa poche l'argent d'Octave. Le concierge est subsidié. Il vous remettra des colis.

— J'aimerais des fruits, dit Thérésia, nous sommes en mai et je n'ai pas encore mangé de fraises.

— Je vous en enverrai un plein panier, dit Julien. Elles viendront du Palais-Royal.

A ces mots, un sourire éclaira le visage de la jeune femme. Elle avait la peau légèrement cuivrée, de grands yeux sombres, des cheveux noirs et des lèvres vermillon que la pâleur de la prison n'avait pas réussi à éteindre. Les proportions de la gorge et du corps étaient d'une beauté que Julien n'avait jamais vue.

Elle eut un petit sursaut comme si une idée plaisante lui traversait l'esprit et elle s'empara de la main du jeune homme.

— Parlez-moi de Paris, dit-elle. Que joue-t-on au Théâtre de la République ?

— Quelque tragédie au goût du jour, répondit Julien. Elle s'appelle *Epicharis et Néron*. Néron prétend représenter Louis XVI, mais tout le monde y voit la peinture du tyran.

— Ah ! monsieur, le salut nous viendra des théâtres ! Il n'y a que les gens frivoles qui soient solides. Je ne compte plus sur les politiques. Ce sont des bêtes. Néanmoins, quelle folie d'avoir joué Orléans contre Louis XVI ! Allez, monsieur, votre visite m'a fait grand bien. Il ne m'était rien advenu d'aussi bon depuis plusieurs semaines. Prenez garde à vous. Vous êtes trop jeune et trop joli pour mourir.

Julien s'inclina devant Thérésia. Il s'empara de sa main et la baisa assez vivement. Elle la lui abandonna en fermant les yeux. En regagnant sa cellule, elle se retourna encore pour lui adresser un signe amical qui signifiait : je compte sur vous ! Julien quitta la Grande-Force dans un incomparable sentiment d'allégresse. Il retourna au Palais-Royal, chez la Montansier, rendre compte à Barras qui était nonchalamment alangui sur un divan. Le conventionnel serrait contre lui une jeune femme qui tenait ordinairement ses quartiers au coin de la rue Vivienne.

— Et toi, Julien, dit Barras, tu n'as pas d'amie ?

— J'en ai une, citoyen, mais je rougirais de la nommer, car elle travaille chez la Sainte-Foix.

— Bah ! elle est libre alors, tu passes de bons moments. Je n'ai jamais trouvé mon plaisir qu'auprès des grisettes et des actrices. Du reste, je n'aime pas les Françaises. En Italie, les femmes sont gaies et ave-

nantes. Leur bonheur est d'autant plus vif que le mari
est jaloux et toujours prêt à tuer l'amant. C'est une
vraie joie.

Bien qu'il fût 5 heures du matin, Adèle demeurait
cloîtrée chez la Sainte-Foix. Julien se lassait de cette
conscience professionnelle poussée à l'extrême. Il ne
savait plus s'il l'aimait ou non. La facilité de ses rapports avec les prostituées était un trait par lequel il
se rapprochait des classes supérieures. Les aristocrates
et les financiers gardaient une distance étonnante vis-
à-vis de leurs femmes, de leurs enfants, de leurs domestiques. Ils ne s'abandonnaient à la douceur des rapports humains qu'avec les prostituées. C'était comme
si un pont enjambait la société et passait directement
des hauteurs sociales aux classes inférieures. La prostitution n'était peut-être qu'un cas particulier, car ce
même commerce aisé existait avec les perruquiers, les
parfumeurs, les actrices, les modistes, les comédiens,
les chanteurs, les coiffeurs, c'est-à-dire tous les artisans
du plaisir. La vraie conjuration était là. Julien le dit
à Barras.

— Ton observation est juste, dit celui-ci, les révolutionnaires sont des gens graves. Même lorsqu'ils s'amusent, ils y mettent une application qui donne à leurs
fêtes un je-ne-sais-quoi de contraint. En réalité, ce
sont des esprits religieux qui se sont égarés dans les
cultes laïques. Vois-tu, il est une chose dont nous
devons nous persuader, nous autres, réacteurs, c'est
qu'en définitive il n'y a qu'une arme efficace contre la
Terreur : c'est l'amour de la vie. Les Jacobins aiment
une idée de la vie : ce n'est pas la même chose.

Julien ne put s'arracher à la nuit. Sa déambulation
songeuse le ramena aux Halles. Dans l'aube précoce
de juin, la criée commençait à faiblir. Des prostituées
tâchaient d'arracher encore quelque salaire à des négociants.

Julien venait de commettre son premier meurtre.
Dans sa songerie, le plus étrange n'était pas le meurtre,
mais l'adjectif de premier qu'il y accolait spontané-

ment. Il avait découvert en Barras un maître. Etrange
maître, pour qui les plaisirs tenaient lieu de ligne de
conduite. Peut-être ce cynisme contenait-il les motifs
de l'admiration que le jeune homme portait au conventionnel. Il considéra son passé et fut lui-même surpris
de l'aisance avec laquelle il s'était établi dans les habitudes du proxénétisme. Il y chercha une raison et n'en
vit aucune, sinon que son esprit s'inquiétait toujours
du chemin le plus bref pour atteindre l'objectif proposé. Cette raison était pourtant insuffisante, car Julien
aurait pu pareillement s'engager chez les Jacobins et
prospérer sur les cadavres de la Révolution. Or, celle-ci
lui faisait horreur, alors cependant qu'elle marchait
avec les intérêts de sa naissance. Un obstacle invincible
le retenait d'adhérer aux principes révolutionnaires. Il
passa en revue toutes les vilenies qui se peuvent commettre pour parvenir promptement dans la société :
la prostitution, le meurtre, la spéculation. Toutes lui
parurent des moyens très ordinaires. En revanche, la
politique lui répugnait. Il se découvrit une haine glo-
bale des hommes à principes, mais cette idée de nouveau lui parut trop courte, car il aimait profondément
la société du Palais-Royal dont les principes, quoique
plus débonnaires, n'étaient pas moins ancrés que ceux
des Jacobins. Julien reconnut alors que sa personne
s'était transformée pour se modeler sur celle du Palais-
Royal. Il ne pensait jamais : « J'habite Paris » ; il
pensait : « Je demeure au Palais-Royal. » Il ne voyait
rien au-delà. Un modèle de société naturelle se dessi-
nait sous ses yeux où la liberté, l'amour, le plaisir
formaient le fond et en quelque sorte la raison d'être
de l'organisation sociale. Il connaissait le rare bonheur
de vivre dès ses vingt ans dans le lieu de ses rêves.
Il fouilla dans ses souvenirs pour voir si Liège ne lui
avait pas proposé quelque modèle identique. Il en
existait sans doute, mais ils restaient fort éloignés de
ce personnage immense, plus grand que les héros de
roman, plus fort que la Révolution elle-même : le
Palais-Royal. A Liège, comme sans doute à Londres, à

Vienne ou à Berlin, l'amour, l'art, l'argent, la prostitution, la politique, la mode, la table occupaient des
places distinctes, chacun dans le rayon qui lui avait
été assigné. A Paris seulement et rien qu'au Palais-
Royal, la vie unissait les différentes couleurs du
tableau et l'animait dans une confusion ressemblant
à celle — joviale et superbe — de la nature. L'on
n'avait rien inventé qui fût supérieur depuis la Renais-
sance italienne. Dans l'affrontement qui se préparait,
il distinguait le choc de ces deux lieux clos, voués l'un
aux idées, l'autre aux plaisirs : le couvent des Jacobins
et le Palais-Royal. Sa carrière était tracée : ni royaliste
ni révolutionnaire, il appartenait au parti de la liberté.

Sur proposition de Cambon, un décret fut rendu par le Comité de salut public qui confisquait rétroactivement les biens du ci-devant Amarante, complice du ci-devant Egalité dans les entreprises de brigandage de ce dernier. Emmeline apprit la nouvelle avec résignation. Elle avait la tête occupée des privautés de Mlle Raucourt. Depuis neuf mois, Emmeline était emprisonnée, et l'éveil de ses sens ne résistait plus. Tout le monde autour d'elle jouissait avant de mourir. Pourquoi discuter son plaisir au pied de la guillotine ?

La jeune fille, conseillée par Mlle Raucourt, finit par appeler Tallien. Celui-ci ne se risquait plus dans les prisons. Il craignait de n'en pas sortir. Il délégua donc Julien, qui se présenta un matin à l'aube. Emmeline ne l'avait encore jamais vu. Elle fut sensible à la gentillesse du jeune homme.

— Ne crains pas pour tes biens, citoyenne, dit-il, ils te seront rendus. Nous irons attaquer le décret du Comité de salut public.

— Devant qui ? demanda-t-elle.

— Devant la Convention. Celle-ci est pour l'instant occupée à des tâches mémorables, mais d'ici quelques semaines, tu pourras paraître au bal avec toute ta fortune.

— Ah ! un bal, dit Emmeline, quel bonheur ! Le roi est mort alors que j'étais sur le point de faire mon entrée dans le monde. Nous avions pris le deuil, car mon père, quoique du parti d'Orléans, aimait le roi. Ensuite mon père est mort, et c'est ainsi qu'à quinze ans, je n'ai jamais dansé !

— Tu danseras, citoyenne, et plus que tu ne l'aurais fait dans l'ancienne société ; les hiérarchies n'existent plus, les préjugés sont tombés, c'est le point positif de la Révolution.

— Vous parlez pour me faire plaisir, dit Emmeline en pleurant. Je suis affreuse, toute blanche, mal vêtue, pourquoi donc le sort est-il tellement cruel avec moi ? J'expie certainement les péchés de mon père.

— Je vais te raconter une histoire, dit Julien. Il était une fois une jeune fille qui se prénommait Emmeline. Elle vivait longtemps avant la Révolution. Tout autour d'elle était doux et plaisant ; la vie se passait en fêtes et en dîners. Quand elle eut quinze ans, ses parents donnèrent un grand bal.

« Elle avait une robe ravissante et une superbe bague qui datait de Saint Louis, car mon histoire se passe sous Louis XVI, en un temps où l'on demandait le plus sérieusement du monde à quelqu'un : « Etes-vous de 1400 ? » (Emmeline rit.) Le bal commença. La jeune fille remarqua un beau jeune homme, fier, élancé, qui avait de belles moustaches, qui dansait à ravir. Elle tomba amoureuse de lui. Toute la nuit, elle rêva du jeune homme en se disant : « Voilà mon futur ! » Le lendemain, elle s'en ouvrit à sa mère. Celle-ci fit la grimace : « Fi ! mademoiselle, ce petit marquis est de 1600 ! Son aïeul était roturier sous Henri IV ! Votre futur était présent dans la salle. Je m'étonne que vous n'ayez pas eu l'esprit de le reconnaître. C'est le duc de la Première Croisade avec qui vous avez dansé. — Mais, dit Emmeline, il est veuf, père de sept enfants, dont le cadet pourrait être mon père, il est tout rond, tout gras, tout chauve. — Plus un mot, mademoiselle, le duc est maître des cérémonies du roi, on ne refuse pas une telle alliance. » Et tout fut dit. Emmeline, qui était une honnête personne, n'eut pas d'amant. Elle pleura toute sa vie, enviant le sort des grisettes, des filles sans dot, qui sortent librement matin et soir, qui aiment à leur guise, qui mettent des rubans quand elles en ont envie, et qui savent ce qu'est une rue pour y avoir marché. Allons, mademoiselle, supportez votre emprisonnement. Il vous épargnera d'être enfermée toute votre vie.

Au retour, il trouva Adèle de méchante humeur. « Tu es encore allé en prison ? dit-elle. Tu as raté ta vocation, mon pauvre, tu aurais dû te faire bonne sœur ! » Julien ne répondit pas. Il ouvrit son cabas et en retira la toile qu'il avait emportée de Liège. Qu'aimait-il donc dans ce tableau ? Ce n'était ni le masque rose du prince-évêque, ni le chanoine son père, ni le petit orchestre baroque, ni les belles arcades gothiques de la cour, ni les culottes rouges des officiers, ni le charmant abandon de la maîtresse du prince. Peut-être était-ce l'étude attentive des conditions du bonheur. Julien se sentait peintre du monde à venir. Il aurait voulu en brosser à l'instant le tableau. Les pinceaux et les couleurs étaient disposés devant lui. La toile vierge était prête. Il suffisait de se mettre au travail. Mais, si le choix des instruments était arrêté, l'auteur ne savait encore quel héros il voulait peindre. Emmeline lui apparut avec la fraîcheur candide des personnages de Chardin et de Greuze. Thérésia avait l'allant des comtesses de Fragonard. Mais il manquait le personnage principal, celui qui saisirait le cheval par la bride et le conduirait au grand galop dans le XIXe siècle. Julien pensait que Barras pourrait être cet homme. Lui-même peut-être, s'il épousait Emmeline et devenait un aristocrate, serait capable de grandes choses. Mais cherchant à se remémorer les traits d'Emmeline, il n'y parvint pas. Les yeux, comme d'habitude, précédaient l'esprit et déclaraient l'indifférence du corps.

A partir de la mi-messidor, une chaleur étouffante s'abattit sur Paris. Des orages terribles éclatèrent qui furent aussitôt chassés par un vent sec et brûlant. La colline de Chaillot fut détrempée par une pluie torrentielle qui précipita de la boue et des légumes vers la Seine. Le Palais-Royal était rempli de monde dès 5 heures à cause de l'ombrage des arcades et des rafraîchissements dispensés dans les cafés. Autrefois, à pareille époque, de brillants équipages quittaient Paris. Les hôtels du Marais, du faubourg Saint-Germain et du faubourg Saint-Honoré se vidaient de leur population de nobles, de financiers et de domestiques. Ils s'en allaient vers la province surveiller les vendanges et préparer le renouvellement des baux pour l'automne. La fête parisienne s'arrêtait jusqu'en octobre. Désormais il n'y avait plus de fête que sur la place de la Révolution. On avait guillotiné 257 personnes en avril et 358 en mai. Il en était résulté un surcroît de travail inédit pour le bourreau. Celui-ci y satisfaisait fort vaillamment. Il était devenu la vedette de Paris. On discutait son art, comme d'un chanteur ou d'un danseur. La promptitude avec laquelle il expédiait une charrette de vingt personnes était admirée. L'ordonnancement de cette fête perpétuelle incombait à Fouquier-Tinville qui, en bon régisseur, ne manquait pas d'y introduire de la fantaisie. Ainsi Madame Elisabeth, quoique femme, fut exécutée la dernière. Cette exception à la règle avait été fort goûtée des patriotes. La victime s'était montrée courageuse, tout comme Lucile Desmoulins. Les spectateurs guettaient qui du mari ou de la femme montrerait le plus de constance devant la mort, et la palme revint à la femme. Le temps était comme suspendu. Chaque jour qui passait amenait vingt ou trente morts supplémentaires. André Chénier venait d'être conduit au supplice. Le général de Beauharnais avait connu le même sort. Toutes les carmélites de Compiègne furent décapitées. Le 4 thermidor, un nommé François Gossin, ancien procureur général syndic du département de la Meuse, fut compris dans la prétendue conspiration des prisons et condamné à mort par le tribunal révolutionnaire. Les victimes étaient au nombre de 46. Il y avait six charrettes. Lorsqu'elles furent pleines, le bourreau, qui, sa liste à la main, avait procédé à l'opération, donna le signal du départ. L'on vit alors quelqu'un courir derrière la dernière charrette en criant : « Et moi aussi je suis condamné ! Mets-moi sur la voiture ! » C'était François Gossin. Le bourreau d'abord le repoussa, mais l'autre continuait à crier : « Je suis condamné ! je suis condamné ! » A force d'insistance, il finit par faire reconnaître son droit à la guillotine. L'anecdote courut Paris. Chacun se sentait un peu François Gossin, résigné à la Terreur au point de s'être par avance soumis à la mort. On parlait de faire périr dans les semaines à venir un grand nombre de comédiennes, de caillettes et de femmes de mauvaise vie. La Révolution était arrivée à ce point où il fallait soit libérer tout le monde, soit massacrer trois cent mille personnes.

Le 8 thermidor, Julien reçut un message de la Petite-Force. Il lui fut apporté par un jeune homme pauvrement vêtu sous les manières duquel il n'était pas difficile de reconnaître un aristocrate. Le billet était adressé au « citoyen Tallien, à transmettre d'urgence ». Julien crut que le message émanait du concierge et l'ouvrit en négligeant le nom de Tallien : « L'administrateur de police sort d'ici ; il est venu m'annoncer que demain je monterai au tribunal, c'est-à-dire à l'échafaud. Cela ressemble bien peu au rêve que j'ai fait cette nuit. Robespierre n'existait plus et les prisons étaient ouvertes, mais par votre insigne lâcheté, il ne se trouvera bientôt plus personne en France capable de le réaliser. » Le message, quoique anonyme, émanait à l'évidence de Thérésia Cabarrus. Julien se précipita chez Tallien, qui se trouvait à la Convention. Il courut le rejoindre aux Tuileries, mais se vit interdire l'accès de l'Assemblée nationale. « Les tribunes sont pleines, citoyen, Robespierre est revenu », dit un gendarme avec jovialité. Ne sachant que faire, Julien alla chez Barras, qui était absent lui aussi. Il revint donc à la Convention et cette fois réussit à se glisser dans le couloir qui donnait accès aux bancs des députés. Seuls les représentants et le personnel de la Convention y étaient admis. Julien espérait dans le brouhaha habituel pour s'approcher de Tallien. Au contraire, Robespierre était écouté dans le plus profond silence. Il parlait d'une voix extrêmement tendue en ponctuant son discours de coups brefs sur le bureau. Barras, qui s'était assis en bordure de rangée, près de la sortie, aperçut Julien. Il se déplaça vers la porte et s'éclipsa nonchalamment, comme s'il était pressé par quelque affaire. Julien le mit au courant. « C'est bien, dit-il, convoque Fouché et les principaux sectionnaires pour ce soir ; nous tiendrons une ultime réunion à minuit au café Corazza, après les Jacobins. » L'heure de l'action avait donc sonné. Julien vit une coïncidence extraordinaire entre ses rêves et la réalité. A considérer les forces en présence, le complot devait échouer. Toujours, depuis 1789, la Révolution avait pressé le pas. Elle semblait menée par une logique qui dépassait les prévisions individuelles. A cause de ses origines modestes, Julien était toutefois

peu enclin à voir dans le peuple une énergie spontanée.
L'espionnage politique dans les sections révélait qu'au-
cune disposition n'avait été prise par Robespierre pour
organiser une *journée*. L'on était donc à armes égales.
L'audace et la rapidité désigneraient le vainqueur.
Robespierre n'avait jamais rencontré que des François
Gossin qui couraient derrière la charrette du bourreau
et appelaient cela « faire de la politique ». Il allait
enfin découvrir des hommes. Pour avoir comparé
Robespierre à Barras, Julien ne doutait pas du succès.
Entre le Palais-Royal et le couvent des Jacobins, la
partie lui paraissait réglée d'avance.

Dès l'aube, il loua une voiture et courut au Palais
de Justice pour s'assurer que Thérésia Cabarrus ne
comparaîtrait pas au tribunal révolutionnaire. Cette
circonstance allait bouleverser sa vie. En consultant la
liste des prévenus, il s'aperçut que Mlle de Sainte-
Amarante y figurait. Au lieu de revenir au Palais-Royal
d'où il devait commander la manœuvre des sections
contre la Commune, Julien s'introduisit parmi le public
dans la salle du tribunal révolutionnaire. Les deux
premiers accusés étaient d'anciens magistrats du Parlement de Paris. Ils furent aussitôt condamnés à mort.
Ensuite parut « la citoyenne Amarante ». Elle était
inculpée d'avoir participé à la conspiration d'Orléans
et de s'être prostituée dans le lit de la *femme Capet*.
« Comme l'on voit, dit le président, la valeur n'attend
pas le nombre des années ! » Il était convenu de faire
guillotiner le président Dumas dès le lendemain. Cette
perspective à elle seule avait quelque chose d'irréel ;
néanmoins elle détermina la conduite du jeune homme.
Il se fit la réflexion qu'il suffirait de gagner vingt-
quatre heures et de troubler le tribunal par quelque
intervention énergique. La chose était malaisée depuis
que l'on n'entendait plus de témoins.

— Citoyen-président, s'exclama-t-il, je demande à
être entendu dans la cause de la citoyenne.

— A quel titre ? demanda Dumas.

— Au titre de mouton ! répondit Julien.

La réponse était pour le moins inattendue. Elle désorienta le tribunal.

— Quel est ton nom ? questionna Fouquier-Tinville.

— Je m'appelle Octave Mabye, de la section des Arcis.

L'accusateur public parut fouiller dans sa mémoire. Ce nom ne lui était pas étranger, quoique le visage lui fût inconnu. Emmeline, qui avait reconnu Julien, ne savait trop si l'intervention du jeune homme était destinée à la perdre ou à la sauver. Dumas et Fouquier-Tinville se consultaient du regard.

— J'atteste, dit Julien, que la citoyenne Amarante était vierge quand je l'ai connue !

Un murmure d'étonnement s'éleva dans le public.

— Qu'entends-tu par là ? dit Fouquier-Tinville.

— Je l'ai connue charnellement à Sainte-Pélagie et son pucelage était intact !

— Tu soutiens donc que tu as mis à profit tes fonctions d'informateur pour forniquer en prison avec la citoyenne ? dit Dumas.

— Non point forniquer, président, toucher seulement, dit Julien avec une tranquille impudeur.

Emmeline écarquillait les yeux comme devant une fantasmagorie. Dumas s'en aperçut.

— Et toi, citoyenne, grommela-t-il, que dis-tu de tout cela ?

— C'est faux, cria Emmeline, je n'ai jamais eu de rapports charnels qu'avec ma codétenue, Mlle Raucourt !

Ce fut un formidable éclat de rire.

— Il me semblerait convenable, dit Fouquier-Tinville, d'ajourner le procès de la citoyenne pour instruire davantage celui de cet agent des Bourbons.

Il dit ces mots en hurlant tandis qu'il désignait Julien d'un index vengeur. A l'instant le jeune homme fut entouré de gendarmes qui le poussèrent vers le corps de garde. Il eut de nouveau une inspiration.

— Je me réclame de Lescot-Fleuriot, cria-t-il. Je

suis son protégé, son ami, car comme lui je suis belge.

— Emmenez-le à la Commune qui disposera de son sort, dit Fouquier-Tinville, sûr par là de perdre Julien.

Jean-Baptiste Lescot-Fleuriot avait participé à la révolution brabançonne. Il s'était ensuite réfugié à Paris où, après des débuts modestes, il était devenu substitut de l'accusateur public. Il venait d'être élu maire par la Commune. Liège et Bruxelles, quoique appartenant à des Etats distincts, participaient de la même effervescence révolutionnaire. Une correspondance s'était établie entre les francs-maçons des deux villes, de telle sorte que le chanoine Terwagne et le jeune Lescot-Fleuriot s'étaient rencontrés plusieurs fois dans la maison du chanoine où l'on commentait passionnément les nouvelles de Paris. Julien et Jean-Baptiste avaient prêté le serment d'athéisme, après un discours exalté du chanoine, qui ne contenait plus sa haine de la superstition quand il avait bu. Julien fut d'abord enfermé dans un étroit cagibi. Pas un instant il ne pensa à son sort. En revanche, il s'inquiétait pour la conspiration. Certes, il avait trouvé d'instinct le moyen propre à sauver Emmeline. C'était une preuve supplémentaire de cette vie *naturelle* qui palpitait en lui, mais il payait son audace de sa liberté et privait les sections de leur guide. Au fond de son âme, il était pourtant convaincu d'avoir agi de la manière la plus appropriée à son destin. Jusqu'alors, il ne s'était jamais trompé sur la vision intuitive de ses intérêts. Il devinait que son action le servirait plus tard au-delà de toutes ses espérances. Par quel biais ? Il ne le distinguait pas encore.

— Terwagne, salut !

Lescot-Fleuriot se tenait hostile devant lui dans la pénombre.

— Ne sais-tu pas que je suis maire de Paris ? dit-il vivement.

— Je le sais, dit Julien.

— Pourquoi n'es-tu jamais venu me trouver ?

Julien marqua une hésitation.

— Eh bien ! dit Lescot-Fleuriot. As-tu oublié nos serments ?

— Non, Jean-Baptiste, je n'ai rien oublié, je reste athée comme devant et révolutionnaire, mais...

— Car il y a un mais...

— Oui, il y a un mais... (Julien se tut).

— Eh bien ! parle.

— Qui m'écoute ? l'ami ? le maire ? le jacobin ?

— La loi des suspects n'est pas d'application chez moi.

— Jean-Baptiste, mon père comme moi-même avons toujours haï la superstition et la féodalité. J'englobe dans cette abomination laïque le prince-évêque Hoens-broeck et j'y ajoute l'amour ardent de la France.

— Oui, dit Lescot-Fleuriot, moi aussi, quoique bra-bançon, j'ai désiré la France.

— Je suis toujours dans les mêmes dispositions d'esprit, dit Julien.

— Cependant, tu vas me dire, comme tous les tièdes, que la Révolution doit s'arrêter. As-tu réfléchi à ceci, Terwagne ? Jamais les tyrans n'accepteront la réunion de la Belgique et de Liège à la République. Il faut donc faire la guerre et la faire sans cesse si la Révolution veut atteindre son objectif final qui est de réunir tous les peuples opprimés à la France. Or, pour faire la guerre, il faut éliminer les factions.

— Non, Lescot, non, voici où nous nous séparons, car les factions naissent du principe même de la Révo-lution, qui est de tout soumettre à une seule loi, à un seul homme, à un seul club, à un seul culte.

— Tu parles de l'Etre suprême ?

— C'est pour moi une superstition, ni plus ni moins qu'une autre, qui s'encombre d'un vocabulaire philosophique. Je n'ai, moi, qu'une religion, la Patrie.

— La Patrie, Terwagne, existe pour la République et pour l'Etre suprême. Hors de là, il n'y a que fri-ponnerie et corruption. Un gouvernement républicain qui ne serait pas soumis à la vertu serait pire que le gouvernement royal, car celui-ci s'accommode de la nature sociale corrompue de l'homme, tandis qu'un gouvernement républicain repose sur la pureté originelle du genre humain.

— Jean-Baptiste, nous avons le bonheur de voir réunis la Belgique et Liège à la France. Allons-nous nous séparer sur une idée ? (Il tendit les mains vers Lescot-Fleuriot, qui le repoussa.)

— Je crois dans les idées. La patrie est là où se tient la vertu.

— Eh bien, je vais te faire une confidence, dit Julien, chez qui la sincérité était une forme de mépris. Je préfère les prostituées du Palais-Egalité à la vertu de Robespierre. La friponnerie peut prendre deux formes : celle, cynique, de la corruption, et celle, vertueuse, de la terreur. Robespierre se donne les gants de la vertu pour égorger son prochain. Cette vertu-là n'en est pas moins de la friponnerie.

— Va-t'en, dit Lescot, tu me fais horreur.

— Jean-Baptiste, encore une fois, unissons-nous.

— Va-t'en, dis-je, tu me dégoûtes.

Il repoussa Julien avec brutalité, puis se ravisa, sous l'effet d'une sorte de remords.

— Jures-tu de ne rien faire pour t'évader ? demanda-t-il.

— Je le jure.

— Sur la mémoire de ton père et sur notre serment d'athéisme ?

— Je le jure.

Lescot laissa retomber les bras comme s'il cédait à une soudaine détente.

— C'est bien, dit-il, tu es libre de demeurer dans cette pièce jusqu'à demain. Quelle journée, Terwagne ! Le 9-Thermidor sera à jamais mémorable par la victoire définitive des philanthropes sur les ennemis du genre humain ! Ce soir, il n'y aura plus de factions dans la République !

Emmeline ne fut pas reconduite à Sainte-Pélagie. Le convoi des condamnés devait être conduit à la prison du Luxembourg et de là au supplice, place du Trône-Renversé. Emmeline fut englobée dans le convoi avec ordre cependant de ne pas la livrer au bourreau, mais le concierge du Luxembourg crut à une ruse destinée à faire échapper une ci-devant catin à la guillotine. Il ne voulut pas recevoir Emmeline, du moins si elle ne montait pas sur la charrette, se retranchant derrière la loi qui exigeait pour mettre quelqu'un dans une prison un ordre écrit du Comité de salut public ou du Comité de sûreté générale. Le concierge en était à disputer avec le commandant de gendarmerie quand un cortège beaucoup plus étonnant se présenta. C'était Robespierre, entouré de gendarmes, qui avait été mis hors la loi par la Convention et qui venait attendre là son exécution capitale. Le concierge refusa catégoriquement de le recevoir. Il tonna contre les conspirateurs et hurla à l'étranglement des patriotes. Robespierre conservait un visage impassible comme s'il prenait la postérité à témoin du sort odieux réservé à la vertu. Les gendarmes repartirent avec leur prisonnier. Ne sachant que faire d'Emmeline, ils la mirent dans la même voiture que Robespierre. La jeune

femme terrorisée n'osait adresser la parole à l'Incorruptible qui paraissait ne pas la voir. Elle priait tous
les saints du ciel pour que les coups conjugués des
furieux qui se disputent la chose publique ne se ren-
contrassent pas sur sa personne. Le convoi arriva aux
Carmes où la scène se renouvela. Le concierge ne
voulut pas de Robespierre. Il menaça même d'égorger
en représailles plusieurs aristocrates si les conspirateurs ne s'éloignaient pas à la seconde. Penauds, bous-
culés, hués, les gendarmes promenaient leur fardeau
dans Paris sans savoir ce qu'ils devaient en faire. Ils
gagnèrent finalement le poste de police de l'Hôtel de
Ville où Robespierre fut accueilli comme un héros,
libéré, embrassé, congratulé, porté en triomphe devant
la Commune.

Pendant que Robespierre entrait, Julien sortait. Il
fut étonné de voir Emmeline avec l'Incorruptible,
mais rien désormais ne pouvait plus l'étonner. Il s'était
aplati les cheveux sur la nuque, avait chaussé des
sabots, s'était roulé dans la poussière, et avait arraché
les boutons de sa veste. Le rapide déguisement de la
crasse lui donnait l'apparence d'un sans-culotte vêtu
des dépouilles d'un aristocrate. Face à la tournure
imprévue de la journée il s'était joint à la colonne de
gendarmes et de sectionnaires commandés par le substitut Coffinhal. Celui-ci entra en trombe dans le jardin
des Tuileries avec deux mille hommes. La Convention
n'était plus défendue que par une poignée de citoyens
apeurés, les canons étaient libres, le *général* Hanriot
les fit tourner contre l'auguste assemblée qui résolut
de mourir sur ses bancs, comme le Sénat romain.
Julien cherchait l'un ou l'autre moyen propre à sauver
ses amis quand Barras sortit de la salle, ceint d'une
écharpe tricolore et couvert d'un chapeau empanaché.
Il était accompagné de quelques conventionnels, dont
Dubois-Crancé et Legendre.

— Retirez-vous, misérables, cria-t-il d'une voix
forte, votre général est hors la loi.

Ce mot paralysa la troupe.

— C'est exact, lancèrent des voix, Barras est le général en chef, obéissez-lui.

— Soldats, dit Julien, Robespierre est contre les traîtres et les factieux, mais non contre la représentation nationale. Allons chercher ses ordres à la Maison commune.

Barras ne parut pas surpris de trouver Julien à cet endroit. Au contraire, il lui adressa un regard de reconnaissance qui semblait dire : « Nous sommes deux au moins à ne pas perdre le fil de la journée. » La troupe fit demi-tour et revint à l'Hôtel de Ville. Julien y entra comme Emmeline en sortait. Le président Dumas l'avait reconnue, s'était emporté contre les gendarmes et avait ordonné qu'elle fût reconduite sur-le-champ à Sainte-Pélagie. Julien, qui n'avait plus l'espoir d'emmener Emmeline avec lui, voulut retourner aux Tuileries, mais il jugea que sa présence était davantage nécessaire dans la place ennemie qu'à la Convention où la bataille parlementaire était gagnée. Il réintégra donc posément son cachot, se coucha sur la paille, ressortit pour manger une tartine dans un estaminet de la rue de la Coutellerie, revint s'asseoir et attendit la suite.

Paris ne dormit pas. Des coups de canon, des cris, des fusillades, les tambours qui battaient la générale, les cloches qui sonnaient le tocsin tinrent la ville en éveil. Comme pour l'y forcer, les agents de Barras se répondaient dans les rues en annonçant des ralliements considérables et en dénonçant les crimes de *Catilina* Robespierre.

Julien en percevait l'écho. La détermination qu'il découvrait à l'Hôtel de Ville détruisait l'illusion qu'il s'était faite d'une victoire aisée. Il resta toute la nuit morne, incapable de dormir.

Thérésia Cabarrus, elle non plus, ne dormit pas. Elle s'était rhabillée en hâte dès minuit. Elle se préparait au pire comme au meilleur, c'est-à-dire en tout cas à sortir, pour la liberté ou pour la guillotine, et elle guettait le moindre bruit en tâchant de l'interpréter. Depuis quatre jours, elle partageait sa chambre avec un vieillard de soixante-dix-huit ans, M. de Vassols, ci-devant président à mortier au Parlement de Paris. Seul parmi tous ses collègues, il avait échappé à l'échafaud. Il s'était réfugié dans une petite terre qu'il possédait près d'Ablis où il cultivait des légumes. La ruse avait duré sept mois. Elle venait d'être éventée et Vassols emmené à Paris pour y être jugé.

— Je crois que demain nous serons libres, monsieur de Vassols, dit Thérésia Cabarrus.

— Je vous trouve bien optimiste, madame. Qu'est-ce qui vous fait croire que ces scélérats seront rassasiés de s'être dévorés entre eux et qu'ils ne conserveront pas de l'appétit pour le dessert ?

— J'ai des amis dans l'Assemblée et j'augure bien de leur courage.

— Comme rien ne ressemble tant à un coup de canon qu'un autre coup de canon, je vous avoue que je serais bien en peine de dire lequel des deux tonne à la victoire. Il est vrai que je n'ai pas l'oreille militaire.

— Ah ! monsieur, nous sommes bien punis de notre jeunesse !

— Vous me flattez, madame, et vous vous calomniez, car je ne sache pas que nous ayons le même âge ni que vous ayez eu beaucoup de temps pour fronder Louis XVI.

— J'ai été mariée à quinze ans, monsieur, au marquis de Fontenay qui fréquentait la société des magistrats du Parlement. Nous nous gaussions de ce brave Louis, qui vivait sous la férule de l'Autrichienne et qui, disait-on, dormait en ronflant.

— J'avoue, madame, qu'aujourd'hui encore, je ne puis concevoir d'estime pour un homme qui prend sa femme pour maîtresse. Quand on est roi, on en doit supporter les charges.

— Etait-il vraiment coupable ?

— Si Louis XVI avait été plus avisé, il ne nous aurait pas rappelés, nous les parlementaires, car nous sommes de vieilles ganaches, et il nous aurait laissés là où M. Maupéou nous avait mis.

— Vous n'y auriez point trouvé votre intérêt.

— Agir en accord avec ses principes est le signe d'un caractère commun. Ainsi je me disais : M. Maupéou a raison de ne plus vouloir supporter la fronde du Parlement et Louis XV est un grand roi de remplacer les parlementaires par des juges. Il prend exemple sur les Anglais, c'est très bien. Seulement voilà, mon intelligence, qui me représentait l'excellence des mesures royales, ne laissait pas de me montrer mes intérêts en péril. C'est pourquoi j'ai intrigué, murmuré, tout mis en l'air pour garder l'hermine sur mes épaules. Toutefois je n'ai pas voté pour Rohan. Ma conscience me l'eût interdit. Le Parlement a commis une grande faute en acquittant Rohan. Il paraissait condamner la reine. On ne pouvait plus mal agir. Voyez-vous, il était urgent de mettre un terme à tout cela. Une société moderne ne peut s'accommoder de parlements, de privilèges, de droits féodaux, ni de gens qui dominent la cour par le seul fait qu'ils datent de 1400. Tous ces *hauts et puissants seigneurs* me cassaient les oreilles, je vous jure.

— J'entends chez vous comme un écho des discours auxquels j'étais accoutumée chez le marquis de Fontenay. Mais vous me concéderez que l'ancien ordre des choses avait du bon. A présent, c'est de liberté qu'il s'agit ; c'est notre vie ou notre mort qui se joue.

— Oui, sans doute, ce n'est pas un sujet indifférent, mais de vous à moi, madame, croyez-vous que ce Robespierre, qui n'aime pas les femmes, puisse durer longtemps ? J'ai remarqué qu'il arrive toujours malheur aux misogynes. Tout d'abord, contrairement à l'opinion reçue, ils se portent plus mal que les libertins. J'ai la goutte certes, j'ai trop aimé la fillette, mais je vis encore. Tenez, j'avais un frère ; il n'y avait pas personne plus avare sur le chapitre des plaisirs. Vous ne lui auriez pas fait dépenser un louis dans un théâtre. Il scrutait attentivement les plats avant de manger par crainte des mouches et redoutait par-dessus tout les bains, à cause de la pneumonie. Eh bien, il est mort d'un catarrhe à cinquante-huit ans.

— Dois-je entendre, monsieur, que vous prenez des bains ?

— Louis XVI chassait beaucoup. Le 14 juillet 1789, dans son calepin, il n'a trouvé, paraît-il, à écrire que ceci : rien. Ce n'était pas qu'il méconnût l'événement, mais ce jour-là, figurez-vous, il n'avait pas chassé. Or, ce roi, qui transpirait tellement dans sa culotte à la chasse, s'est lavé, à ce qu'on dit, une vingtaine de fois en vingt ans. Comment voulez-vous acquérir une mentalité avancée quand vous n'en avez pas les mœurs ?

— Nous autres femmes, qui savons l'art de plaire, nous ne souhaitons pas que nos secrets se répandent trop vite.

— Ah ! madame, le combat de la propreté marche avec le progrès des lumières. Voyez la bouche. Elle était hier encore l'apanage du roi, de Monsieur, de Condé. Aujourd'hui, la bouche a envahi le Palais-Royal. Elle est dans tous les restaurants. Quand j'étais jeune, c'était un privilège du rang de s'approprier l'intimité des servantes. Le peuple était prude, il faisait des enfants. Les secrets des alcôves ont commencé par gagner les chambres des grisettes. Il n'est pas de femme un peu délurée à Paris qui ne sache maintenant comment faire pour ne pas tomber grosse. Mon ami Fitz-James, lorsqu'il s'est marié, eut à cœur d'enterrer dignement sa vie de garçon. Il se fit présenter trois filles habillées en veuves dans la compagnie desquelles il célébra un joyeux enterrement. L'on était gai alors et pas bégueule. Je crains que cette facile gaieté ne soit plus de mode. Les plaisirs dévaluent comme la monnaie.

— Le temps de la gaieté reviendra. Tenez, je vais vous faire un pari. Si nous sortons vivants de cette prison l'un et l'autre, je vous parie de paraître en robe grecque, les bras et les jambes nus, dans un bal, et de faire aussitôt adopter cette mode par tout Paris.

— Madame, arrêtez, je vais briser les barreaux et sauter le mur pour m'en aller pourfendre Robespierre ! Chut ! Ecoutez, le canon se rapproche. Si votre ami commande, j'espère que vous lui avez communiqué vos intentions vestimentaires ; je ne doute pas que cet encouragement lui sera d'un puissant secours !

4

— Vraiment, monsieur, vous avez la superbe de rire de tout, comme Dom Juan.

— Précisément, vous êtes-vous demandé qui est ce Commandeur qui surgit au dernier acte de *Dom Juan ?*

— Je m'attends à quelque paradoxe.

— Le Commandeur, madame, c'était la Révolution.

Un orage formidable éclata peu après minuit. Julien se dérouillait les jambes dans la grande salle de l'Hôtel de Ville quand il s'aperçut que la troupe s'était retirée. Robespierre, Couthon, Lescot et quelques autres délibéraient dans un cabinet voisin. Une poignée de sans-culottes commandée par le *général* Hanriot gardait la place. La foule de tout à l'heure s'était égaillée, à cause du *repos réparateur*. Julien avait entendu Barras dire qu'il attendrait la nuit pour attaquer, mais était-il en mesure de le faire ? Il devina à travers la porte que Robespierre proposait une action violente contre la Convention. C'était donc que celle-ci restait intacte, mais alors pourquoi avoir renvoyé la troupe ? Peut-être l'habitude de trouver des François Gossin sur sa route avait-elle éloigné toute prudence chez Robespierre ? Vers 2 heures du matin, un hébertiste de la section des Gravilliers, nommé Varlet, que Julien connaissait de vue, vint à l'Hôtel de Ville. La grossièreté de ses manières, sa chevelure aplatie sur la nuque, la pique qu'il tenait à la main, tout disait qu'il n'appartenait pas au parti de Barras. Pourtant Julien avait aperçu cet homme dans la compagnie du conventionnel Léonard Bourdon, lequel, quoique hébertiste, faisait partie du complot.

— Que fais-tu ici ? demanda-t-il.

— Et toi ? dit Varlet.

— Je suis prisonnier de la Commune. Comme tu le vois, la garde est légère.

Varlet révéla à Julien que les colonnes de Léonard Bourdon et de Barras se tenaient à deux cents mètres de l'Hôtel de Ville. Elles n'osaient avancer par crainte d'un piège. Ils parcoururent tous deux la Maison commune et s'assurèrent que celle-ci était livrée sans défense à l'ennemi. Julien vint se placer en faction avec Varlet devant le perron. Il commençait à comprendre le ressort des révolutions et des batailles, qui fait pencher le fléau de la balance d'un côté ou de l'autre selon la pluie ou le vent, le soleil ou les nuages, la hardiesse ou la prudence des protagonistes. Il se mit à bavarder avec le savetier Simon, *l'instituteur* du petit Capet, qui fumait posément sa pipe sous l'averse. Simon communiqua involontairement le mot de passe à Julien qui s'éclipsa avec Varlet en direction des Halles où se tenait Léonard Bourdon. Celui-ci décida immédiatement de faire avancer ses hommes par la rue Honoré. Barras fit de même par les quais. L'Hôtel de Ville pris en tenaille fut conquis en une minute. Julien courut à l'étage pour indiquer l'endroit où se tenait Robespierre. Un coup de feu claqua. Robespierre jeune se jeta par la fenêtre et Lebas se brûla la cervelle. Robespierre aîné baignait dans son sang ; il avait la mâchoire fracassée. Un canonnier empocha les dents qui avaient échappé de la bouche de l'Incorruptible : « Ah ! scélérat, dit-il. Je les garde comme monument d'exécration ! »

Robespierre fut conduit au Comité de salut public comme une preuve vivante de la victoire et couché sur la table où il avait tant de fois dicté ses ordres. La Convention fut saisie d'un délire de bonheur. Elle s'était vue anéantie sous la mitraille, elle avait douté du succès jusqu'à la dernière minute. Loin d'être induite à la modestie par ce coup de chance, elle en conçut une haine supplémentaire pour le tyran. Elle

considéra celui-ci avec un regard neuf ; elle le trouva
petit et la Révolution fut rapetissée à son aune.

Barras se garda bien de dissoudre son dispositif
militaire. Tout à l'inverse, il le renforça. Les rues furent
gardées dès le matin sur le trajet séparant l'Hôtel de
Ville de la place de la Révolution. Vers 8 heures, un
vaste rassemblement d'une centaine de prisonniers fut
constitué dans la cour du Palais de Justice. Parmi
eux se trouvaient Lescot-Fleuriot et Dumas. Tous
furent déclarés hors la loi. L'application de la peine de
mort appartenait toutefois au seul tribunal révolutionnaire. Barras alla quérir l'accusateur public Fouquier-Tinville pour le sommer de remplir son office.
Fouquier-Tinville chercha bien à retarder l'échéance
sous prétexte d'une vérification d'identité, mais il fut
énergiquement prié par Barras de passer outre à ces
tracasseries procédurières. Ce fut un spectacle étonnant
que de voir le tribunal révolutionnaire condamner à
mort sans débat son propre président et tous ceux dont
hier encore il recevait les ordres. Barras choisit de
faire passer le convoi par la rue Honoré, de telle sorte
que la prédiction de Danton s'accomplît. La guillotine
fut ramenée de la place du Trône-Renversé, où elle était
établie depuis quelques jours, et dressée place de la
Révolution, où les dantonistes avaient été exécutés.
Robespierre eut ainsi la douleur d'être conduit au supplice sous les fenêtres de la maison Duplay et face à
l'entrée des Jacobins, c'est-à-dire à proximité des deux
endroits où il avait connu le bonheur et le triomphe.
Barras poussa plus loin le sarcasme. Au bourreau qui
lui demandait ce qu'il devait faire du cadavre, il
ordonna de le jeter dans la fosse commune du cimetière des Errancis où avaient été déposés les restes
de Louis XVI. De la chaux vive fut versée sur les
corps.

Au lever du jour, Barras prit Julien avec lui et se
rendit au Temple.

— Ne songes-tu pas, dit Julien, aux personnes qui
nous tiennent à cœur ?

— A qui penses-tu ? dit Barras.

— Il est deux personnes que j'ai visitées et dont je souhaiterais obtenir la liberté : Thérésia Cabarrus, Mlle Raucourt et Mlle de Sainte-Amarante.

— Cela fait trois, dit Barras, comment calcules-tu ?

Le Temple n'était pas uniquement l'épais donjon qui dominait le nord-est de Paris. C'était aussi un palais, résidence du grand prieur, qui naguère servait de refuge aux débiteurs insolvables. Le promenoir du Temple n'avait guère d'équivalent dans Paris. C'était un lieu de fraîcheur et de plaisir pour tous les habitants du quartier. Julien, qui n'avait jamais vu l'endroit, le trouva bien au-dessous de ses espérances. Les murs étaient délabrés, le palais ouvert à tout vent comme une savonnerie, et le promenoir souillé d'ordures. Une pluie fine se mit à tomber tandis que l'équipage traversait les jardins. Elle détrempait les pelouses, d'où montait une légère brume, telle une projection de l'automne dans l'été. Ce mélange des saisons attrista Julien, qui songeait à son avenir et à ses soucis futurs.

— Si Capet est libéré, demanda-t-il, rétabliras-tu les ordres dans la nation ?

— Pourquoi ? Tu rêves d'être marquis ? demanda Barras.

— Je voudrais me marier, général, et pour cela, j'ai besoin d'une position.

— Alors, je te ferai consul ! répondit Barras en riant, cela ressemble davantage à l'antique.

Quand la grille du donjon se leva, le cœur de Julien battait à mort. Il n'avait éprouvé cet émoi ni lors de l'assaut donné par Barras à Robespierre, ni devant les canons d'Hanriot. Des individus à la mine patibulaire, véritables caricatures de sans-culottes, guidèrent Barras dans l'étroit escalier gothique. Ils paraissaient craindre quelque réprimande du général, et en effet, le spectacle qui s'offrit à travers le guichet était lamentable. Un enfant se tenait couché sur une planche rongée de vermine, dans une puanteur écœurante, tandis que la paille était infectée de ses excréments ; il se grattait le cou d'un mouvement convulsif et toussait, le regard vide. La pièce ne comportait aucune ouverture. Elle n'était pas chauffée. La nourriture passait par le guichet. Barras fit lever le séquestre. Il entra dans la cellule et tendit une torche sous le visage de l'enfant.

— Quel est ton nom ? demanda-t-il.

Le scrofuleux ne répondit pas.

— Je te demande si tu es Louis Capet.

L'enfant se protégea le front des bras, comme pour parer les coups.

— Apportez-moi de l'eau, du savon, du café au lait et des tartines beurrées, dit-il aux gardes. Vous nettoierez cette étable et conduirez l'enfant à la promenade chaque jour pendant une heure.

Quand l'enfant vit le pain et le café au lait, il se jeta dessus avec des grognements de satisfaction et exprima sa gratitude à Barras par des salutations répétées.

Julien, effondré, n'avait pas compris.

— Conduis-moi à la cellule de la fille Capet, dit Barras au gardien.

Madame Royale était logée à l'étage supérieur. Quoique enfermée depuis plusieurs mois, elle offrait un aspect tout différent. Elle s'était vêtue de bonne heure à cause du bruit et s'attendait à quelque calamité ; elle tremblait, appuyée à une petite table.

— Etes-vous en bonne santé, madame ? demanda Barras.

— Je vous remercie du soin que vous prenez de ma santé, monsieur, répondit-elle. Je n'ai pas à me plaindre de ces messieurs, j'aimerais cependant un peu d'air.

— Dorénavant, madame, vous pourrez vous promener chaque jour dans le jardin et votre ordinaire sera amélioré. La République, que je représente ici, a destitué Robespierre.

— Monsieur, je vous suis reconnaissante de cette visite ; puis-je connaître votre nom ?

— Je suis le général Barras, dit-il, commandant en chef de l'armée de l'intérieur. Croyez bien que je n'ai aucune haine contre vous.

— Monsieur, je vous supplie de me réunir à mon petit frère.

— J'aviserai, madame, mais je crains que ce ne soit pas possible pour l'instant.

— Il est malade ?

— Oui, madame, il est très malade.

— Cela ne m'étonne pas, il a toujours eu la santé fragile, faites-le soigner, monsieur.

— Je lui enverrai les meilleurs médecins. Nous ferons de notre mieux.

Il se retira avec Julien qui tremblait. Quand ils rentrèrent dans la voiture, le jeune homme éclata en sanglots.

— C'est horrible, dit-il. La Convention sera bien surprise d'apprendre qu'elle a été trompée par Robespierre.

— Tais-toi, dit Barras. Nous possédons un secret qui vaut tous les scapulaires. Personne ne doit rien connaître de celui-ci, même nos amis. Laissons-leur croire que Louis Capet est vivant.

A Adèle qui le questionnait, Julien résuma la situation en une phrase : « Nous avons éteint *la chandelle d'Arras* », ce que la jeune prostituée tourna de toutes les manières obscènes possibles. Aux muscadins, il présenta l'événement d'une autre façon : ce fut la victoire de l'idée physiocratique sur la philosophie *antinaturelle* des Jacobins. Les mœurs du Palais-Royal avaient corrompu Julien superficiellement, elles laissaient intacts les emportements généreux et les sensations franches de la jeunesse. Plus tard, le monde, avec ses lois, ses calculs et ses principes, le corrompait profondément. La naïveté de Julien eut l'occasion de se manifester en ceci. Le 11 thermidor, Paris connut la libération de Liège. Julien crut apercevoir une conjonction extraordinaire entre l'Histoire et son destin individuel. Il ne savait comment organiser ensemble le Palais-Royal, le palais des princes-évêques, la libération de Liège, la chute de Robespierre, l'ascension de Barras, mais il lui semblait que dans un canton retiré des nuages quelque divinité goguenarde était occupée à opérer le triomphe de la *nature*. Rien en effet ne paraissait plus *naturel* que la réunion de Liège à la France et que le retour de la Révolution à la déclaration des droits de l'homme. Chacun trouvait à s'accomplir dans ce pour quoi il avait été conçu. Par le même principe, nul ne put empêcher l'élargissement des suspects.

Julien n'eut de cesse qu'il obtînt la libération de Mlle de Sainte-Amarante. Quand il arriva à Sainte-Pélagie pour la levée d'écrou, une foule nombreuse stationnait devant les portes. Des cris, des rires éclataient toutes les fois que la prison rendait un de ses détenus. Julien se vit ridicule avec le panier à provisions de Mme de Sainte-Foix, mais à ses côtés une duchesse de Montmorency usait de même, et Julien rendit hommage une fois de plus au savoir-vivre de la vieille maquerelle. Les familles les moins recommandées prenaient d'assaut les députés complaisants qui se tenaient à proximité. Legendre récoltait tous les suffrages. Il rendait visite aux détenus, s'entretenait avec eux, se retirait avec les payeurs derrière un rideau dans l'arrière-salle d'un estaminet voisin. Devant un verre de vin rouge, il négociait les clauses de la libération. Des duchesses faisaient la queue en serrant leurs bijoux dans une bourse. Legendre fit rire tout Paris quand il obtint la libération du duc d'Aumont, grâce à un décret de la Convention qui élargissait les laboureurs. Legendre avait écrit : « Guy, laboureur à Aumont ! » Ce fut grâce à lui que les comédiens français furent libérés. Mlle Comtat, ci-devant maîtresse du comte d'Artois, avait eu l'esprit de se donner à Legendre avant que d'être arrêtée. Elle en profita et, bonne âme, en fit bénéficier tous ses collègues. Emmeline fut englobée dans les comédiens français.

— J'espère, dit Legendre à Tallien qui lui demandait ce service, que tu n'as pas trop de *rubans* comme celui-là à me demander, sinon j'y perdrais mon bénéfice.

Or, le terme de rubans désignait dans le langage de la prostitution le cadeau qu'on laisse à une fille en sus du prix convenu.

Emmeline fut tout éblouie de retrouver le monde extérieur. Elle guettait un appel, un mot qui lui fût destiné et ne voyait personne.

— Alors, mademoiselle, dit Julien, vous ne me reconnaissez pas ?

— Oh ! monsieur Julien, comme c'est aimable à vous ! Je vous dois la vie.

— Un tout petit peu seulement, mademoiselle. J'ai parlé de vous à Tallien qui a obtenu du Comité de salut public qu'il vous comptât dans les comédiens ordinaires du roi !

— Cette sotte ne voulait pas sortir, dit Mlle Raucourt ; elle protestait qu'elle n'était pas comédienne, j'ai dû la faire taire.

— Je croyais à une méprise, dit Emmeline. Pour rien au monde, je n'aurais voulu priver quelqu'un de sa liberté.

Emmeline ne sachant où se rendre, Julien offrit de l'héberger pour la nuit dans un hôtel. Tout le monde était convenu de se retrouver le soir autour d'une table, chez Février. Ce fut le repas le plus gai de l'année. Le parti thermidorien fut présent au grand complet, enrichi depuis la veille de quelques recrues supplémentaires. Chacun était accompagné de la protégée qu'il venait de tirer de prison : Tallien avec Thérésia Cabarrus, Rovère avec la comtesse d'Agoult, Bentabole avec la duchesse de Rohan-Chabot, et Legendre avec Mlle Comtat. Julien s'assit modestement en coin de table près d'Emmeline. Entre le saumon frais de la Loire et le chapon farci, Barras vint parler à Julien.

— Tu ne peux rester dans cette condition, dit-il. Malgré la liberté de nos mœurs, l'ami d'une prostituée ne peut faire son chemin dans le monde.

— Citoyen, j'y ai été conduit par la nécessité.

— Je ne te demande rien, dit Barras ; je sais simplement que j'ai éprouvé ton audace et que tu mérites mieux que ton état présent. Je te propose d'entrer comme employé au Comité de sûreté générale. J'en ferai moi-même partie et j'aurai besoin d'un secrétaire pour espionner mes collègues. Tu as montré, je crois, quelque habileté dans ce travail.

Julien considéra les femmes qui l'entouraient. Il les répartit mentalement selon le degré d'éloignement où elles étaient par rapport à lui. Leurs maris, leurs pères, leurs frères avaient été décapités, les lois de prairial avaient été votées par les hommes qui les tenaient maintenant par le bras, et elles trouvaient naturel ce revirement d'alcôve. Julien ne sut trop s'il devait se féliciter de cette impudeur qui ajoutait à son expérience du monde, ou s'il était dégoûté d'y vouloir paraître. Il lui sembla que le Palais-Royal était en train de communiquer ses mœurs à la République. Peut-être la Révolution n'avait-elle été inventée que pour parvenir à ce résultat ? Un solide goût du désordre l'avait mise en route. Enfin il trouvait à s'assouvir. Emmeline se taisait. Elle était impatiente de jouir de sa liberté et cependant embarrassée par son deuil. Tallien eut un geste envers sa pupille. Il la donna à Mme Cabarrus, de telle sorte qu'Emmeline eut un toit.

DEUXIEME PARTIE

VENDÉMIAIRE

En cette fin de septembre 1794, la température était douce, l'été s'attardait, et l'atmosphère conservait quelque chose du rayonnement de Thermidor. Barras avait eu raison de frapper à la tête. Les effets se répandirent dans le corps entier. D'un jour à l'autre, la France changea de livrée et entra d'un pied dans le XIXᵉ siècle. Les mœurs bouleversées prophétisaient une République fondée sur la liberté. Jusqu'alors, on dînait entre 2 et 3 heures, on déjeunait le matin à son lever, on soupait après 8 heures du soir. L'habitude se prit d'élargir le déjeuner, qui fut renforcé de côtelettes, de légumes, de desserts, et qui fut pris à midi. Le dîner fut reporté à 7 heures du soir et le souper devint facultatif. Il était l'apanage des fêtards, qui mangeaient après le bal ou le spectacle. Plusieurs restaurants choisirent d'ouvrir jour et nuit. Cela leur évitait de refuser les muscadins qui *déjeunaient* à midi, les attardés des vieux usages qui *dînaient* à 3 heures, les paysans en visite qui *soupaient* à 5 heures, les bourgeois qui *dînaient* à 7 heures, les soupeurs qui *soupaient* à minuit, ou les filles qui mangeaient à 3 heures du matin. Un bref moment de silence s'installait entre 3 et 5 heures, après quoi le vacarme reprenait ininterrompu jusqu'à la nuit suivante.

La mode vestimentaire suivit l'exemple de la table. Elle se libéra. Sous l'Ancien Régime, il n'y avait pas de mode, mais un pesant protocole de bon ton, des coutumes professionnelles ou locales, qui permettaient d'identifier chacun du premier coup d'œil à son vêtement. Les sans-culottes n'avaient pas abrogé l'uniforme, ils en avaient modifié la composition. La mode à partir de Thermidor devint l'expression de la fantaisie individuelle et le reflet de la personne, comme s'il s'agissait d'une seconde peau. Si vous rêviez d'être noble à Venise au XVIᵉ siècle, il vous en coûtait d'acheter une cape, des bottes de chevalier, un pourpoint, des gantelets, et de vous masquer. Si vous aimiez l'Antiquité, soit sincèrement, soit pour moquer les républicains, il suffisait de vous mettre à l'antique, avec des sandales lacées, des chlamydes, des cothurnes, des voiles de gaze transparente, des tuniques de lin qui débutaient au mollet et qui s'arrêtaient sous la poitrine. Les charmes les plus intimes des femmes transparaissaient comme dans un lit.

Les monuments, eux aussi, changèrent d'aspect. La France manquait d'ateliers, d'entrepôts, de greniers à blé, de salles de réunion, de lieux de débauche, de théâtres ; les palais devinrent des fabriques de pantalons, on dansa dans les églises, on coula du plomb dans la tour de Saint-Jacques-la-Boucherie. Plus rien ne paraissait beau s'il n'était *naturel*, et qu'y avait-il de moins naturel que le noble ordonnancement des anciens palais ? La nature usait-elle de la sorte ? Elle fait pousser la ronce et la rose, elle met l'ortie à côté du chèvrefeuille, elle noue le chêne dans le lierre, elle donne l'agneau à manger au loup.

Julien, ce soir-là, commença sa toilette vers 7 heures, ce qui lui donnait l'impression d'être matinal. Il s'attarda avec plaisir dans les chiffons et les onguents d'Adèle. Il se servit un peu des parfums pour son usage personnel, se frisa les cheveux en cadenettes, et se composa un vêtement original avec des bottes de chevalier, des culottes ajustées au corps, une énorme cravate dite écrouélique, et un gilet *fifi effarouché*, c'est-à-dire jaune serin verdâtre. Il se coiffa d'un feutre, revêtit une redingote à collet carré, et s'empara d'un énorme bâton destiné à recevoir les jacobins de passage. Il avait conçu pour Adèle une parure sur laquelle il comptait beaucoup pour éblouir le bal Saint-Sulpice. Il avait dans cette intention acheté chez un fripier quelques hardes républicaines : pantalon ligné, veste de sans-culotte, cocarde tricolore, et les avait adaptées à l'anatomie féminine. Il pensait coiffer le tout d'un bonnet rouge tressé de fils d'or qui formeraient les noms de Charlotte Corday et d'André Chénier. Quand il arriva au Palais-Royal, la boutique d'Adèle était verrouillée ; elle portait l'affiche convenue : « Je m'absente un quart d'heure pour une commission », ce qui indiquait la présence d'une pratique. Julien fit le tour du Palais-Royal, qui était plus beau que jamais. Toutes les fenêtres en demi-lune étaient occupées par des filles, qui trouvaient pour agacer les passants des termes qu'autrefois seules les marquises employaient. Il s'attarda chez Catherine, qui occupait un réduit au-dessus du restaurant Beauvilliers, dont elle était une cliente assidue. Beauvilliers avait été officier de la bouche de Monsieur. C'était le restaurant noble. Catherine, qui parlait si volontiers de son cul, entrait dans les hautes fréquentations. Elle triomphait auprès des gens à la mode, qui ne supportaient plus les belles manières, sinon dans les cénacles réservés à cet usage. Julien obtint un succès considérable auprès d'Adèle avec le pantalon rayé, la veste échancrée et le bonnet tressé. Adèle voulut lui prouver son amour ; elle lui offrit une ravissante épingle d'agate, après quoi ils s'amusèrent à toutes sortes de chatteries. Ils se mirent en mouvement vers 10 heures et aussitôt se heurtèrent à Barras qui, passant outre aux objections d'Adèle, les entraîna dans un restaurant de la place du Louvre qui possédait une seconde entrée rue du Petit-Bourbon et une sortie dérobée rue des Fossés-Saint-Germain. Ce restaurant avait été aménagé dans une aile de l'ancien *Garde-meuble de la Couronne*. Les principaux journalistes thermidoriens s'y réunissaient chaque soir pour comparer leurs informations et préparer les campagnes de presse. La liberté retrouvée faisait pousser les journaux comme champignons après la pluie. Le talent s'y employait en faveur de la vie. Adèle ne resta pas longtemps boudeuse. Elle fut accueillie comme une dame par les journalistes qui l'élurent reine du premier jour sans-culottide an II. Dussault rédigea sur le coin de la nappe un article des plus piquants qu'il publia dans *l'Orateur du Peuple* :

« J'ai soupé hier avec une ravissante enfant. Quel âge avait-elle ? Dix-sept ans, dix-huit ans ? Sa mémoire ne lui représentait pas l'ancienne douceur de vivre. Elle avait grandi dans le faubourg Antoine et n'avait connu de la société que bruits, fureurs, canonnades, guillotinades, assassinats, famines, guerres, souffrances. Elle avait conservé ses vêtements révolutionnaires. A la voir, on aurait cru la caricature d'un jacobin : même pantalon, même veste, même bonnet, mêmes cheveux ras. Cependant le vent de Thermidor avait semé des fleurs dans cette misère. Le pantalon repris à la taille et adapté au corps chantait la liberté. La chemise, coupée au ras du cou comme pour le supplice, proclamait l'horreur de la guillotine. Le bonnet enfin — ô ce bonnet ! — était entrelacé de fils d'or qui formaient les noms de Charlotte Corday et d'André Chénier. Ainsi la liberté tendait-elle la main à la Révolution. Elle accusait les buveurs de sang, elle moquait les cannibales, et du même coup élevait un hymne à la joie de vivre. Il m'a semblé que notre temps tenait dans le costume de cette jeune femme. Il hésite entre le bonnet phrygien et les bonnets à fils d'or, il ne se détache pas encore tout à fait des cultes grossiers des coupeurs de têtes ; il aspire cependant à retrouver la paix. Brave et pure jeune femme ! Comme je t'ai admirée. Ah ! combien tu es digne du bonheur qui riait dans tes yeux ! »

La table réunissait Jullian, Barras, Dussault, les

frères Bertin du *Journal des Débats*, Richer-Sérizy, rédacteur de *l'Accusateur public*, et Méhée de la Touche, l'auteur d'un libelle retentissant intitulé *la Queue de Robespierre*. L'expression avait fait fortune et servait à désigner le reliquat du parti montagnard qu'on nommait *la crête* par dérision.

Vers minuit, Julien et Adèle gagnèrent à pied le bal Saint-Sulpice par le Pont-Neuf, la rue de Thionville, ci-devant rue Dauphine, et la rue des Mauvais-Garçons. Le bal Saint-Sulpice se tenait dans un cimetière. L'on y dansait sur les tombes. On le nommait le bal des zéphyrs, car à l'entrée, un joli transparent rose se balançait avec grâce, mollement agité par la brise : c'était une tête de mort, qui reposait sur les ailes déployées d'une chauve-souris ; au-dessous se trouvaient deux os en sautoir et un sablier vide. Julien et Adèle se mirent à piétiner gaiement la pierre de taille. Adèle était fort convoitée à cause de ses seins nus et de son bonnet phrygien qui ridiculisait la Révolution. Les jeunes gens s'assirent un instant sur une croix renversée afin de respirer un peu. Julien s'épongeait le front, quand il aperçut une nuque qui se contorsionnait dans la farandole comme si elle voulait ne pas perdre le jeune homme des yeux. Il tâcha d'identifier ce regard qui brillait tel un feu follet sur les tombes, mais il ne se souvint pas d'avoir déjà connu cette personne. Un battement rapide des paupières lui rappela la tristesse effarouchée de la jeune captive. Mlle de Sainte-Amarante était méconnaissable. Elle avait été transformée par la société de Thérésia Cabarrus. Sa modestie avait fait place à la confiance et la naïveté à la hardiesse. Emmeline portait une robe de gaze transparente qui laissait entrevoir sa nudité. L'obscurité du cimetière ne suffisait pas à dissimuler des seins incurvés comme des courgettes, et des fesses musclées. Ses cheveux courts lui donnaient un air garçon, qui plut à Julien. Celui-ci retrouva bientôt son ardeur à la danse et entra dans une valse au mouvement pressé. Quand le violon s'arrêta, ils bavardèrent.

— Eh bien ! Comment se porte votre procès ?
demanda Julien.

— Mon procès va bien, monsieur, dit Emmeline,
comme moi-même, je vous remercie. Le Comité des
finances a rapporté le décret de confiscation de mes
biens, et Rigollet est déboutée. Je suis héritière, monsieur.

Julien rougit de sa question qui paraissait intéressée, mais il eut l'esprit de reculer dans l'ombre d'un
cyprès.

— Aimez-vous la compagnie de Mme Cabarrus ?
demanda-t-il.

— Je l'adore. Ma vie se passe dans les bals, les
théâtres et les restaurants. Les trois réunis font une
occupation soutenue, je vous jure.

— Vous conspirez donc, coquette !

Ils rirent tous deux et se donnèrent la main pour
une farandole antiterroriste sur l'air du *Ça ira* : « Ah !
ça ira, ça ira ; les buveurs de sang à la lanterne ! »
Adèle avait découvert un compagnon qui la faisait
danser si vite que sa gorge sauta hors de la chemisette
échancrée.

— Votre amie est charmante, dit Emmeline. Elle
ferait périr la vertu d'un sans-culotte. Mais il est vrai
que vous n'êtes pas sans-culotte !

Julien rougit à nouveau et recula cette fois sous un
flambeau rouge pour se confondre avec la couleur.

— J'ai faim, dit Emmeline, pourquoi n'irions-nous
pas rejoindre Thérésia au Palais-Royal ?

Julien craignit qu'Adèle et lui-même ne fussent
inférieurs à cette compagnie relevée. Il proposa un
dérivatif dans des quartiers inédits. Emmeline
acquiesça et ils partirent en chantant. Leur société se
composait d'une dizaine de personnes toutes habillées
de manière extravagante. Plusieurs d'entre elles étaient
ivres, si bien qu'ils pensèrent mourir de rire en mon-
tant dans les voitures. Adèle, pour qui la voiture était
une nouveauté, tomba à deux reprises avant de s'aplatir
dans les bras d'un muscadin qui se disait parfumeur

et qui portait sa réclame sur lui. Emmeline sauta dans
son carrosse avec une grâce affectée ; elle se couvrit
d'un châle blanc que le cocher tendit sur ses épaules.
Adèle riait hors de propos, ce qui s'avéra communi-
catif. Le parfumeur s'annonçait comme un pince-sans-
rire, dont chaque phrase dilatait les rates. Il parlait un
langage que personne n'avait encore jamais entendu.

— Savez-vous, chè-e amie, savez-vous que ze suis le
pa-fumeu- de Ga-at. C'est un homme en vé-ité cha-mant.
Hiè- il me -eçoit en peignoi-. Ah ! -a-e ami, me dit-il,
ze c-ois qu'auzou-d'hui, ze p-éfè-e la lavande à l'ané-
mone. — Maît-e, dis-ze, j'ai ici un ext-ait de -oma-in
et de -églisse qui pommade les cheveux comme une
c-ème au chocolat. Pa- zeu, il me dit : — -a-e ami, pom-
madez-moi la pa-tie gauche du c-âne ! Ze le fais. C'était,
ma pa-ole d'honneu-, un spectacle cha-mant. Vous
au-iez dû voi- Ga-at, les cheveux de gauche blonds et
les cheveux de d-oite noi-s ; v-aiment, ze ne sais s'il
existe au monde -ien de plus doux. Nous poussâmes des
c-is de zoie et nous -îmes ensemble une heu-e au
moins !

Emmeline était hors d'haleine, ce qui emplit Julien
de contentement.

— Dites-moi, jeune homme, dit le parfumeur, dans
quel coupe-go-ge nous menez-vous ?

Julien arrêta la voiture au pied du Grand-Châtelet.
Le marché de la Vallée venait de commencer. Le quai
regorgeait de lièvres, de faisans, de perdreaux. Les jeunes gens mirent pied à terre et se répandirent parmi
les marchands qui les regardaient d'un air amusé. Le
quai était boueux et bosselé, si bien que Julien donna
le bras à Emmeline qui se plaignait des chevilles.

— Vous pourriez au moins m'acheter quelque
chose, dit une poissarde d'un ton agressif.

— Madame a raison, dit Emmeline. Achetez-lui
donc un lièvre.

Julien, qui avait cent sous en poche, crut périr de
honte.

— Voyons, c'est beaucoup trop cher, dit-il. Vous en

mangerez deux pour ce prix chez Méot avec le vin et les légumes.

La marchande se fâcha et injuria le monde, ce qui effraya beaucoup Emmeline.

— Vous n'avez pas été fort galant, monsieur, dit-elle. Je n'avais pas besoin de lièvre, mais cette personne a failli me cracher à la figure.

— Je regrette, mademoiselle, j'ai cent sous en poche, et c'est beaucoup, sachez-le, pour un fonctionnaire du Comité de sûreté générale.

Emmeline rougit violemment.

— Pardonnez-moi, monsieur, dit-elle, je suis gâtée par mes origines et par la compagnie de Thérésia. Je suis impardonnable.

— Ne vous excusez pas, mademoiselle, il se fait que je suis pauvre, comme tout fonctionnaire, et qu'il vaut mieux le savoir si vous tenez à mon amitié.

— Je vous croyais le lieutenant de Barras, dit-elle. Il se montre peu pour le moment et il ne parle pas. De quelle opinion est-il ? Personne ne le sait.

— Moi non plus, mademoiselle, je crois que Barras attend.

— C'est bien ce que nous craignons, dit Emmeline. Vous devriez fréquenter le salon de Mme Tallien. Il vous suffirait de me demander. Pour vous, même occupée, je ne serai jamais absente.

Les jeunes gens se tenaient au pied du Grand-Châtelet quand le parfumeur, interloqué par une odeur bizarre, se pencha à travers la lucarne de la morgue.

— Quelle odeu- biza--e ! dit-il.

— C'est l'odeu- de la mo-t, dit Julien sur le même ton.

— Oh ! quelle ho--eu- ! Nous sommes devant la mo-gue !

Tout le monde courut vers la *mo-gue.* Les corps des noyés et des assassinés étaient étendus sur des claies.

— Ils sont tout raides, dit Adèle.

— C'est la -izidité cadavé-ique, mademoiselle, dit le parfumeur.

Emmeline, qui avait vu mourir beaucoup à Sainte-Pélagie, ne fut pas émue. En revanche, Adèle feignit de s'évanouir. Pour réconforter les dames, Julien les entraîna dans un dépôt de mendicité, rue de la Vieille-Lanterne, où les noceurs avaient coutume de se réunir à l'aube pour manger une soupe d'abattis de volaille. L'enseigne *On loge à la nuit* éclairait une porte branlante, qui ouvrait sur un étroit corridor à l'issue duquel on entrait dans une vaste salle désinfectée au formol. Des cordes étaient tendues horizontalement le long des murs. Enfilées dans des anneaux et retenues l'une l'autre par des nœuds coulants, elles formaient des lacets sur lesquels les clochards reposaient la tête. Cette manière de dormir dans le voisinage du gibet avait quelque chose de lugubre. Par respect pour le sommeil des dormeurs, la petite troupe passa dans les cuisines où l'on servit des bols de soupe qu'ils mangèrent sans cuillère en décortiquant les gésiers avec leurs doigts.

— C'est délicieux ! s'exclama Emmeline. Je veux que mon cocher en mange un bol et qu'il me prépare une soupe identique chaque jour.

— Mais, mademoiselle, dit le cocher, si vous aimez la soupe aux abattis de volaille, vos gens en mangent tous les soirs.

— Vous souvenez-vous, mademoiselle, dit Julien, du conte que je vous ai dit à la prison ?

— Certes, monsieur, et grâce à vous je vois les barreaux de mon ancienne condition s'élargir. Je compte beaucoup sur vous, Julien, pour m'éduquer. J'en ai besoin, croyez-le.

— Je ne peux guère, hélas ! que vous communiquer l'expérience des lieux sordides, dit-il.

— Ce sont ceux-là dont j'ai envie, dit Emmeline, en le bravant du regard.

Ils achevèrent la nuit place Saint-Germain-l'Auxerrois. Les dames de la halle et les courtauds de boutique quittaient le carreau. Ils s'engouffraient dans les restaurants de la rue de l'Arbre-Sec et de la rue du

Petit-Bourbon, pour se réchauffer et avaler des boissons fumantes. Le bœuf gros sel et les daubes noires donnaient faim. Malgré la soupe, les jeunes gens s'attablèrent à l'étroit dans une taverne surpeuplée. Ils commandèrent une poule au pot avec du vin rouge de Montmartre suivie de croissants et de café au lait afin d'unir la nuit au jour. Bientôt un attroupement se forma. C'était Ange Pitou qui commençait son numéro séditieux. Le chansonnier criait ses couplets d'une voix gouailleuse et monocorde où l'on sentait poindre l'accent beauceron :

> *On pille, on vole, on assassine*
> *Boutiquiers, financiers, bourgeois ;*
> *Pour autoriser la rapine,*
> *Des brigands avaient fait des lois.*
> *Quand la soif de l'or me tourmente,*
> *J'ai des voisins à dénoncer ;*
> *Ils ont cent mille écus de rente,*
> *Donc il faut les guillotiner !*

Julien et Adèle rentrèrent épuisés à 8 heures du matin, dans le carrosse d'Emmeline qui s'était endormie. Adèle voulut sa *rasade d'amour,* comme elle disait, après quoi ils s'écroulèrent et dormirent jusqu'au soir.

Malgré l'invitation d'Emmeline, Julien hésitait à se montrer rue de la Chaussée-d'Antin dans l'hôtel où Thérésia Cabarrus et Tallien vivaient désormais ouvertement. Il avait éprouvé à plusieurs reprises sa position de lieutenant de Barras. Celle-ci, colportée par la rumeur publique, lui assurait une considération particulière dans tous les milieux. Toutefois Julien avait présente à l'esprit sa situation de proxénète. Adèle formait entre lui et le monde un écran que la société ne voyait pas ou qu'elle feignait d'ignorer, mais qui empêchait le jeune homme de paraître dans les salons avec toute la hardiesse voulue. Il s'était fait domicilier fictivement chez Barras afin de ne plus sembler vivre avec une prostituée.

Il forma à cette époque son apparence définitive. Afin de bien signaler qui il servait, il porta un costume d'inspiration militaire avec une redingote verte à basques, une culotte de la même couleur, une écharpe de fantaisie à la taille, et sur la tête un feutre latéral à deux pointes comme en portaient les généraux de la République. Il agrémenta cet accoutrement par des cravates qui introduisaient une note de gaieté dans la rigidité de l'uniforme. Ses cheveux mi-longs pendaient jusqu'au cou. Leur coupe un peu raide, un masque grave laissaient croire à de profonds desseins politiques. En même temps, Julien arrêta sa ligne de conduite. Il vendit aux royalistes, comme autant de bastilles à prendre, des résolutions déjà arrêtées en comité secret par les chefs thermidoriens, mais non encore décrétées par la Convention. Il était aidé en cela par la politique ambiguë des Comités. A s'en tenir aux discours, le gouvernement restait farouchement révolutionnaire. Il invoquait Marat, le comparait à Jésus, cultivait la rhétorique jacobine. En même temps il travaillait à détruire l'œuvre de l'an II. Julien reçut l'ordre au début de brumaire de préparer la fermeture des Jacobins par une suite d'émeutes provoquées. La clôture du club était désirée par les royalistes comme un préalable nécessaire à la contre-révolution. Pour provoquer ce qui était décidé, Julien obtint sur la cassette de Monsieur un subside de cinquante mille francs or à répartir à sa discrétion. Il les empocha. Ainsi nanti, il acheta une voiture, un cheval, engagea un cocher et un valet de chambre ; il prit en location au Palais-Royal un vaste appartement dont les hautes fenêtres avaient abrité, avant 1789, les regards rieurs ou mélancoliques — et la licence — d'une marquise, maîtresse de Philippe-Egalité. Ce fut sa troisième installation au Palais-Royal. La première n'avait duré que peu de temps, dans le grenier de la Sainte-Foix. La seconde venait d'être cédée avec la remise du commerce de cigares. La troisième avait un lustre qui n'étonna personne. L'on commençait à s'habituer à ces changements subits de fortune. Adèle, depuis quelque temps, songeait à s'installer comme courtisane avec le décorum voulu. Au lieu de vendre sa demi-heure à quinze francs, elle la taxa à mille livres, ce qui donnait à chacun de ses prétendants la délicieuse impression d'être l'égal du prince de Conti ou du maréchal de Richelieu. Sous prétexte qu'elle était menacée par un ami jaloux, elle usait de cent ruses simulées pour rencontrer ses clients. Elle leur donnait rendez-vous dans des *petites maisons*, ou au théâtre Feydeau, ou à l'Opéra. Elle feignait toujours de céder à l'emportement d'une passion irrésistible. Le succès fut grand. Adèle se mit à fréquenter les salons et à discourir bizarrement sur l'excellence des lois républicaines, en présence de Mme de Staël et de Juliette Récamier. Benjamin Constant, qui avait l'âme sensible, et qui était suisse, détourna à destination d'Adèle des poèmes qu'il avait initialement écrits pour Germaine de Staël dans le style allemand. Il se lança dans l'agiotage et put offrir une bague à Adèle qui le suppliait de cacher cette liaison à Julien. Celui-ci en riait le soir avec sa femme et avec Barras, qui aimait les confidences d'alcôve. Le Conventionnel vivait sur sa gloire du 9-Thermidor. Il laissait Tallien, Fréron et Legendre s'agiter dans le chaudron parisien et se compromettre tantôt à gauche, tantôt à droite. Pour lui, il attendait la nouvelle émeute et la panique de la Convention qui le porteraient au pouvoir. Il savait que la réaction, pour aboutir, devait être plantée à gauche. Rien du reste ne comptait davantage pour lui que les femmes. Il les aimait avec une passion de voyeur qui s'intéresse aux secrets de la toilette, à l'art du rinçage, aux dessous, aux astuces, physiologiques ou morales, de la galanterie. Les sentiments lui importaient peu. Il était indifférent aux idées. On aurait cru un cynique. Cependant cette conduite obéissait à une philosophie inavouée, fondée sur l'imitation de la nature. Tout l'art de Barras était de remuer le terreau, peu importe qui est broyé, afin de favoriser la germination. Il assimilait la politique aux labours et la morale à l'observation des saisons. Quand Barras et Julien étaient las de l'agitation des restaurants, ils faisaient monter du Véfour un perdreau rôti ou un poisson. Ils s'attardaient en discours vagues jusqu'à l'aube. L'hiver de 1794-1795 fut le plus rude du siècle. Le luxe de Julien et d'Adèle était de tenir allumés jour et nuit deux grands poêles à charbon qui brûlaient, l'un dans la cheminée du salon, et l'autre dans le cabinet de toilette attenant à la chambre à coucher, de sorte qu'ils virent l'hiver, mais ne le sentirent pas.

Julien d'habitude se levait tard. Il fit exception un duodi de brumaire an III qui coïncidait avec un dimanche selon l'ancien calendrier. Les *monarchiens* se rendaient à la messe, dans un hôtel de la rue Saint-Georges. La plupart des *messieurs* étaient en culottes et en perruque. Les dames avaient la tête couverte d'un crêpe. Julien demeura au fond de la chapelle et ne tarda pas à reconnaître dans l'officiant le portier de la Grande-Force. Celui-ci était sorti de l'anonymat pour reprendre au jour un apostolat qu'il n'avait jamais interrompu. Le jeune homme fut étonné de l'entendre dire la messe en latin. Son père le chanoine la disait intentionnellement en français dans le rite gallican, et si l'office faisait mention de la Vierge, il réformait l'office.

L'on avait connu, après le 9-Thermidor, la manière héroïque dont l'ex-bernardin avait continué le service des sacrements sous la Terreur. Il approchait les condamnés à mort et entendait leur dernière confession. Ensuite il leur administrait l'extrême-onction avant qu'ils ne montassent dans la charrette. Beaucoup d'entre eux avaient tiré de cette réconciliation finale la force qui avait tant impressionné les spectateurs de la guillotine. Julien avait reçu de Barras la mission de pénétrer les milieux royalistes et en particulier le club des Clichyens, qui se réunissait rue de Clichy dans un pavillon de l'ancienne *Folie-Boutin*. La présence de Julien y paraissait d'autant moins insolite que Monsieur désirait gagner Barras à la cause de la restauration monarchique. Aussi Julien était-il reçu avec égards dans cet aréopage d'aristocrates.

L'assemblée chanta le *Credo* en insistant sur l'Eglise catholique et apostolique. La prononciation suave des syllabes latines indiquait assez que le rite venait de Rome, où l'ex-bernardin avait séjourné sous Clément XIII et Clément XIV. Il avait travaillé à l'interdiction des Jésuites, et de toutes les réconciliations qu'il souhaitait, du moins excluait-il celle-là. Julien ne communia pas. Il ne l'avait jamais fait. Son père condamnait la fréquente communion, autant par haine de l'autel que par un résidu de jansénisme politique. Alors que la communion s'achevait, Julien distingua parmi les visages courbés qui revenaient de la sainte table celui d'Emmeline, rougi par le froid, car la pièce n'était pas chauffée. Le regard de la jeune femme rencontra celui de Julien et s'y attarda une seconde dans une distraction presque sacrilège. Julien attendit respectueusement Emmeline à la sortie et lui offrit son bras pour la raccompagner chez elle, car il fallait craindre tout de même quelque bastonnade jacobine. La jeune fille y consentit.

— J'habite de nouveau chez moi, dit-elle, rue de Bourgogne. J'ai communié aujourd'hui pour mon seizième anniversaire.

Julien prit place dans la voiture d'Emmeline, tandis que la sienne suivait à vide.

— J'ai retrouvé ma vieille gouvernante, dit Emmeline, mais je continue de fréquenter chez Mme Cabarrus. Je suis étonnée, monsieur, de ne vous avoir jamais vu dans cette maison qui vous accueillerait avec bonheur.

— La nuit appartient à mon service d'agent du Comité de sûreté générale, mademoiselle, j'ai peu de temps pour danser.

— Vous en avez pour Adèle !

Julien sursauta à ce trait inattendu de jalousie.

— J'ai été peinée d'apprendre que vous viviez avec une courtisane. Je vous croyais plus fier et plus religieux.

— Mon métier a ses servitudes, mademoiselle, dit Julien. Je vous salue et vous promets d'aller bientôt porter mes hommages chez Mme Cabarrus.

Il quitta Mlle de Sainte-Amarante au milieu du Pont-Tournant et rentra au Palais-Royal. Adèle dormait encore et ne se réveilla que pour réclamer la présence de Julien dans son cabinet de toilette. Malgré la femme de chambre, elle préférait le jeune homme pour préparer le bain et pour la laver. Elle vit Julien contrarié et le questionna sur les effets peu aphrodisiaques de la messe. Julien répondit loyalement.

— Cette fille aime être torturée, dit Adèle. Fais-lui commettre quelque gros péché ; elle t'appartiendra.

— Tu n'es plus jalouse ? demanda Julien.

— Je suis jalouse des femmes qui plaisent, non des héritières, répondit Adèle avec une désinvolture qui ajouta aux soucis de Julien.

Celui-ci, qui avait tant hésité à se rendre chez Mme Cabarrus, y courut le soir même dans l'intention d'humilier Emmeline. Il profita d'un rendez-vous impératif d'Adèle pour paraître hors la compagnie de celle-ci. Il arriva rue de la Chaussée-d'Antin en voiture, dans son costume d'apparence militaire. Mme Tallien trônait telle une reine. On la nommait *Notre-Dame de Thermidor*. Thérésia rétablissait-elle la perruque, aussitôt Rose de Beauharnais, Mme Hamelin, la Solier qui était à Merlin de Thionville, Mlle Lange, la comtesse d'Agoult, tout le monde, jusqu'à la dernière muscadine, en exigeait une semblable de son amant ou de son mari. Thérésia supprimait-elle la chemise, toutes les Parisiennes retiraient la leur. Thérésia adoptait-elle le costume grec, Rose l'imitait, l'on chantait les boutons de rose de Rose, et bientôt chaque jeune femme montrait les siens. Thérésia s'élevait-elle sur des cothurnes, les *merveilleuses* cahotaient à en perdre l'équilibre sur ces échasses miniatures. Thérésia portait-elle des diamants aux pieds, aussitôt des centaines d'orteils s'ornaient de diamants. Mme Récamier, immuablement blanche, était seule à rester fidèle à ce qu'elle nommait son style. On lui trouvait pour cela beaucoup d'esprit. Thérésia ce soir-là avait inventé de découvrir sa cuisse gauche jusqu'à la hanche. La société était en émoi. Personne n'avait encore songé à cette imitation des panathénées antiques. Elle était assaillie de quémandeurs et salua Julien distraitement, comme si elle ne le reconnaissait pas. Le jeune homme en fut affecté et se reprocha une sensibilité excessive. Son imagination lui avait représenté une vie de félicités d'abord avec Mlle Raucourt, puis avec Thérésia Cabarrus. N'était-il pas occupé à nourrir une folie semblable pour Mlle de Sainte-Amarante ? Il avait suffi d'un bref instant d'humeur pour qu'il désirât se venger. Il se répétait mentalement le discours par lequel il allait sommer la jeune fille de lui présenter des excuses, et tremblait de ne pas la voir venir. Quand, enfin, il découvrit Emmeline, elle se tenait au milieu de jeunes aristocrates à la mine supérieure. L'un d'eux, qui paraissait bien en cours auprès de *la marquise*, débitait des platitudes avec autorité. Ce garçon avait une bouche légèrement de travers, des oreilles accolées au crâne, et un front haut. Il était laid. Du moins Julien le vit ainsi. Il eut des velléités de partir, mais Emmeline l'aperçut et un éclair de bonheur traversa le regard de la jeune fille. A l'instant les préventions de Julien cédèrent. Il s'avança et salua poliment Mlle de Sainte-Amarante.

— Comment allez-vous depuis tout à l'heure ? demanda-t-il.

— Je vous présente M. de Thiais, dit Emmeline, qui rentre d'Angleterre, ainsi que M. de Neuville, et M. Jaloux. (Elle se tourna vers M. de Thiais.) Je vous présente, dit-elle, Julien de Théroigne, qui est fonctionnaire au Comité de sûreté générale. Je ne trahis pas de secret en disant qu'il appartient au général Barras. Monsieur de Théroigne m'a beaucoup aidée quand j'étais en prison.

— Etes-vous royaliste ? demanda M. de Thiais, comme si ce titre comptait seul pour lui.

— De quel roi dois-je être royaliste ? répondit Julien avec impertinence.

M. de Thiais le dévisagea hautement, puis rit d'une voix de fausset, faite pour blesser.

Oui, Julien était royaliste, cela allait de soi puisque le Palais-Royal l'était. Cependant, il ne pouvait concevoir d'attribuer quelque importance à cette question. Certes, il ne lui était pas indifférent d'être gouverné par un roi ou par un directoire républicain. Il y songeait un peu quand il était forcé d'opiner dans un sens ou dans l'autre, mais cela ne le retenait pas. Il avait en revanche mille idées sur le costume, sur les restaurants, sur le théâtre, sur l'amour, sur l'argent, et même sur certains sujets qui touchent à l'anatomie féminine et qu'habituellement les hommes ne connaissent pas, mais que son expérience de proxénète l'avait mis en position d'étudier. Barras taquinait Julien sur son cynisme. Celui-ci en était affligé. Il ne se jugeait pas tel. La forme du gouvernement importait moins à ses yeux que les mœurs qui, tôt ou tard, changent ou réforment le gouvernement. Il rêvait d'une société *naturelle* où la loi serait légère et où l'on aurait licence de suivre ses passions. Les jeunes nobles qui le dévisageaient avec mépris détestaient en lui le parvenu qui ambitionne de mettre la main sur une héritière. Ils étaient incapables de distinguer chez Emmeline les tourments de l'âme et la virginité du cœur qui la rendaient si désirable pour Julien.

— Emmeline, on nous regarde, je n'aime pas vos amis. Partons.

— Où m'emmenez-vous ?

— Où vous voudrez ! L'autre soir, vous m'avez
demandé de vous faire connaître Paris.

— J'aimerais visiter des endroits dangereux !

Emmeline et Julien s'éloignèrent vers les carrosses.
La jeune fille préféra le sien, parce qu'il était équipé
d'une chaufferette à charbon. Julien renvoya sa voiture
et ordonna au cocher d'Emmeline de rouler vers la
Courtille du Temple.

— Je suis en train de me demander pourquoi je
vous suis, dit-elle.

Julien ne répondit pas. Il cédait à une légère grise-
rie. Il reposa la tête contre l'appui-nuque et eut un bref
éblouissement. Un masque blanc s'avançait sur un théâtre ; il commençait un air maniéré, pareil à ceux que
Garat chantait. Julien n'avait jamais vu ni entendu de
castrats. Pourtant la précision du trait et la netteté
du chant paraissaient appartenir au monde réel. Julien
se détourna du théâtre et regarda autour de lui.
C'étaient partout des généraux qui fêtaient une victoire.
Emmeline à ses côtés souriait. D'un signe, elle manifestait son plaisir d'assister à un opéra italien.

— Vous ne m'avez pas répondu, dit Emmeline.
Pourquoi suis-je occupée à vous suivre ?

Julien resta silencieux. Il calcula la manière dont il
devait agir pour séduire Emmeline, et ne vit pas de
moyen plus simple que de lui ravir son honneur. « Tu
as du talent, avait dit Barras, de la capacité, du courage, du patriotisme ; tout cela trouvera à s'employer
un jour ou l'autre. Mais veux-tu marcher plus vite
encore ? Je vais te donner un moyen : c'est un mariage.
Nous procédions ainsi dans l'Ancien Régime. Tous nos
nobles ruinés, ou qui n'avaient jamais été dans le
cas de l'être, étant nés sans aucune fortune, tous ces
nobles arrangeaient ainsi leurs affaires : ils guettaient
les filles de négociants, de banquiers, de financiers ; ils
n'en manquaient pas une. » Barras en parlait à l'aise :
il était noble. Julien, qui ne l'était pas, avait besoin
d'aimer et d'être aimé.

— Vous ne répondez pas, Julien ?

5

Elle s'inclina vers le jeune homme et lui prit le bras.

— Je me demande parfois, dit-elle, si le sang de mon père ne bouillonne pas dans mes veines. Vous connaissez la parole du régent au duc de Saint-Simon qui lui demandait la grâce d'un assassin allié à la maison d'Orléans : « Quand j'ai du mauvais sang, je me le fais tirer. » Ne devrais-je pas agir de même ?

— Le travail n'est plus à faire, répondit Julien, la Révolution s'en est chargée.

Ils arrivèrent à la Courtille du Temple. La voiture traversa une double rangée de poireaux d'hiver qui portaient comiquement de la neige sur leurs feuilles. Le cocher parut inquiet et risqua une question sur l'opportunité d'aller plus avant. Quand ils furent au Tambour-Royal, Julien poussa la porte. La salle était surchauffée. Chacun se bousculait d'avant en arrière et portait de grands coups autour de soi avec son cul. Le chahut était le nom de cette danse raffinée.

— Voulez-vous boire du vin de Montmartre ? demanda Julien, qui commençait déjà à détester l'endroit.

— Quelles sont ses vertus ? dit Emmeline.

— Il fait pisser, citoyenne, répondit un ouvrier qui buvait au comptoir et qui se mit à danser grossièrement en frappant de son derrière le bas du dos de la jeune femme.

— Julien, partons d'ici, j'ai peur, dit Emmeline.

Julien passa ostensiblement la main dans sa ceinture comme pour y prendre un couteau. L'ouvrier recula.

— Fuyons, dit Emmeline, je préfère les clochards.

Julien quitta le bal avec hauteur en regrettant le sang qu'il aurait pu verser ; il dirigea la voiture vers le Grand-Châtelet et la fit s'arrêter rue de la Vieille-Lanterne. A nouveau le cocher éleva des objections.

— Ces endroits ne sont pas pour une personne de votre rang, dit-il à Emmeline.

— Le rang est agréable pendant la journée, répondit Julien ; la nuit, si l'on veut s'amuser, il vaut mieux n'en point avoir.

Des clochards, qui étaient trop démunis pour payer la corde, grelottaient dans la rue. Pour complaire à Emmeline qui le suppliait de ne pas les laisser mourir de froid, Julien remit cinquante sous à chacun si bien qu'ils purent entrer. Les deux jeunes gens s'assirent dans la cuisine devant un bol de soupe d'abattis de volaille. Le patron, qui était passé maître dans l'art des généralités, se répandit en réflexions convenues.

— Il neige, dit-il, la nuit dernière déjà plusieurs clochards sont morts de froid, ce sera pire cette nuit. C'est aussi de leur faute, ils boivent ce qu'ils mendient et n'ont plus le sou pour payer la corde et la soupe.

Emmeline avait retrouvé ses jolies couleurs. Elle paraissait joyeuse d'avoir sauvé quelques misérables et remerciait le jeune homme de lui avoir donné l'occasion de cette bonne œuvre.

— J'aimerais secourir les pauvres, dit-elle, ils méritent la pitié.

— Je ne veux pas vous laisser rentrer seule, dit Julien. La route est difficile, je vous raccompagnerai.

— Et vous, comment rentrerez-vous ? demanda-t-elle.

— A pied, pardi !

La neige tombait en flocons serrés. La chaufferette dans la voiture répandait des traînées sanglantes sur le velours des sièges. Julien s'approcha d'Emmeline qui tremblait. « J'ai froid », dit-elle. Julien chercha les lèvres d'Emmeline qu'il baisa avec fougue. Elle ne se détourna pas, au contraire elle rejeta la nuque en arrière et demeura ainsi les lèvres ouvertes. Julien voulut risquer des caresses plus intimes. « Non, Julien, je vous en prie, dit-elle, j'ai communié. Il faudrait me confesser à nouveau demain », mais elle n'écarta pas la main du jeune homme auquel elle s'abandonna avec une sorte de volupté douloureuse. « Je suis folle, dit-elle, folle de vous, j'en mourrai ! » Julien rentra à pied sous la neige, au comble du bonheur. Adèle réchauffa un bouillon qu'ils burent ensemble. Elle raconta sa nuit avec animation, sans épargner aucun détail, puis démontra à Julien que le métier des unes vaut bien les sentiments des autres.

Tous les soirs de la semaine, Julien parut chez Mme Cabarrus. Jamais il n'y vit Emmeline. Thérésia, qui avait retrouvé la mémoire, s'entretenait cordialement avec lui, jusqu'à provoquer des murmures. Cependant, elle ne parla jamais de la jeune fille et Julien n'osa la questionner. Il se rendit à la messe, sans plus de résultat. Emmeline était-elle malade ? Se cachait-elle ? Il n'en savait rien, et cette incertitude lui était intolérable. Il passa en voiture à plusieurs reprises devant l'hôtel de Sainte-Amarante sans rien découvrir qu'une porte cochère soigneusement close devant laquelle la neige était balayée. Il fit le tour des théâtres et commença par celui de la République, qui affichait *le Mariage de Figaro* avec Mlle Raucourt. Dès que le rideau se leva, les loges lancèrent des billets sur la scène. Mlle Raucourt en ramassa quelques-uns et les lut. C'étaient autant d'invectives contre les Jacobins et d'appels à la mobilisation des honnêtes gens. Chacun se souvenait que l'actrice avait été emprisonnée et qu'elle n'avait pas cédé à l'accusation de tribadisme contre la reine. Chaque réplique et davantage encore sa sortie furent acclamées. Les cris redoublèrent quand Gayaudan père entra. Son fils avait été guillotiné. Des mouchoirs s'agitaient, on jetait des fleurs, des jeunes

gens criaient : « Vive la Convention ! A bas les Jacobins ! » La Convention était sur le point de *dépanthéo-
niser* Marat. Il s'agissait de l'y amener en rappelant les
crimes du *brigand*. A la fin du spectacle, Julien se rendit dans la loge de Mlle Raucourt. C'était une petite
loge, froide et mal éclairée, où l'actrice, dévêtue, reprenait son souffle en buvant un verre de porto. Un mouvement convulsif du bras gauche trahissait son âge et
sa lassitude. Preziosa était déjà dans la loge. Mlle Raucourt vivait désormais ouvertement avec elle. A cause
de cette présence, Julien n'osa parler. Il complimenta
l'actrice, qui fut charmante et l'invita à souper chez
Vénua. Preziosa eut l'idée fâcheuse de passer prendre
Adèle au Palais-Royal, de telle sorte que Julien perdit
tout espoir d'engager son intrigue. Ils avaient à peine
consulté la carte que les portes du restaurant s'ou-
vrirent devant Garat et son ami, le parfumeur. Celui-ci
vint congratuler Julien et Adèle avec chaleur, comme
s'ils étaient de vieux amis. « Mon cher, s'exclama
Julien, vous êtes une mode ambulante, un miracle de
goût ! Votre habit est carré comme quatre planches ! »
Garat, qui était myope ou affectionnait de l'être,
retrouva subitement la vue pour Mlle Raucourt, devant
laquelle il s'inclina respectueusement. Le chanteur
portait une cravate écrouélique, une veste tellement
carrée qu'elle le rendait bossu, des bas blancs à larges bandes bleues suspendus par des bretelles, et
aux pieds des bottines à la poulaine. On dut changer
de place pour se mettre à table, puis changer de
nouveau pour Talma et sa femme, suivis bientôt de
Rovère et de la comtesse d'Agoult, si bien que tout
le monde se retrouva dans un cabinet particulier du
premier étage.

Au moment du dessert, Julien profita de la distraction générale pour parler à voix basse de ses soucis à
Mlle Raucourt. Celle-ci lui promit d'aller visiter Emmeline dès le lendemain. Le froid était devenu tel qu'il
parut impossible de laisser Adèle s'exposer dans cette
nudité, quoique le Palais-Royal fût à deux pas. Julien

courut à son appartement chercher une pelisse de loutre à collet carré, d'où la tête rousse d'Adèle sortait comme d'une lucarne.

— Elle est ado-able ! dit le parfumeur. Ze la voud-ais manger toute c-ue !

— Dites *toute cuite*, dit Talma, cela vous évitera de nommer le cul des dames par mégarde !

— J'admire, dit Garat, que ce-taines natu-es azu--éennes, émettent une saleu- spontanée qui fe-ait g-imper un ab-icotier en hive- !

— Vilain ! dit Mlle Raucourt, vous vous prenez pour l'abricotier !

Le lendemain, Julien visita Mlle Raucourt au théâtre de la République, avant que le spectacle commençât.

— Eh bien ? dit-il.

— C'est catastrophique, répondit l'actrice avec une pointe de composition dramatique. Emmeline est séquestrée par son oncle, M. de Jully, qui est rentré de province. C'est à peine si elle a pu me parler. Il m'a fallu insister pour être reçue. M. de Jully y a consenti seulement pour quelques minutes et en mémoire de Sainte-Pélagie. Il s'est maintenu dans la croisée à dix pas durant toute la conversation. Je n'ai pu vous nommer et je me suis bornée à transmettre les prétendues inquiétudes de Thérésia Cabarrus. Emmeline m'a répondu que sa santé ne lui permettait plus de fréquenter cette maison. Cette phrase a été accompagnée d'un signe peu intelligible que j'ai interprété comme une marque de séquestration. Notre amie est méconnaissable. Elle est pâle, coiffée par des mains malhabiles, vêtue d'une robe noire à collet blanc, comme une novice. Elle a toussé un peu devant moi, peut-être était-elle malade, je ne sais.

Julien connaissait la haine pour l'avoir éprouvée souvent. Jamais cependant, il ne l'avait sentie grandir en lui comme à cette heure. Sans attendre, il poussa son cabriolet à toute allure jusqu'à une taverne située au carrefour des rues Pirouette, Mondétour et de la

Petite-Truanderie, où se tenaient habituellement les
voleurs. Ce carrefour offrait trois issues par où il était
aisé de fuir et plus aisé encore d'être prévenu en cas
d'intervention de la police. Il avisa un truand qui infor-
mait le Comité de sûreté générale et se fit apporter
l'équipement complet des escarpes. Il gagna ensuite la
rue de Bourgogne où il arrêta sa voiture le long de
l'hôtel de Mailly-Nesles. Il faisait nuit et les lieux
étaient déserts. Les jardins de l'hôtel de Sainte-Amarante étaient clôturés d'un haut mur d'enceinte, selon
l'usage noble. Julien grimpa sur le toit de sa voiture
et réussit à sauter sur le mur, à l'angle du jardin et des
écuries. Il examina l'immeuble. Au premier étage une
faible lumière brûlait dans une chambre à coucher. En
suivant la corniche des écuries, il parvint à une fenêtre
en œil-de-bœuf qu'il tenta vainement d'ouvrir. Il tira
alors de sa veste un crochet muni d'une corde et
lança le crochet dans la corniche du corps de logis.
Il se suspendit à la corde au moyen d'un nœud coulant
qui lui étranglait la taille, et se transporta de la sorte,
suspendu au-dessus du vide, jusqu'à la fenêtre éclairée.
Il prit appui sur les rebords du balcon et hasarda un
regard dans la chambre. Emmeline se tenait là en
chemise de linon, un bonnet sur la tête, un châle autour
du cou, occupée à lire. Un bon feu flambait dans la
cheminée et une alcôve élégante s'apprêtait à recevoir
la jeune fille. Julien frappa doucement à la vitre.
Emmeline releva la tête, mais ne vint pas tout de suite
à la fenêtre. Elle continua sa lecture, avant de se lever
à un deuxième appel de Julien. Elle se dirigea alors
vers la croisée en tenant un bougeoir devant elle.
Quand elle fut à hauteur de la fenêtre, Julien se montra, le doigt sur la bouche. Emmeline ne cria pas. Elle
ouvrit la fenêtre et introduisit Julien dans la chambre.
Tout d'abord elle recula précipitamment vers le lit et
s'effondra en sanglotant. « Je suis perdue, Julien, perdue. Mon oncle sait tout de ma conduite. Il a résolu de
me corriger. » Julien ne put s'empêcher de contempler
la taille d'Emmeline, qu'il tremblait de ne pouvoir

entourer immédiatement de ses bras. Emmeline se
retourna d'un mouvement vif. Malgré ses émotions,
elle avait eu le sang-froid d'enlever son bonnet et de
passer la main dans ses cheveux pour les faire retomber sur la nuque. Elle avait le cou et les bras nus, et
portait aux pieds de petites mules à pompon. Il sembla
à Julien que Mlle Raucourt avait exagéré la dureté de
la séquestration de la jeune fille. Il se mit à considérer
le bâtiment avec l'habitante. La chambre était vaste,
pourvue de grands miroirs et garnie de consoles. Un
petit tableau de Mme Vigée-Lebrun représentait Emmeline enfant suçant un bonbon. Le plafond était décoré
d'angelots moulurés, qui paraissaient veiller sur le
sommeil des dormeurs. Sur la cheminée un vieux cruci-
fix de famille, qui datait de Louis XIII, tranchait par
son austérité espagnole sur la joliesse du mobilier.
De part et d'autre de sa coiffeuse, Emmeline avait disposé les portraits ovales de ses parents peints par
Antoine-Marie Coysevox.

— Je vais tout vous raconter, dit Emmeline. Mon
oncle maternel, M. de Jully, est rentré de province, à la
demande, je crois, du cocher. Il m'a reproché ma
conduite et a résolu de me séquestrer jusqu'à ma majorité. Tout cela est de ma faute, Julien ; j'ai lu trop de
romans ; mon confesseur me les a expressément inter-
dits et cependant, voyez, je relis *Paul et Virginie.*

— Etes-vous sûre que votre oncle songe seulement
à votre vertu ? demanda Julien, qui suspectait une
intention intéressée chez M. de Jully.

— Je puis vous assurer qu'il n'y a aucun dessein
politique là-dessous.

Cette parole fut de trop. En un éclair, Julien entrevit que M. de Jully ne rentrait pas de province, sans
quoi il y aurait déjà emmené sa nièce, mais de l'étranger.

— Eh bien, dit-il, vous allez pouvoir fuir avec moi
maintenant. Apprêtez-vous donc.

— Et pour quoi faire ? dit-elle. Nous ne pourrions
nous marier et je ne puis souffrir de vivre dans le

concubinage. Non, il me faut supporter mes fautes. (Elle embrassa Julien fiévreusement.) Revenez, je vous prie. Je vous recevrai la nuit, nous nous cacherons. Demain soir, j'ouvrirai l'œil-de-bœuf qui est dans le fond du couloir, du côté des écuries. Vous m'emmènerez, nous irons au bal.

Le jeune homme approcha sa main de la taille d'Emmeline. Celle-ci ne l'écarta pas.

— Vous avez une étrange religion, dit-il, qui vous permet de frôler le péché, mais non de le consommer.

— Ne me torturez pas, Julien, je souffre déjà assez d'être en conflit avec ma conscience.

Elle paraissait sincère, quoique sa conduite laissât quelque doute chez le jeune homme. Celui-ci vérifia tout d'abord dans les fiches du Comité de sûreté générale si M. de Jully était un émigré. Il avait quitté la France dès avant le mois d'août 1792 ; il ne pouvait donc y avoir de pardon pour lui. Julien hésita entre deux attitudes : faire arrêter M. de Jully ou négocier la liberté de la jeune fille contre celle de l'émigré.

Il revint à la nuit tombante. Emmeline guettait à la fenêtre. Dès qu'elle l'aperçut, elle ouvrit l'œil-de-bœuf sur le rebord duquel elle se hissa prestement afin de bondir vers le toit des écuries. Il y avait peu de distance, mais Emmeline n'osa la franchir. Julien lança son crochet dans le toit et mit la corde dans les mains d'Emmeline, qui s'élança dans le vide et tomba sans dommage sur Julien. Les bals à la mode étaient risqués. Aussi Julien préféra-t-il une taverne de la barrière Blanche. L'endroit était plein de truands et de filles fardées, qui revenaient d'avoir racolé sur le boulevard des Vertus, le long du mur des fermiers généraux. Elle était fréquentée par des voyageurs qui arrivaient du Nord, ainsi que par des voituriers, des commissionnaires, des soldats. Emmeline s'abandonna à Julien. Elle adopta sans vergogne les mœurs du lieu où personne ne s'étonnait d'une main qui dégrafait un corsage. Elle semblait aimer le péché plus que le plaisir

et porter un goût particulier aux endroits qui carica-
turaient l'enfer.

Julien était inquiet. Il craignait que M. de Jully
ne se fût aperçu de la disparition d'Emmeline ; il
aurait préféré rester dans la chambre de la jeune fille,
d'autant qu'il n'avait pu retirer la corde qui était
demeurée suspendue devant l'œil-de-bœuf. Un voleur
professionnel l'aurait enlevée en un tournemain, mais
Julien ne possédait pas l'art d'imprimer au chanvre
cette raideur qui dresse le crochet hors de la corniche,
comme un serpent apprivoisé. Quand ils arrivèrent, la
lune éclairait les bâtiments et les jardins ; elle détail-
lait l'ombre de la corde comme un trait de plume sur
une feuille blanche. Julien s'avança prudemment ; il
s'empara de la corde et la mit dans les mains d'Emmeline. Celle-ci s'habituait à la voltige. Elle parvint à
s'introduire d'un coup dans l'œil-de-bœuf ; elle venait
de se redresser, quand elle fut happée par une main qui
la tira en arrière. A l'instant un coup de feu claqua.
Julien, qui l'avait deviné, s'aplatit contre les tuiles. Au
lieu de rebrousser chemin par les toits, où il aurait
été une cible facile pour le tireur, il bondit dans les
jardins et s'enfuit vers le mur d'enceinte. Alors qu'il y
parvenait, une ombre sortit d'un bosquet de boulingrin
et tira à bout portant. Julien était suspendu à un espa-
lier. Il tenta un écart, mais ne put éviter la balle qui
l'atteignit à la clavicule. Il tomba lourdement sur le
sol gelé. Le cocher devant lui rechargeait déjà. Julien
se releva, dégaina son couteau et le planta dans le
ventre du bonhomme. Il rentra dans le logis et grimpa
jusqu'à la chambre d'Emmeline.

— Vous êtes une vénérienne comme votre père,
criait M. de Jully. Votre famille et celle d'Orléans sont
la honte de la France.

— Levez les mains, monsieur, dit Julien, et donnez-
moi votre arme. J'ai éventré votre tueur. Vous êtes
mon prisonnier.

M. de Jully jeta son pistolet sur le plancher, ainsi
qu'une épée.

— Vous portez l'épée, monsieur, comme sous les rois ? La Révolution ne vous a pas corrigé ?

— Faites de moi ce que vous voudrez, dit Jully, mais épargnez-moi vos leçons. Je n'ai ni l'âge ni l'humeur de les supporter.

— Tu parles sans savoir, citoyen, dit Julien. Ce n'est pas l'amant d'Emmeline qui t'arrête, c'est l'agent du Comité de sûreté générale.

— Bravo, mademoiselle, dit M. de Jully. Vous n'êtes pas seulement une catin, vous êtes aussi une sotte. Je vous complimente, monsieur l'assassin. Vous avez dans la même nuit tué un vieux serviteur, pris l'honneur d'une femme, et accompli de manière parfaite votre dégoûtant métier d'espion. Vous êtes une révolution ambulante, mon cher.

— Je suis à Barras, dit Julien, non aux Montagnards.

— Ventre pourri ou tête pourrie, quelle est la différence ?

Julien réfléchit à la manière d'éliminer l'oncle tout en gardant la nièce. Le regard désespéré de celle-ci disait assez qu'elle n'appartiendrait jamais à l'auteur de la déportation de son oncle. Il restait le duel qui permet de tuer avec honneur.

— Ramassez votre pistolet, monsieur, dit Julien, nous irons régler cette affaire dans la cour.

M. de Jully refusa avec emportement.

— Alors fuyez Paris, je garde Emmeline, dit Julien.

— Jamais, monsieur, je partirai avec ma nièce ou elle supportera le poids de mon arrestation.

— Soit, vous êtes libre, adieu, dit Julien.

Sans un regard pour Emmeline, il rentra en hâte au Palais-Royal, non sans faire un détour par le commissariat de police de la Butte-des-Moulins.

Adèle envoya sa femme de chambre alerter la Sainte-Foix qui appela un chirurgien. La maquerelle accourut avec Catherine et Preziosa. Le teint du jeune homme virait au vert. Il frissonnait de tous ses membres, si bien que les femmes s'occupèrent à chauffer dans le poêle des briques cerclées de fer qu'elles disposèrent autour de lui. Le chirurgien pansa les plaies et déconseilla de saigner Julien, qui ne perdit jamais connaissance. Il s'endormit à l'aube, veillé par Adèle et par la moitié du bordel. Le lendemain, Barras lui rendit visite.

— Votre vaillance mérite d'être mieux employée, dit-il, après l'avoir réconforté. Reposez-vous, nous en reparlerons.

Julien risqua une question sur le sort de M. de Jully.

— Il est aux Madelonnettes, dit Barras. Nous allons lui faire un procès comme à Jésus, mais nous ne commettrons pas la sottise de libérer Barabbas !

Julien ne comprit pas tout de suite à quelle sorte de troc songeait Barras. Toutefois comme il ne voulait en aucun cas épargner Jully, il ajouta à l'intention de Barras : « Il m'a refusé le duel ! — C'est en effet un grand crime ! » dit celui-ci.

Les Comités avaient résolu de fermer le club des Jacobins : Barras imagina de distraire l'opinion républicaine par le procès de M. de Jully. Julien fut chargé de l'opération qui lui valut d'être nommé chef de service au ministère de l'Intérieur. Le 21 brumaire au soir, Fréron vint au Palais-Royal et s'écria : « Pendant que les Jacobins discutent sur la question de savoir s'ils nous égorgeront dans la rue ou à domicile, prévenons-les tandis qu'il est temps encore. Marchons en colonnes serrées, allons surprendre la bête dans son antre et mettons-la pour jamais dans l'impossibilité de nous nuire. Braves jeunes gens, marchons ! » Le cortège partit dans la plus folle gaieté. De toutes parts, les passants se joignaient aux muscadins et criaient : « Vive la Convention ! A bas les Jacobins ! » Il était 8 heures du soir ; c'était le moment de la plus forte animation au Palais-Royal et rue Saint-Honoré. Il ne fut pas difficile d'entraîner les dîneurs, les joueurs, les lecteurs de journaux, les amateurs de filles, les crieurs, les courtauds de boutique, les apprentis, les machinistes des théâtres, et même les porteurs d'eau. Ce peuple, qui pendant cinq ans avait subi les exactions des Jacobins, était à la fête. La porte de l'ancien couvent fut défoncée, alors que la société tenait séance. Après les incidents des derniers jours, elle se concertait sur les moyens de faire respecter la loi qui garantissait les sociétés populaires. Conformément à la consigne qui leur venait de Fréron et de Barras, les muscadins entreprirent de ridiculiser la compagnie. Ce fut la *Henriade* du cul. Le mot dans toute l'histoire de France ne fut jamais tant utilisé que ce soir-là. En 1791, les bonnes sœurs de l'Hôtel-Dieu avaient été fouettées par celles qu'on nommait *les dames de la halle*. Il en était résulté plusieurs chansons sur les « culs aristocrates et anticonstitutionnels qui ont été fouettés par les dames de la halle ». On rendit aux Jacobins la monnaie de leur pièce. Les jeunes gens se mirent sur deux rangées pour huer la jacobinaille qui fuyait. Un muscadin fit tomber le chapeau du président qui, se baissant pour le ramasser, fut renversé sous les quolibets. Les tricoteuses avaient longtemps exaspéré leurs ennemis par les mines réjouies qu'elles arboraient lors des exécutions. Elles furent empoignées, retournées, troussées et fouettées par des centaines de mains qui voulaient imprimer sur leurs fesses la protestation des honnêtes gens. L'une d'elles, qui se récriait sur sa vertu, s'entendit répondre que les vérités qui ne pénètrent pas par la tête doivent entrer par le cul. La plus détestée des tricoteuses, Mme Crassous, l'épouse du député de la Martinique, fut portée en triomphe, cul en l'air, rue Saint-Honoré et jusque sur la terrasse des Feuillants. Elle montra son intimité à plus de monde en une demi-heure qu'une fille en vingt ans de métier. Dès le lendemain, on imprimait un pamphlet intitulé *le Cul des Jacobines visité par le peuple*. Julien ne s'associa pas à l'action directe. Il avait reçu mission de disposer un système d'estafettes qui préviendraient le Comité de sûreté générale et le Comité militaire de l'évolution des événements. Barras, Tallien, Legendre, Bentabole siégeaient en permanence. Ces précautions furent inutiles. L'illustre société, dont les débats quatre mois plus tôt étaient reproduits dans *le Moniteur* à côté de ceux de la Convention, ne comptait plus qu'une poignée de

vieux combattants de la guillotine. Les Jacobins dis-
parurent dans la bouffonnerie. Quand tout fut fini, le
commissaire de police de la Butte-des-Moulins vint
saisir les clés et mettre un cadenas. La veille, M. de
Jully avait comparu devant le tribunal révolutionnaire.
Julien n'était pas encore très vaillant. Aussi fit-il
grande impression sur le jury. Il prit soin de présenter son affaire comme l'histoire d'un amour entravé
par l'orgueil de caste. A mesure qu'il parlait, la haine
se peignait sur le visage des jurés. Le président, qui
était de connivence, questionna Julien sur l'incident
du duel. Le jeune homme répondit qu'il avait cru
honorer M. de Jully par cette proposition, mais que
ce dernier l'avait rejetée dans un impétueux mouvement de morgue royale. C'en fut assez. Le défenseur
de M. de Jully put bien demander l'audition d'Emmeline. Elle fut refusée et M. de Jully fut condamné
à mort. Quant à Emmeline, elle ne dit mot de l'événement : elle ne pleurait pas, ne bougeait pas ; elle
regardait droit devant elle. Thérésia Cabarrus la remit
à Julien. Celui-ci hébergea la jeune fille chez Mlle Montansier, dans une chambrette qui surplombait la scène
du théâtre du Palais-Royal et d'où, par une trappe,
on pouvait apercevoir le spectacle.

L'exécution de M. de Jully fut connue le lendemain
de la fermeture du club des Jacobins. Elle provoqua
la colère des salons royalistes et des journaux de
même tendance. Julien vint souper au café de Chartres le surlendemain de l'exécution. Des muscadins,
parmi lesquels M. de Thiais, se levèrent comme s'ils
s'apprêtaient à frapper le jeune homme.

— J'avais proposé le duel à M. de Jully, dit Julien.
Certains d'entre vous, qui n'ont pas sa noblesse, pourraient peut-être ne pas avoir sa lâcheté !

Les muscadins se tinrent tranquilles, mais par ven-
geance ils rayèrent Julien de leurs rangs.

Emmeline vécut dans la plus totale stupeur pendant deux mois. Elle semblait avoir perdu la mémoire et jusqu'au souvenir de sa condition sociale. Elle tenait compagnie à Mme de Sainte-Foix, qui s'était mise à sécher, selon l'expression du médecin. La Faculté lui avait découvert une maladie de langueur, qui à la longue promettait d'être mortelle. La maquerelle, qui la veille encore dirigeait sa maison avec une énergie intraitable, laissa progressivement choir le bâton de l'autorité. Elle ne veillait plus à la propreté du linge, ni à la toilette des filles, ni à leur ravitaillement. Adèle reprit l'affaire. Elle congédia les filles qui avaient profité de la maladie de la Sainte-Foix et arrêta un tarif qui fixait le prix en fonction de la durée. Chaque matin, elle arrivait à 11 heures et exigeait que les filles se montrassent à elle dans le plus simple appareil. Elle ne les touchait pas ; elle surveillait seulement leur propreté du regard, cachée derrière un éventail. Elle usait de même pour l'embauche ; des centaines de femmes et d'adolescentes, parfois âgées de douze ans, se présentaient avec l'espoir d'être hébergées, chauffées, nourries. Emmeline assistait souvent Adèle et rendait à celle-ci de menus services, tels que des courses matinales dans le froid ou des files à subir devant les boulangeries. Julien visitait régulièrement Emmeline. L'humilité de celle-ci accroissait son désir pour elle. Un soir, il lui parla de Mme Tallien et de leur première rencontre à Sainte-Pélagie. Emmeline parut se souvenir. Elle sourit, mais ne manifesta ni tristesse ni gaieté. Elle était tombée dans une apathie qui laissait douter si elle était encore capable de se diriger elle-même. Un jour qu'elle s'était habillée d'une façon plus élégante qu'à l'ordinaire, Julien lui enlaça la taille. Elle s'approcha de lui et reposa la tête sur son épaule.

— Tu ne crains plus le péché ? demanda-t-il à voix basse.

— Il me semble, répondit-elle, que j'ai payé assez cher cette petite douceur.

Le soir même elle fut à Julien. Leur première nuit rassembla toutes les voluptés de la torture et de l'amour. Ils purent ainsi mesurer combien ils s'étaient désirés longtemps. Quelques jours plus tard, alors qu'elle s'attardait dans le lit de son amant, elle demanda à pouvoir disposer d'une partie de sa fortune pour les pauvres. Sa minorité l'en empêchait. Cependant, le jeune homme réussit à obtenir de Tallien, tuteur judiciaire, qu'il louât l'important hôtel de Sainte-Amarante à un fournisseur aux armées, qui l'utilisa comme entrepôt. Le loyer était stipulé payable en or et non en assignats. Les meubles furent inventoriés et placés dans un garde-meuble. Julien demanda à la jeune fille si elle ne souhaitait pas quelque portrait de famille pour garnir sa chambre. Elle refusa.

— Crois-tu qu'Emmeline soit folle ? demanda Julien à Adèle.

— Je ne le crois pas, répondit celle-ci. Elle aime souffrir, c'est une vicieuse !

Ce verdict sans appel fut partiellement confirmé. Grâce à ses revenus locatifs, Emmeline organisa une soupe populaire sous le porche de l'ancien couvent des Capucines. Elle y fut aidée par l'ex-bernardin, qui se réjouissait de la banqueroute de l'Etat comme d'une

occasion de prouver la supériorité de la charité privée
sur les mesures sociales. Le prêtre avait connu Benoît
Labre à Rome. Il sentait la nécessité de rompre le
lien scandaleux de l'Eglise avec l'argent et ne parlait
plus guère de restauration, car celle-ci se ferait au
profit de Monsieur, et l'on verrait rentrer les évêques
commendataires et les abbés à bénéfices, cette lie. Il
songeait à une réforme de la religion qui subordon-
nerait étroitement l'Eglise au pape et la purgerait de
ce clergé gallican qui l'avait compromise dans la philosophie. Julien sut par les bureaux du Comité de
sûreté générale que le moine adressait des rapports
aux princes. Il attirait leur attention sur l'état de la
France et les mettait en garde contre un comportement qui les faisait apparaître comme le parti de
l'étranger. L'ex-bernardin fut écarté des Comités royalistes. Il ne garda de liens qu'avec l'ancien ministre
Calonne, qui lui-même fut mis à l'écart. Le moine se
réfugia alors dans la charité, où il fut un auxiliaire
précieux d'Emmeline. Celle-ci, les mains rougies, commençait à cuire la soupe dès 5 heures du matin ; elle
achetait le plus d'avoine qu'elle pouvait et la mélan-
geait aux fèves, aux choux, aux pommes de terre, afin
de bien remplir le ventre de ses protégés. Quelquefois
elle se transportait dans le quartier du Châtelet où
elle avait connu son premier bonheur quand elle était
tombée amoureuse de Julien ; elle distribuait la soupe
aux nombreux mendiants qui peuplaient cet endroit.
Elle disposa de la paille dans l'église Saint-Merry, afin
que les clochards pussent dormir au chaud, mais bientôt la vermine obligea de brûler la paille. Emmeline
semblait prendre plaisir à s'humilier. Elle ne rechignait
jamais devant une corvée, même lorsqu'il s'agissait de
fabriquer quelque poudre astringente destinée à
reconstituer la virginité d'une fille. Elle se plaisait à
fréquenter les couches les plus basses de la population
et partageait la mentalité des truands, des prostituées,
des clochards, qui laissent passer les guerres, les idées
et les révolutions comme autant d'accidents atmosphé-

riques. Elle éprouvait une reconnaissance éperdue pour le jeune homme qui l'avait libérée de sa condition sociale. Tout lui semblait préférable à la vie de sa mère, la marquise, qu'elle avait connue confinée dans son hôtel, en proie aux avanies des concubines de son père, livrée à une société de prêtres vaniteux et de duchesses douairières. La marquise n'était jamais allée au théâtre à cause de son confesseur, ni au restaurant à cause des usages, ni dans la rue à cause de son rang. Emmeline, délivrée de cette férule, avait l'impression qu'elle n'épuiserait jamais le bonheur de marcher à sa guise, de regarder les boutiques qui ouvrent et qui ferment, de courir sous la pluie, de contempler le ciel bleu dans l'instant du petit matin. Quand Julien lui apporta *Werther* qu'il avait emprunté à Benjamin Constant, Emmeline fut transportée de joie. Elle avait enfin trouvé l'art qui exprimait ses sensations. Elle eut une émotion plus vive encore quelque temps après. En effet, Julien la conduisit à l'Opéra où l'on jouait *Dom Juan* de Mozart. Elle s'identifia à Elvire, amoureuse d'un être dur et froid qui brave la mort plutôt que de supporter les conséquences du péché. Elle se mit à espérer dans ces idées nouvelles venues d'Allemagne. Elle parlait de tout cela avec transport, si bien que Julien put se persuader bientôt qu'elle était guérie.

Un matin, Julien accompagna Emmeline dans ses bonnes œuvres. Il alluma les fourneaux pour cuire la soupe. Le porche de l'église Saint-Merry se remplit bientôt d'une foule considérable. Boissy d'Anglas avait succédé à Robert Lindet dans la charge du ravitaillement de Paris. Il avait rétabli le rationnement et fixé la ration à deux onces de pain par tête, soit soixante grammes par jour. Les ouvriers, dont le pain constituait l'aliment principal, mouraient de faim. On les voyait se traîner en guenilles dans les rues, sales, car ils ne pouvaient plus se laver, édentés, pouilleux, enragés. Du riz leur avait été distribué, qu'ils ne purent faire cuire, faute de charbon. Dans le but d'augmenter la ration de pain, le Comité des subsistances avait ordonné de mélanger le son, l'avoine et même l'orge à la farine de blé, et de ne plus bluter celle-ci. Il en résultait un magma noirâtre, qui collait aux doigts. La colère du faubourg Antoine était accrue par les mœurs du Palais-Royal où Méot offrait en permanence cent dix plats à sa carte. Les carrosses stationnaient à sa porte jour et nuit.

Julien reçut de Barras l'ordre de pénétrer la société populaire du Vertbois, qui constituait le reliquat du parti jacobin. Ce rôle de transfuge perpétuel gênait d'autant moins le jeune homme que ses amours contrariées avec Emmeline l'avaient éduqué au mépris des hommes.

Julien s'activait aux côtés d'Emmeline pour distribuer la soupe quand il fut amicalement interpellé par un sans-culotte dans lequel il reconnut l'hébertiste Varlet. Les deux hommes ne s'étaient pas revus depuis la nuit du 10 thermidor. Varlet supposa que Julien était occupé à secourir les pauvres par conviction politique, et se hâta de l'aider. Il lui proposa de l'emmener dans ce qu'il nommait *l'oppidum patriotique*. Julien n'avait jamais pénétré profondément dans le faubourg Antoine. Il s'était avancé jusqu'à la Bastille, tout au plus. Varlet le conduisit à l'intérieur du faubourg. C'était un dédale de ruelles qui communiquaient par de multiples cours et impasses, si bien que quelqu'un, s'échappant par là, trouvait dix issues pour disparaître. Les jardins, les champs, les vignes, les vergers facilitaient encore la fuite. Le peuple des ouvriers et des artisans ne faisait pas mystère qu'il avait conservé les piques et les fusils de 1792. Le faubourg, qui idolâtrait Marat, Hébert et Danton, n'avait pas bougé pour Robespierre. En revanche, il était capable de se révolter pour du pain. Varlet conduisit Julien chez le brasseur Santerre, rue de Reuilly, à l'enseigne de l'Hortensia. C'était une minuscule maison, surmontée d'une tourelle, où le brasseur entreposait son orge. La rue était grossièrement pavée ; l'on accédait à l'étage par un escalier tournant qui puait la fermentation. Le duc d'Orléans avait poussé la bassesse jusqu'à visiter le brasseur dans cette tanière en 1792, peu de temps après la destitution de Louis XVI.

Julien eut la surprise de trouver chez Santerre les représentants Léonard Bourdon et Duhem, qui s'intitulaient eux-mêmes les moteurs de l'insurrection. Léonard Bourdon était habité par la rage d'avoir contribué à la chute de Robespierre.

Il qualifiait le gouvernement d'atroce et d'usurpateur. Il disait que l'insurrection était, pour le peuple le plus sain, le plus sacré des devoirs. Julien dressa un rapport sur ce qu'il avait vu et entendu. A sa grande surprise, il fut blâmé par le Comité de sûreté générale. La gauche s'indignait qu'une accusation pût être portée contre Léonard Bourdon, et la droite que l'on vînt parler de famine quand il s'agissait tout au plus d'une courte disette. Des voix s'élevèrent en l'absence de Barras pour réclamer l'éloignement de Julien. Celui-ci passait pour vivre aux dépens d'une prostituée et pour néanmoins séquestrer une aristocrate. Julien fut convoqué bientôt devant le Comité de salut public. Bassenge aîné se tenait à côté d'Aubry. Julien ne l'avait pas revu depuis deux ans, lorsqu'ils combattaient à Liège contre le gouvernement du prince-évêque Hoensbroeck. Les deux hommes s'embrassèrent chaleureusement, encore que Julien eût peu d'estime pour Bassenge, qui était franc-maçon avant d'être révolutionnaire, et moins français qu'anticlérical. « Le citoyen Bassenge, dit Aubry, est venu nous demander l'exécution des décrets de réunion de Liège à la France. Voilà, je pense, qui rencontre tes préoccupations. Je te propose d'accompagner le représentant Robert que le Comité de salut public délègue à Liège. Tu seras chargé des subsistances. » Le ton catégorique d'Aubry ne laissait pas à Julien le pouvoir de balancer. Il partit donc avec Robert, quoiqu'il fût vivement contrarié à cause d'Emmeline ; mais aussitôt la barrière de Pantin franchie, il retrouva sa pleine gaieté. Julien n'avait plus quitté Paris depuis le mois d'avril 1793. Pendant deux ans, il avait vécu enfermé derrière les hauts murs de la capitale. Il découvrait avec ravissement que l'horizon était large, que les champs de la Brie étaient labourés, que les vergers étaient en fleurs, que des poules et des coqs caquetaient au bord de la route, que des canards barbotaient dans les mares, qu'enfin l'on était au printemps. Ils firent étape à Laon, qui était un peu délabrée avec un couvent ruiné, des maisons brûlées, des statues de saints décapitées, mais ils mangèrent de vrais œufs frais, un jambon d'oie, des fraises, du bon pain, et ils n'eurent aucun mal à deviner que l'abondance se cachait dans les campagnes et que la disette provenait de cette lutte sourde que les paysans mènent inlassablement contre les citadins. La Révolution se réduisait ici à une péripétie du conflit ancien qui oppose les jacques aux châtelains, et les habitants des villes aux habitants des champs. Les grands mots de liberté, d'égalité et de fraternité les laissaient de marbre. Ils guettaient à qui la vente des biens nationaux profiterait et s'il était d'un meilleur rapport, cette année-là, de nourrir l'animal ou l'homme. De vastes jachères prouvaient que les paysans avaient choisi de laisser reposer le sol, dans l'attente d'un gouvernement plus soucieux des intérêts des campagnes. Le bétail était nombreux, sans doute parce que le lait et le fromage n'étaient pas réquisitionnés comme les grains, et aussi parce que la viande se vendait cher, à tel point que les meilleurs fermiers commençaient à se rendre adjudicataires des châteaux de leurs anciens maîtres. Julien entrevit que la fortune des années futures était là, et que l'agiotage sur les monnaies ne parviendrait jamais à bâtir des fortunes aussi vastes et aussi solides que la spéculation sur les subsistances.

La seconde étape se fit à Dinant. Ils mangèrent une friture de goujons, de l'excellent pain gris et une potée faite de pommes de terre, de choux verts, de lardons et de côtes de porc. La petite ville mosane semblait endormie. La Révolution avait remplacé l'Autrichien par le Français, et fait déguerpir les noblaillons arrogants que Julien avait connus avant 1792 et qui se lavaient si rarement que leur derrière attirait des essaims de mouches en été.

Le convoi remonta la Meuse jusqu'à Liège. Le fleuve semblait former le débouché naturel de la France vers la mer du Nord. Julien retrouvait l'odeur particulière du fleuve, parfum de sources, de prés, de forêts, de vergers, reconnaissable entre tous. Les gentilhommières qui bordaient la Meuse étaient occupées par des soldats. A mesure en effet qu'on approchait de Liège, le pays prenait une allure militaire. Les hôtels et les châteaux avaient été réquisitionnés par l'armée. Des soldats allaient et venaient, les uns vers le nord, les autres vers l'est. La paix venait d'être signée avec la Hollande, et l'on murmurait qu'elle le serait bientôt avec la Prusse. La République s'ingéniait à imiter la politique des cabinets royaux qui divisait les puissances pour consolider les conquêtes territoriales. La paix avec les Pays-Bas libérait une grande quantité de troupes que l'on voyait se diriger vers Mayence et vers la Bavière. L'armée était étonnamment disciplinée ; elle ne ressemblait en rien à ces bandes de l'Ancien Régime qui obéissaient à leurs généraux pour de l'argent, de l'alcool et des filles. Les généraux eux-mêmes appartenaient à la troupe. C'étaient des jeunes gens, à peine plus âgés que Julien, qui n'avaient pas appris l'art de la guerre dans les écoles, mais dans le bouillonnement de leur sang, et qui, après les joliesses d'un siècle insurpassable seulement dans la fabrique des meubles, découvraient l'Europe, la bravoure, la victoire. Tout ce qu'il y avait de mesquin et de petit dans la politique parisienne se muait ici en épopée. Un général vint saluer le représentant Robert.

— Vous allez aux frontières ? demanda-t-il.

— Je vais à Liège, dit Robert.

— Oh ! C'est la France déjà ! répondit le général.

— Et vous ? demanda Robert, où allez-vous ?

— Je rejoins le quartier général de l'armée de Sambre-et-Meuse à Bonn. La paix est signée avec la

Prusse. Nous allons battre Clairfayt et marcher sur Vienne.

— Quelles sont les nouvelles du Rhin ? demanda Robert.

— Elles sont excellentes ! L'armée des émigrés de Condé s'y conduit avec une telle morgue royale que le prince-évêque de Spire vient de les expulser de ses Etats.

Robert et Julien cassèrent la croûte avec le général. Celui-ci parlait de *l'Europe à libérer* et des *trônes à anéantir*. Julien entrevit que jamais l'armée ne laisserait les messieurs de la rue de Clichy rétablir l'ancien ordre des choses. Elle constituait un recours et une menace. La Révolution trouvait un exutoire dans la guerre. Celle-ci ne prendrait-elle pas le relais de la guillotine pour étouffer la liberté ?

— Bonne route, général, bonne route, braves soldats ! cria Robert que cet enthousiasme transportait de ferveur patriotique.

Ils arrivèrent à Liège le 23 floréal au soir (12 mai 1795). Une députation de la municipalité les accueillit à Seraing, face à l'ancienne résidence d'été des princes-évêques ; ce n'était partout que verdure et bon air. Ils entrèrent dans la ville par le Petit Bourgogne, dont les coteaux garnis de vigne étaient soigneusement taillés. Ils s'engagèrent dans Liège par le faubourg d'Avroy et furent conduits avec des torches jusqu'à l'ancien hôtel Vandensteen, au Mont-Saint-Martin, où un banquet de cinquante couverts les attendait. Un petit orchestre baroque, tout semblable à celui qui, dans le tableau, jouait pour le prince-évêque Velbruck, fit retentir la salle à manger d'une musique digestive écrite par Gossec et par Grétry. Des toasts furent portés à la République, à la liberté, à la Convention nationale et à l'exécution du décret de réunion à la France. *Les hymnes chéris des républicains* furent chantés. On lança les chapeaux en l'air, l'assistance jura une haine éternelle aux tyrans. A la nuit tombée, Julien fut installé dans une chambre de l'hôtel Vandensteen, d'où

il avait vue sur Liège, tandis que Robert habitait le
Palais national, ci-devant palais des princes-évêques.
Le président de la Commune félicita Julien pour ses
succès à Paris ; il l'entretint de son père. Le chanoine
Terwagne avait subi une disgrâce sous le prince-évêque
d'Oultremont. Celui-ci, simple tréfoncier de Saint-Lambert, avait été élu prince alors qu'il n'était ni prêtre
ni diacre. Il en était résulté un recours à Rome de la
part de Clément de Saxe, son concurrent. Ce recours
avait finalement échoué. Le chanoine Terwagne, qui
avait soutenu Clément de Saxe, s'était exilé à Stavelot
et n'était rentré à Liège qu'à l'élection du prince-évêque Velbruck. Il était aigri et haïssait la religion. Terwagne et Velbruck, comme tous les artisans de la révolution liégeoise, appartenaient aux loges maçonniques.
Le président de la Commune rappela à Julien la confession mémorable déposée par le chanoine au sein de la
loge liégeoise, peu de temps avant de mourir : « Je
conçois bien qu'il existe quelque mystère derrière
l'insondable splendeur mécanique de l'univers. Dieu
est par conséquent possible, mais à quoi bon placer
l'inconnaissable derrière ce qui n'est pas connu ? Où
est le bénéfice pour la raison ? Quel progrès peut-il en
résulter pour les lumières ? Pour moi, je préfère m'arrêter à l'humble apparence matérielle des choses et
connaître l'esprit, s'il existe, à mesure qu'il se décou-
vre dans la matière. » Julien, par souci de croiser les
cartes du destin, commanda au peintre liégeois Léonard Defrance un tableau du Palais-Royal. Resté seul, il
chercha des yeux la maison de son père. Elle avait été
abattue avec les premiers éléments de la cathédrale.
Il ne fut pas triste. Au contraire, il pensa voir son passé
liégeois aboli.

Robert, qui se défiait de Julien à cause de ses relations avec Barras, lui confia l'organisation des subsistances. On ne pouvait trouver mission plus embarrassante. Liège était dans ce domaine presque aussi démunie que Paris. La proximité des armées vidait les campagnes. De surcroît, la turbulence naturelle des Liégeois avait empêché jusqu'alors la bonne exécution des décrets de réquisition et de ravitaillement. La municipalité avait adopté une proclamation qui invitait les habitants de la commune et des environs possédant des jardins, parterres ou boulingrins, à semer autant que possible des légumes substantiels, tels que pommes de terre, fèves, panais, pois, carottes, bref tout ce qui pouvait servir d'aliments journaliers. La même proclamation invitait les Liégeois à mener une guerre ouverte contre les insectes et contre les aristocrates.

Il s'en fallut de beaucoup que cette proclamation atteignît l'objectif recherché. La disette augmenta et les réquisitions ne produisirent aucun effet. Julien se mit à parcourir les rues de Liège pour se faire une idée personnelle de la situation. Liège ne le cédait en rien à Paris sur le chapitre de la saleté. La culture des pommes de terre, fèves et panais était d'autant

plus aisée qu'il suffisait de puiser dans les fumiers
et immondices amoncelés dans les rues pour fumer
ses terres à peu de frais. Par vent d'ouest, les pous-
sières noires des houillères de Saint-Nicolas et de
Montegnée retombaient sur la ville dont elles encras-
saient les façades uniformément peintes en gris. La
Meuse et l'Ourthe se divisaient en de multiples biefs
et *vennes* qui tenaient lieu de rues en plusieurs
endroits et faisaient de la ville une cité aquatique
livrée tour à tour à la pestilence des eaux stagnantes
ou à la boue des inondations. Le nombre et l'importance des rixes rendaient malaisée la discipline de
la population. Celle-ci donnait à penser que la priva-
tion de *pèquet*, c'est-à-dire d'alcool de blé, lui aurait
été plus insupportable que celle de pain. Il est
vrai que les Liégeois, en temps de disette, se nour-
rissaient de gruau de riz ou d'avoine, si bien que le
pain manquait surtout aux Français. Robert vit dans
ces mœurs arriérées une conséquence du gouvernement épiscopal et prononça un discours sur les méfaits
des prêtres depuis l'ancienne Egypte jusqu'à 1795.
Le sentiment francophile restait vif dans le peuple.
En revanche, l'opinion bourgeoise était divisée, selon
que les familles étaient catholiques ou maçonniques.
Julien jugea qu'il fallait prendre appui sur le sentiment francophile et suggéra à Robert de rendre un
décret par lequel la France paierait aux anciens soldats titulaires de brevets royaux les rentes et pen-
sions qui ne leur avaient pas été versées depuis 1792.
L'échange des brevets se fit en grande pompe sur la
place Verte. La population parut contente. On chanta
et on dansa. Néanmoins, la prochaine récolte restait
éloignée et rien ne pouvait retarder les mesures éner-
giques. La municipalité décida, à l'exemple de Paris,
de demander une avance nominative aux citoyens les
plus riches, afin d'acheter au prix du marché un grain
destiné à être revendu dans les boulangeries à prix
d'assignats. Cette mesure seule serait capable de nourrir le peuple. Malheureusement les avances tardèrent

à rentrer, et les mesures de persuasion restèrent vaines. Julien décida alors d'employer la force. Fin floréal, tous les meubles et immeubles des riches furent placés sous séquestre jusqu'à ce qu'ils eussent payé leur quotité dans l'emprunt. Dans l'habitation de tout individu en retard d'acquitter sa dette, des gardes furent établis auxquels le coucher et le couvert devaient être fournis par l'habitant. Les scellés furent apposés sur les armoires, coffres, buffets et *scribans* qui se trouvaient dans les pièces d'habitation occupées par les propriétaires ; pour abréger d'autant l'opération, ils furent également apposés sur les portes des pièces qu'il n'était pas indispensable d'occuper. On vit de riches bourgeois refoulés dans des greniers ou dans des chambres de bonne. Quelques propriétaires tentèrent de sauver leurs meubles à la faveur de la nuit. Ils furent arrêtés comme voleurs d'effets publics. Julien commanda en personne plusieurs opérations de saisie. Il se présenta un matin chez de riches vermicelliers qui exploitaient une maison de commerce près le petit Saint-Jacques, hors la porte d'Avroy. Ils n'avaient plus ni meubles, ni vaisselle d'argent, ni grain, ni draps. Julien leur donna deux heures pour s'acquitter et ordonna au crieur public d'annoncer dans l'instant la vente sur la chaussée des quelques meubles et objets qui restaient dans la demeure. La femme était une ancienne rosière. Elle s'approcha de Julien en le considérant par-dessus ses lorgnons. « N'es-tu pas le fils du chanoine Terwagne ? dit-elle. C'est bien à toi, bâtard, de persécuter les honnêtes gens. Ta mère était fille en linge, et même fille tout court. » Puisqu'il fallait un exemple, il tomba sur ceux-ci. Une commission militaire fut réunie dans la rue et prononça sur-le-champ la peine capitale. Le vermicellier poussait des hurlements ; il se traînait aux pieds de Julien et le suppliait de l'épargner ; il jura qu'il avait seulement obéi à sa femme, ce qui était plausible, compte tenu des mœurs de la région. Il entraîna Julien dans la cave sous le prétexte de lui désigner l'endroit où il cachait son or. Celui-ci était dissimulé dans une *resserre,* sous plusieurs épaisseurs de paille. Le citoyen paya sa quotité en or et l'équivalent à Julien, qui gracia l'homme, mais fit déporter la femme à Cayenne dans une cage aérée seulement par le dessus. Il pleuvait : la femme mourut de pneumonie avant d'arriver à Mons. Cet exemple effraya tous les citoyens sujets à l'emprunt forcé et permit à la ville d'acheter des grains à suffisance.

Cependant, Julien se languissait de Paris. Sa vie était suspendue à un petit nombre de sensations qui appartenaient au domaine de la frivolité et qui pourtant formaient l'essentiel de son âme. Il ne pouvait à la vérité se passer du Palais-Royal, ni des filles, ni des théâtres, ni des restaurants. Les facéties de la jeunesse dorée lui manquaient. Il souffrait de n'avoir commerce avec personne qui comprît ce goût exclusif des plaisirs. Il regrettait jusqu'aux gaufres chaudes à vingt sous qu'il mangeait chaque soir à 5 heures dans la galerie Montpensier, avec un excellent porto. Les lettres d'Adèle étaient de brefs comptes rendus qui se répétaient l'un l'autre. Emmeline n'écrivait pas. Julien était depuis un mois à Liège et déjà il se morfondait. Il reçut enfin un message de « la citoyenne Amarante, demeurant chez la Montansier, au Palais-Egalité ».

« Je voudrais, mon cher Julien, vous persuader que je n'ai jamais pensé autant à vous que ces dernières semaines. Il me semble que j'aurais dû vous suivre à Liège, peu importe l'opinion du monde, car je me trouve ici en proie aux avanies de personnes que je ne nommerai pas, mais dans la vénalité desquelles je suis surprise que vous ayez pu vivre si longtemps. Me serais-je trompée sur vous ou décidément la divergence des origines donne-t-elle un point de vue différent sur la vie ? Ce qui fut, d'après vous, le moyen nécessaire de votre élévation, m'apparaît comme celui du plus vil abaissement, car ces gens insultent à la fois à la misère des pauvres et au luxe des riches, en exhibant une prodigalité ostentatoire qui ne cherche pas à dissimuler ses causes honteuses. Quand je ne vaque pas à mes bonnes œuvres, je m'enferme dans ma chambre et je lis les poètes allemands. J'aime beaucoup Goethe, Schiller, Klinger. La patrie idéale qu'ils décrivent me soulage de la patrie terrestre. Hélas ! Julien, je vous aime. J'admire pardessus tout votre regard si mâle, si énergique, alors que celui de M. de Thiais est déjà vieux et content. M. de Jully, mon oncle, avait raison de me dire vénérienne. Je ne le suis pas physiquement, certes, mais bien moralement. Je n'aime la vertu qu'à la condition de pouvoir me reposer de ses exigences dans le péché. Comme j'envie votre absence de scrupules ! Comme je voudrais ne pas croire en Dieu ! Ma conscience serait soulagée. Je pourrais aimer les pauvres, tout en aimant leurs vices, car j'oublie de vous dire que je bois. La petite Catherine, qui est une fille rieuse, m'y entraîne. Je ne connais plus d'autre moyen pour m'endormir. Cependant, je suis bien contente que cela fasse mal. Hier, il pleuvait et je me suis promenée longtemps en robe de tulle sous l'averse. J'ai couru jusqu'au jardin des Tuileries, guettant le ciel, les nuages, la tempête. J'aurais voulu m'envoler tel un oiseau migrateur vers d'autres horizons. Ah ! du moins, j'aurai connu une vie tumultueuse, alors que ma mère n'a jamais rien vu que les jardins de son hôtel. Je me suis penchée sur le miroir de cette fontaine qui est au milieu du parc des Tuileries. Je pensais m'y noyer, mais l'image de ma jeunesse m'a retenue. Je n'espère plus qu'en votre retour, Julien. Ne tardez pas, ami, ne tardez pas.

« Tout à vous, Emmeline.

« P.S. — Je n'ose vous confier les désirs qui se lèvent en moi à votre seule pensée. Soyez assuré qu'ils sont malhonnêtes. Vous jugerez par ce trait que je prends les manières de la Sainte-Foix ! »

Julien ne put en supporter davantage et décida de rentrer. Il s'attarda un jour encore, pour parachever les rentrées de grains. Le 3 prairial, il reçut par la poste militaire un courrier urgent d'Adèle : « Rentre vite, Paris est en insurrection, le représentant Féraud vient d'être assassiné en pleine Convention et sa tête promenée sur une pique, comme en 92. Je tremble pour ma vie. Emmeline a été enlevée par les hommes de M. de Thiais. Barras est absent, lui aussi. Je désespère. Adèle. »

Julien obtint de Robert la réquisition d'une « jument à poil bai-brun, haute de seize paumes, et ayant un poireau au pied droit de derrière », comme disait le billet, animal hors d'âge qui expira avant Saint-Trond. Julien dut se résoudre à prendre la diligence de Bruxelles, qui fut plus lente qu'une charrette, mais qui du moins eut le mérite de croiser un régiment de cavalerie qui rentrait à Paris par Mons, Péronne, Roye et Senlis. Julien arriva le 4 prairial à la nuit tombante et courut à la Convention. Tout était terminé. Les députés montagnards venaient d'être arrêtés ; plusieurs d'entre eux se suicidaient dans les couloirs du tribunal militaire ; le faubourg Antoine avait été désarmé, ses meneurs décapités, ses défenses mises à bas. Pour la première fois depuis 1789, l'armée avait marché contre le peuple ; tout le monde sentait que la révolution populaire était close.

Le Palais-Royal retentissait de la rumeur des muscadins qui avaient cru périr dans le faubourg Antoine où ils avaient été imprudemment engagés et qui soupçonnaient la Convention d'avoir voulu d'un seul coup se libérer à gauche et s'affranchir à droite. Les chefs thermidoriens, à commencer par Barras, disaient qu'il faudrait bientôt éliminer les royalistes ; sans doute l'armée n'avait-elle marché qu'à cette condition.

6

Julien espéra trouver dans la disparition d'Emmeline l'occasion de complaire à Barras et de servir ses intérêts personnels, mais il dut déchanter. Adèle lui avait menti. Elle avait elle-même pressé Emmeline de suivre M. de Thiais chez M. de Vassols, après que la Convention eut rétabli les émigrés dans leurs droits civils, parmi lesquels celui de tuteur, auquel prétendait M. de Vassols sur base d'un testament du marquis de Sainte-Amarante. Julien vit le monde s'effondrer. Moralement il n'aimait plus Adèle ; matériellement il avait fondé toutes ses espérances sur Emmeline qui lui échappait. Aucune action violente ne pouvait être envisagée contre M. de Thiais, qui n'était pas homme à se battre en duel avec un roturier. Du reste, M. de Vassols et M. de Thiais pouvaient se prévaloir de la libre détermination d'Emmeline. Il n'y avait plus qu'un moyen pour vaincre : lier sa fortune à celle de la Révolution. Julien se lança dans cette nouvelle bataille avec une force d'autant plus grande qu'il avait appris à Liège comment maltraiter les récalcitrants.

Le 6 prairial, Julien fut convoqué devant le Comité de salut public. Par habitude, il suspendit sa veste au porte-manteau. Pour la première fois, il remarqua des vêtements dont quelques-uns n'étaient plus que des dépouilles. Par l'effet d'une tranquille indifférence aux collègues, l'on entassait là côte à côte tout ce qui appartenait aux membres présents et passés des Comités de salut public et de sûreté générale. La relique la plus ancienne datait de Vergniaud. L'illustre orateur la portait le jour où il avait voté la mort du roi et aussi le jour de sa proscription. La veste de Robespierre était d'un vert pâle, à l'instar du siècle froid et sec qu'il incarnait. Danton avait abandonné un manteau de gros drap brun qui semblait fait pour défier les orages de la Révolution. L'œil heureux des survivants s'attardait sur la canne de Couthon, exécuté le 10 thermidor de l'année précédente, sur le chapeau de Saint-Just, guillotiné le même jour, sur l'écharpe de

Billaud-Varenne, déporté après le 12-Germinal, sur le bicorne de Vadier, fugitif, sur le manteau de Fouquier-Tinville, guillotiné en floréal, et enfin, ultime vestige, sur le gilet ensanglanté de Féraud.

Julien s'attendait à être questionné sur sa mission liégeoise et avait préparé un rapport sur le sujet. Aubry l'informa tout de suite de ce qu'il était accusé de rapt de séduction et de séquestration d'une mineure dans une maison de débauche, non qu'Emmeline eût déposé plainte (ce détail surtout soulagea Julien), mais parce que plusieurs personnes dignes de foi en avaient formellement témoigné. Julien devina aussitôt qu'Aubry, Vernier, Pontécoulant et les autres girondins du Comité avaient résolu sa perte, comme une escarmouche avant d'attaquer Barras et le parti thermidorien. Ces hommes venaient d'exterminer les derniers jacobins dans les journées des 12-Germinal et 1er-Prairial. Ils appartenaient de toutes leurs fibres à l'Ancien Régime qu'ils rêvaient de restaurer. Leur costume fané, leur insolente politesse, et par-dessus tout leur indignation à l'idée qu'un bâtard pût épouser une marquise démontraient que de la Révolution ils avaient seulement retenu le langage. Ils faisaient leurs délices de vieux romans imbéciles où l'on voyait des duchesses se retenir d'aimer des roturiers et ceux-ci partir aux Indes plutôt que de *déshonorer irréparablement* l'objet de leur amour. Julien crut voir la Révolution basculer tel un décor de théâtre qui remonte dans les cintres. La liberté n'avait donc été sauvée des Jacobins que pour être sacrifiée aux émigrés ? Il eut le sursaut de se réclamer de Barras. Aubry ajourna de mauvais gré le débat au surlendemain, mais prévint le jeune homme qu'il n'avait plus à se présenter au ministère de l'Intérieur. Julien alerta Barras qui vint se joindre au Comité, avec Tallien et Dubois-Crancé. Julien trouvait hallucinant d'être défendu par d'anciens montagnards contre ceux que, depuis son arrivée chez la Sainte-Foix, il avait toujours considérés comme ses amis. Ceux-ci avaient

souffert physiquement de la Terreur et n'avaient dû
de survivre qu'à leur robuste constitution. Ils s'étaient
cachés dans des greniers et des marécages. Leurs femmes, leurs parents avaient été suppliciés. Aussi Julien,
en vrai jeune homme de vingt ans, prépara-t-il un
discours empli d'idées contre-révolutionnaires. Barras
l'en dissuada et lui conseilla au contraire la provo-
cation. Julien proposa donc en contrepartie de sa
relaxe de s'en aller assassiner Monsieur ! Aubry ne
fut pas dupe de la manœuvre qui visait à le démasquer
comme royaliste.

— Il n'est pas ici question de tes idées, citoyen,
dit Aubry, explique-toi sur la séquestration de la
citoyenne Amarante. C'est un préjugé des Jacobins
d'absoudre ou de condamner le crime selon qu'il est
commis ou non par un patriote. Au reste, l'intérêt
pour la République ne commande pas de traiter les
marquises en catins !

La réflexion concernait Emmeline. Tallien la prit
pour Thérésia. Il se leva, brisa une chaise sur la table,
lança le contenu d'une carafe de vin à la tête d'Aubry
et lui sauta à la gorge. Barras et Pontécoulant durent
l'en arracher à bras-le-corps.

— Messieurs, dit Vernier, vous venez d'assister à
une représentation lamentable digne de l'an II. Non,
Tallien, il ne suffit pas d'avoir renversé Robespierre
pour s'autoriser tous les trafics ! Non, Barras, il ne
suffit pas d'avoir sauvé la Convention le 9-Thermidor
pour fonder l'Etat sur la vénalité ! Vous voulez abo-
lir une seconde fois la monarchie par la coalition des
intérêts les plus sordides, et si, par hasard, il ne se
trouvait pas assez d'hommes vils en France, vous entre-
prendriez de corrompre et de compromettre vos conci-
toyens pour les attacher à ce que vous osez nommer
la République. Nous n'envisageons pas les choses de
cette façon. Votre œuvre, messieurs du Comité, sera
parachevée quand les anciens complices de la rapine
et du meurtre auront été écartés du gouvernement de
la France !

— Tu dis cela au moment où les émigrés débarquent en Bretagne ? dit Dubois-Crancé. Le pucelage des marquises t'importe plus que le salut de ta patrie ?

— Je demande, dit Barras, que l'on vienne à l'ordre du jour et que l'on produise les pièces du dossier. Il est beau d'accuser ce jeune homme s'il a commis un crime, mais il est mieux encore de le mettre en état de se défendre. La déclaration des Droits de l'homme n'a pas été abolie, citoyens. Où est le sac du procès ? Qu'on l'ouvre et qu'on en débatte !

Vernier et Aubry se rembrunirent. Le dossier, resté dans leur bureau, ne se trouvait pas sur la table.

— Vous craignez pour vos informateurs ? dit Barras. Tu me déçois, Aubry, toi aussi, Vernier. Je vous croyais sincèrement acquis aux idées de liberté et aux principes de 1789.

Vernier hocha douloureusement la tête.

— Je vous plains, dit-il, je vous plains amèrement d'avoir besoin de preuves contre un proxénète !

Tallien rit bruyamment.

— Vieille ganache royaliste ! s'exclama-t-il.

— La séance est levée, dit le président Boissy d'Anglas. Je crois, citoyens, que la liberté doit encore progresser dans vos esprits pour triompher dans la République.

Julien sortit un peu pâle des Tuileries. Barras l'invita à dîner. Il ne semblait pas accorder beaucoup d'importance à l'incident et coupa court à un dicours d'explication de Julien.

— Une fois de plus tu as montré ta vaillance, dit-il. Maintenant tu dois t'enrichir. La Révolution a été fabriquée pour les jeunes hommes pauvres !

Barras enseigna à Julien comment spéculer sur les biens nationaux. Le règlement semblait avoir été conçu dans l'intention unique de multiplier le nombre de personnes intéressées au maintien de la République. Il ne s'agissait que d'aller soumissionner au directoire du district de la première propriété nationale venue. Pour cela il fallait seulement du front et quelques mauvais assignats en quantité suffisante pour payer les frais d'enregistrement. Les spéculateurs se présentaient au directoire du district, ils désignaient la propriété qu'ils voulaient acquérir, et ils faisaient leur soumisson, c'est-à-dire qu'ils prenaient l'engagement d'acquitter à une époque toujours éloignée, généralement à six mois, le prix de l'immeuble qu'ils venaient de soumissionner en assignats que l'on serait forcé de recevoir pour leur valeur fictive, tandis que leur valeur réelle serait probablement cinquante fois moindre. Le plus grand nombre des spéculateurs, réfléchissant au vil prix, craignaient que la nation ne revînt un jour sur ces ventes lésionnaires et s'empressaient de revendre ce qu'ils venaient d'acheter. Ce fut la grande époque des notaires. Ceux-ci érigèrent la *déclaration de command* en institution. Par ce moyen qui permettait de revendre un bien soumissionné dans les vingt-quatre heures sans payer un nouveau droit au Trésor, l'on vendait jusqu'à cinq ou six fois le même bien dans une seule journée. Les spéculateurs s'empressaient alors de changer contre de l'or les quelques centaines de milliers de francs en assignats qu'ils avaient gagnés. Ces transactions se déroulaient faute d'une bourse régulière sur le perron du Palais-Royal, à l'emplacement situé entre la rue Neuve-des-Petits-Champs et l'escalier raboteux qui conduisait à la galerie de Beaujolais.

Julien se lança dans cette spéculation comme dans une affaire de cœur. Il se fit la réflexion que la République ne reviendrait jamais sur la vente des biens nationaux. Il garda donc les immeubles qu'il venait d'acquérir à si bon compte. Du coup il dut en payer le prix. Or, quelle que fût la dévaluation de l'assignat, les deux millions et demi qu'il avait soumissionnés pour un hôtel du Marais, ainsi que le million auquel il se fit adjuger l'église Saint-Sauveur, représentaient un total qu'il était loin de posséder. Il devenait impératif que la Révolution par quelque nouveau bouleversement le mît en position d'honorer ses soumissions.

Fin prairial, Mme Tallien offrit un grand bal dans
sa chaumière, allée des Veuves, au coin du Cours-
la-Reine. Une société brillante avait été réunie pour
fêter l'anniversaire de l'arrestation de Thérésia Cabarrus.

Un vestibule pompéien, aux colonnes de stuc multicolores, avait pour principal ornement un bassin
dominé par Neptune avec son trident autour duquel
jouaient des Amours. La salle à manger était éclairée par des lustres en verre de Murano et de hautes
lampes à trépied. Des fauteuils aux formes raides,
des chaises d'acajou, des canapés tels qu'on en voit
à Pompéi, des consoles sur pied-de-chèvre achevaient
de créer l'illusion de la campagne romaine sous
Auguste. Sur les cheminées, des bustes de Socrate,
d'Homère et de Platon jugeaient sévèrement la faune
bariolée des muscadins. On défilait pour voir la chambre à coucher de Thérésia. Un lit monumental se
dressait dans l'alcôve dont une grande glace formait
le fond. Ce lit était orné à chaque coin d'un Amour
en bronze doré qui tirait ses flèches sur les occupants
du lit. Au milieu de la pièce s'érigeait dans sa blancheur marmoréenne une statue de Diane surprise au
bain par Actéon, et cette chasseresse, quoiqu'elle eût

une pause pudique, représentait les traits de Thérésia. A gauche et à droite de l'alcôve, des trépieds supportaient des jardinières.

Thérésia avait allongé sa robe, sans qu'il en coûtât un centimètre de tissu supplémentaire, car les jambes ne s'étaient couvertes que pour dénuder le buste. Le décolleté plongeait jusqu'au ventre. Les seins étaient couverts d'un léger voile de linon qui tantôt oscillait à droite et tantôt à gauche, au gré des ondulations de la personne, si bien qu'il y avait toujours un bouton de rose à nu, quand ce n'était pas les deux. Les élégantes qui montraient seulement le creux de la gorge, comme Mme Récamier, passaient pour chastes. Emmeline se tenait dans un groupe de jeunes nobles, au bras de M. de Thiais. Sa chevelure rousse coupée à la victime dégageait la nuque et les oreilles. Elle portait une robe blanche en voiles de gaze transparente superposés, si bien qu'elle ressemblait à un zéphyr. Au moindre coup de vent, elle prenait l'apparence de ces elfes qui peuplent la littérature allemande. Pour Julien, dont le regard avait l'acuité de ceux qui dans un salon connaissent d'expérience l'intimité d'une femme, les voiles étaient impuissants à dissimuler les formes d'Emmeline. Celle-ci avait embelli. Un regard perdu, une moue triste ajoutaient au charme de sa beauté. L'orchestre entama une valse et Julien vint danser tout près d'Emmeline, sans jamais obtenir d'elle le moindre regard. Il observa cependant qu'elle avait passé autour du cou une grande écharpe rouge qui formait comme une tache de sang sur sa robe blanche. Voulait-elle par ce trait reprocher à Julien la mort de M. de Jully ? Le jeune homme se perdait en conjectures.

Il se mêla à un groupe de discoureurs au milieu duquel pérorait le philosophe Royer-Collard. Le décor antique inspirait la muse philosophique de celui-ci :

— Dans la guerre qu'il fit dans les Gaules, dit-il, César pilla les lieux sacrés et les temples des dieux ; il démolit des villes plutôt pour en tirer du butin que pour aucune cause de délit qui y eût été commise par leurs habitants. Cela fit que César amassa une grande quantité d'or : *Unde factum est ut auro abundaret.* Cette avidité de César pour acquérir tant d'or dans son gouvernement des Gaules ne doit pas étonner, puisque dans Rome même, et dans le temps de son consulat, il avait détourné à son profit la quantité de trois mille livres pesant d'or, qui étaient en réserve dans le Capitole, à la place de laquelle il substitua le même poids de cuivre doré. Plusieurs de ceux qui servaient sous ses ordres dans les Gaules amassèrent de grandes richesses. Pline, dans son *Histoire naturelle*, dit que le luxe et la prodigalité de Mamurra parurent par la dépense excessive qu'il fit à Rome dans une maison qu'il avait située sur le mont Celius. Il la fit incruster, en dedans et en dehors, de marbre ; toutes les colonnes qu'il y fit mettre étaient de marbre tiré des carrières de Carystos dans l'île d'Eubée, et des carrières de Luna en Toscane. Suivant Pline, il fut le premier des Romains qui fit ce genre de dépense et en donna le mauvais exemple à ses contemporains.

— Voulez-vous par cet exemple blâmer ou justifier le luxe ? demanda Julien.

— La philosophie ne s'oublie pas dans le commerce des hommes corrompus, répliqua Royer-Collard en rajustant sa veste gris souris.

— De quelle philosophie parlez-vous ? dit Barras. Il en existe pour le moins mille sortes différentes.

— Je parle de Voltaire et de Jean-Jacques, citoyen général.

— Je les ai pratiqués, mon cher, comme vous, et je puis vous assurer qu'ils ne m'ont été d'aucun secours quand il s'est agi de fournir Paris en grain. Si je voulais être méchant, je vous imposerais comme punition d'écrire un devoir, non sur les discours de Pline, mais sur l'amélioration des subsistances. C'est alors que nous jugerions si vous avez le droit de tout mesurer à l'aune des vieux livres.

A minuit, Adèle parut au bras du banquier Ouvrard, ornée d'une rivière de diamants qui éclipsait en éclat les lustres de Murano. Emmeline jeta un bref coup d'œil à Julien, comme si elle plaignait celui-ci de cette disgrâce. Ce fut son unique marque d'intérêt. Julien ne s'attarda pas. Il rentra hâtivement au Palais-Royal afin d'y passer la nuit avec Catherine, sa compagne des mauvais jours. Celle-ci, toujours rieuse, l'emmena dans un cabinet particulier du Véfour. Elle s'y mit à l'aise et fut, comme d'habitude, à la fois vulgaire et charmante. Sa gaieté irrésistible explosa quand, la gorge nue, elle grimpa sur la table, au dessert, pour chanter son air de bravoure :

Madam' Gaston n'a plus qu'un œil
Mais on dit qu'il est fort plaisant.
Les œillades de ce seul œil
Arrachent le cœur aux amants.

Julien dormit avec Catherine dans le lit conjugal. Hélas ! Adèle ne rentra pas cette nuit-là ; il enragea doublement. Il commençait à sombrer dans la mélancolie, quand enfin, deux jours plus tard, il reçut un billet d'Emmeline : « Trouvez-vous demain à 4 heures sur le boulevard Cerutti, à l'origine de la Chaussée-d'Antin. Je viendrai seule. »

Julien était préparé à ce retournement et il sourit de la faiblesse d'Emmeline. Déjà elle regrettait sa vie d'oiseau libre. Il fut exact au rendez-vous ; Emmeline sortit en trombe d'une voiture aux rideaux tirés.

— Qu'avez-vous prévu pour nous abriter ? demanda-t-elle.

— Je ne savais pas que nous dussions nous abriter, répondit-il.

— Ne plaisantez pas, Julien !

— J'ai prévu une chambre au pavillon de Hanovre.

— Je vous reconnais à ce trait, dit-elle.

— Vous venez pour cela, alors soyez contente.

Elle le gifla, mais le suivit quand même. Le pavillon de Hanovre, après avoir servi de lieu de débauche privé sous le maréchal de Richelieu, était devenu un lieu de débauche public. Des chambres somptueuses y avaient été aménagées pour les amants. Certaines donnaient sur des jardins clos où l'on pouvait s'ébattre nu parmi les roses. La chambre choisie par Julien était de celles-là. Emmeline s'abandonna sans retenue. Elle prouva qu'elle n'aimait pas moins le vice que le péché, et que sa fréquentation de Catherine n'avait pas été perdue.

— Quelle place votre fiancé occupe-t-il dans l'alchimie compliquée de votre esprit ? demanda Julien.

— C'est pourtant simple, répondit Emmeline, je t'aime et je ne l'aime pas. C'est un sac de politesses innervé à l'occasion par l'amour-propre.

— Il est trop honnête, répondit Julien, il ne convient pas à une vilaine fille comme toi. A propos, j'ai lu *Werther*, c'est cochon !

Elle le gifla une seconde fois, ce qui apparemment ralluma ses sens. Ils commandèrent une glace chez Velloni, qui était installé à l'intérieur même du pavillon de Hanovre. Elle leur fut apportée par un garçon qui était déjà célèbre, bien qu'il débutât, Tortoni.

Emmeline avait prévu de s'absenter deux heures et de rentrer pour le théâtre, où elle devait accompagner M. de Thiais. Toute honte bue, elle préféra rester dans les bras de Julien. A 9 heures du soir, ils s'en allèrent à pied jusqu'aux Halles. Ils s'arrêtèrent au *Rocher d'Etretat*, rue Montorgueil, où la Société des huîtres d'Etretat avait son bureau. Les huîtres n'arrivaient plus à cause du printemps. Ils mangèrent de délicieuses langoustines avec un petit vin blanc de la Loire, puis ne trouvant rien dans l'ordre des plaisirs qui fût supérieur à l'amour, ils cherchèrent une nouvelle chambre. Julien connaissait dans le quartier une maison d'hébergement qui servait aux compagnons-charpentiers du devoir d'égalité, rue du Petit-Lion-Saint-Sauveur, à proximité de l'ancien et fameux bordel de la Gourgand, où Mme de Sainte-

Foix avait débuté comme collègue de Jeanne Bécu, future comtesse du Barry. Les compagnons-charpentiers étaient présidés par Maître Jacques, un hercule barbu, qui paraissait soixante ans quand il en avait quarante-cinq, et qui était adoré des ouvriers, moyennant quoi il les espionnait pour le compte du Comité de sûreté générale. Emmeline et Julien furent accueillis par la *mère.* Celle-ci, comme tout le devoir d'égalité, tenait le mariage pour une orgie et vénérait l'amour libre. Quand Julien demanda une chambre *pour accomplir le devoir de la nature,* la mère les conduisit avec attendrissement dans une pièce meublée en sapin avec au mur des inscriptions cabalistiques et le portrait de personnages qui ressemblaient à Dieu le Père. Le décor ne freina pas l'ardeur des jeunes gens.

— Julien, pourquoi ne nous marions-nous pas ? dit Emmeline.

— Tu sais que je suis sans fortune, répondit Julien. Imagines-tu un contrat de mariage où je déclarerais mes hardes et toi dix millions de capital ?

— Tu ressembles à M. de Thiais qui périrait plutôt que de manquer à la somme de préjugés qu'il appelle l'honneur.

— Vivons plutôt ensemble. Tu sais bien qu'il n'existe aucune police pour te ramener chez M. de Vassols.

— Je ne veux pas du concubinage.

— En vertu de quel principe ?

Emmeline ne répondit pas.

— Je touche le mur et l'avant-mur des défenses de Mlle de Sainte-Amarante, dit Julien. En fait de préjugés, chacun a les siens. Les miens touchent à l'argent, et les tiens à l'opinion.

— J'ai un plan. Si j'épouse M. de Thiais, je serai émancipée par le mariage. Je pourrai donc divorcer et disposer de ma fortune. Je te ferai donation d'une moitié de celle-ci, si bien que nous pourrons paraître à parts égales au contrat de mariage.

— Je ne veux pas te savoir dans le lit de M. de Thiais, dit Julien.

— Je ne lui céderai pas.

— On dit cela, et puis sur les conseils de son confesseur, pour être admise à faire ses Pâques, on souille la couche conjugale d'amours hâtives et compassées.

— Alors, restons amants, dit Emmeline en poussant un soupir de résignation. Les événements disposeront pour nous.

— Certes, dit Julien, et je me chargerai de leur faire presser le pas.

M. de Vassols était trop libéral pour adresser le moindre reproche à sa pupille. Il la félicita de s'entraîner à l'adultère avant le mariage. « J'ai toujours placé mon contentement dans les demi-choses, dit-il. Une fiancée ne peut commettre l'adultère qu'à demi, comme à mon âge je ne puis plus faire qu'à demi l'amour. Les débuts et la fin de la vie sont ce qu'il y a de meilleur ! » Les jeunes gens se voyaient chaque jour dans des endroits variés qu'Emmeline désignait à Julien par des billets. Ces précautions furent inutiles. Tout le salon de Mme Tallien sut bientôt qu'Emmeline avait un amant.

Cette situation ne convenait qu'à moitié au bonheur de Julien, qui avait résolu d'épouser Emmeline, quels que fussent les obstacles. Les événements marchaient avec ses intérêts. Les royalistes crurent en effet le moment venu d'en finir avec la République. Ils avaient de puissants motifs personnels de se hâter. Le 8 juin 1795, le Dauphin ou supposé tel était mort au Temple. Monsieur, comte de Provence, avait pris le nom de Louis XVIII et adressé depuis Vérone une proclamation au peuple français qui promettait, non la fin, mais l'anéantissement de la Révolution. Les droits féodaux seraient rétablis, la Constitution civile du clergé abolie, les biens nationaux rendus à leurs légitimes propriétaires, l'union restaurée entre le trône et l'autel ; enfin les régicides seraient pendus. Les royalistes tenaient le retour du roi pour acquis, ce qui ne demeura pas sans conséquence sur l'âme d'Emmeline. Elle aussi était de sang noble, elle aussi était catholique, elle aussi avait été émue par la mort du Dauphin. Son devoir ne lui dictait-il pas d'épouser M. de Thiais ? Pourrait-elle trouver son bonheur dans la compagnie d'hommes de sang ? Elle éprouvait des bouffées de pureté qui la précipitaient au confessionnal et lui arrachaient des larmes de joie au moment de la communion. L'instant d'après, comme apaisée, elle courait Paris avec Julien, c'est-à-dire les lits autant que les rues. Julien, quant à lui, vivait dans l'incertitude de sa bonne fortune, et cette absence de direction fixe chez la jeune femme exaltait encore l'amour qu'il lui portait. Il en vint, comme le gouvernement, mais pour des motifs qui n'étaient pas politiques, à désirer l'extirpation définitive de l'écharde royaliste.

A l'automne de 1795, la Convention, afin de donner forme solennelle à l'œuvre révolutionnaire, décréta une nouvelle constitution. Le gouvernement était confié à cinq personnes sous le nom de Directoire ; la législature à deux conseils, dits des Cinq-Cents et des Anciens. Cette constitution fut soumise à l'acceptation du peuple, réuni en assemblées primaires. Les royalistes de l'intérieur feignirent d'accepter la constitution avec l'espoir que les élections auxquelles il allait falloir procéder leur donneraient la majorité dans la législature. Pour parer à cette menace, la Convention décida que les nouvelles assemblées seraient composées de sortants dans la proportion des deux tiers. Dès que les lois additionnelles de réélection furent connues, les royalistes s'insurgèrent. L'on vit cette chose étrange : les royalistes qui invoquaient le suffrage universel pour mettre fin à la démocratie, et la Convention qui se prévalait de sa légitimité supérieure pour gouverner le peuple souverain contre lui ! Dans cette extrémité, Barras fut nommé général en chef de l'armée de l'intérieur, comme en Thermidor. Il venait de regrouper autour de lui des hommes qui, selon l'expression de l'un d'entre eux, Réal, suppliaient que « tout ce qui est opinion soit oublié, depuis le royalisme jusqu'à l'exagération des Jacobins ». L'unique ressource de ce parti sans effectif fut de faire sortir les Jacobins de prison et de les armer sous le nom de *patriotes de 89*. Il fallait un chef à cette troupe. Barras désigna Julien, non qu'il le crût montagnard, mais précisément parce qu'il ne l'était pas. Peut-être la foi de Julien dans le cynisme de Barras eût-elle cédé à la pente des illusions si un événement considérable n'était venu conclure ce que Julien tenait pour l'essentiel de la Révolution. Le 8 vendémiaire an IV, alors que Paris se préparait à l'émeute générale, Merlin de Douai monta à la tribune de la Convention. Il présenta au nom du Comité de salut public un rapport qui recommandait la réunion de la Belgique et du pays de Liège à la France. La date choisie pour ce débat parut singulière. La Convention allait se séparer, une nouvelle constitution était sur le point d'entrer en vigueur ; il semblait naturel de laisser à la nouvelle assemblée le soin de débattre d'un problème aussi grave, qui menaçait d'allumer une guerre perpétuelle entre la République et l'Angleterre. Aussi une opposition inattendue surgit-elle à la Convention. Tout le monde comprenait que les chefs thermidoriens avaient résolu de se donner trois liens irréformables. Le premier consistait dans la vente des biens nationaux. Le deuxième était le régicide. Le troisième serait la réunion de la Belgique et de Liège à la France. Des trois, le dernier était le plus fort, car il instituait la République héritière de Richelieu et de Louis XIV, et par avance mettait la branche aînée en demeure d'assumer ou de trahir. Les réticences de l'Assemblée obligèrent à ajourner le débat au lendemain. Le 9 vendémiaire, après une intervention énergique de Carnot, la réunion fut enfin décidée.

La même nuit, Julien dirigea l'arrestation des principaux agents royalistes qui, six mois auparavant, étaient ses amis. Le mépris de ces derniers lui était moins pénible que le sentiment de solitude qu'il éprouvait. M. de Thiais lui échappa, mais non M. de Vassols, qui fut arrêté au lit à 4 heures du matin. Il couchait avec une *fillette*.

— Levez-vous, monsieur, dit Julien, le Comité de salut public a décidé de s'assurer de votre personne pendant quelques jours. Toi, rentre chez ta mère, dit-il à *l'enfant*.

— Je n'ai plus de mère, dit celle-ci.

— Alors, prends la rue.

— Je vous supplie en grâce de secourir mademoiselle, dit Vassols. Elle expirait sur le trottoir quand
je l'ai sauvée.

La *fillette* sortit la tête des draps, puis le buste
et bientôt le corps entier. Julien reconnut Catherine
qui n'avait négligé aucun détail anatomique pour imiter les premiers soupçons de la puberté chez une
adolescente. Elle s'élança nue aux pieds de Julien et
demanda le salut de M. de Vassols.

— Monsieur est riche, il vous remettra de l'or,
dit-elle. (Tu peux demander au moins dix mille livres,
lui souffla-t-elle à l'oreille, nous les partagerons !)

Julien sentait la présence encombrante des *patriotes de 89* sur le palier. Il jugea prudent de prendre
leur avis. De concert ils offrirent à M. de Vassols
une liberté surveillée contre une caution de douze
mille livres, que celui-ci régla aussitôt grâce à un
billet tiré sur sa banque.

— Tu délivres un reçu ? dit Catherine à voix basse.
Tu ne veux pas partager avec moi ?

— La prudence, répondit Julien, commande provisoirement la vertu !

— Tu mens, dit-elle, en réalité tu ne veux pas
devenir mon protecteur. Il est vrai que je ne suis
pas héritière !

Revenu au Comité de salut public, il trouva Barras alarmé. Les officiers en exercice étaient tous plus
ou moins royalistes et répugnaient à agir contre les
sections avec lesquelles ils avaient vaincu les fau-
bourgs lors des journées de Germinal et de Prairial.
Barras se fit remettre la liste des officiers généraux en
poste à Paris et choisit comme chef d'état-major le
général Bonaparte, un ancien robespierriste, qu'il avait
connu à Toulon et qui depuis un an végétait sans
affectation précise. Julien fut chargé d'aller quérir
Bonaparte chez lui, avant que les communications ne

fussent coupées. Il courut à l'hôtel garni où Bonaparte logeait, rue de la Huchette. Le général ne s'y
trouvait pas. Il n'existait pas à Paris dix endroits où
un jeune militaire cherchant fortune put se montrer.
Julien les passa mentalement en revue et fit d'abord
le tour des cafés du Palais-Royal, puis il gagna le
théâtre Feydeau. Bonaparte s'y trouvait. Ce détail
éveilla les soupçons de Julien. Le théâtre Feydeau servait de quartier général aux muscadins. Bonaparte
était-il prêt à suivre tout qui lui promettrait la
fortune ou s'agissait-il vraiment du pur robespierriste
que Barras avait décrit ? Bonaparte envoya sur-le-
champ le chef d'escadron Murat avec le 21ᵉ de chas-
seurs à la plaine des Sablons pour s'emparer de l'artillerie. Dès qu'il eut les canons, il organisa son dispositif de défense. Au lieu de disperser les rassemble-
ments et de se laisser entraîner dans une bataille
de rue où il aurait été battu, il transforma les Tuileries en camp retranché autour de la Convention, qui
avait ordonné d'éviter l'effusion de sang et d'utiliser
les armes seulement à la dernière extrémité. Les royalistes, comme répondant à un mot d'ordre, mirent la
situation à profit pour tenter de fraterniser. Les canonniers n'avaient ni dormi ni mangé. Les royalistes les
ravitaillèrent et les invitèrent à déjeuner au Palais-
Royal dans la compagnie des filles. Des conversations
se formaient d'un camp à l'autre. Les sectionnaires
protestaient de leurs sentiments républicains et disaient
accepter la constitution, sauf les décrets de réélection. Ils se prévalaient de l'inviolabilité du peuple sur
lequel l'armée républicaine n'avait jamais tiré. En
même temps les éléments les plus déterminés de l'insurrection s'étaient retranchés dans l'église Saint-
Roch. Une barricade fut érigée rue Saint-Honoré. Les
sectionnaires envoyaient des femmes à chaque instant,
ou se présentaient eux-mêmes sans arme et les chapeaux en l'air pour fraterniser avec la ligne. La nuit
approchait, il n'était pas douteux qu'elle ne dût être
favorable aux sectionnaires. Ils pourraient se faufiler

de maison en maison dans les avenues des Tuileries
déjà étroitement bloquées. Les officiers interrogeaient
anxieusement Barras et Bonaparte. La fraternisation
progressait. Un mince rideau de soldats séparait encore
les sectionnaires des pièces d'artillerie. Le général
Bonaparte vint tirer Barras par la manche.

— Que décidez-vous, général ? demanda-t-il.

Barras avait à ses côtés Julien et Dubois-Crancé.

— Veux-tu que j'intervienne, citoyen général ?
demanda Julien.

— Fais, répondit Barras.

Julien monta avec Dubois-Crancé au premier étage
du restaurant Vénua, d'où ils tirèrent des coups de
mousquet sur la ligne. Aussitôt l'affaire fut engagée.

— Qu'on porte à Brune l'ordre de tirer le canon !
cria Bonaparte.

Il y avait sur les hauts degrés de l'église Saint-
Roch une petite baraque ressemblant à une guérite.
Les royalistes s'en servaient comme d'une casemate
pour tirer sur les canonniers. Bonaparte fit pointer
une pièce de canon sur la baraque qui tomba avec
fracas. Vus de loin, les sectionnaires paraissaient danser sur les boulets de canon.

— Bientôt, dit Bonaparte, nous ferons danser l'Europe !

Julien crut devoir rapporter cette réflexion à Barras, qui en rit. Pour la première fois, le jeune homme
douta de l'intelligence politique de son maître.

— La République est sauvée grâce aux militaires,
dit Julien. Ne crains-tu pas qu'elle devienne serve
des ambitions de ceux-ci ?

— Tu n'es pas le cynique que je croyais, dit Barras, puisque tu prends à cœur la forme du gouvernement.

Julien en effet n'était pas un vrai cynique. Son
caractère était républicain jusqu'à la nuance d'aristocratisme sans laquelle la liberté se réduit à l'état de
doctrine. Son tempérament, ses goûts, ses origines
l'avaient tout d'abord disposé favorablement envers la

Révolution ; il avait ensuite été rejeté dans le clan royaliste par les ravages d'une idéologie meurtrière. Les nécessités de son mariage et de la réunion l'agrégeaient au corps des thermidoriens et soudaient ses intérêts à ceux de la République. La Révolution avait-elle été une affaire politique ? Il en doutait et y voyait plutôt une de ces effusions de l'instinct qui apparentent la race humaine aux races animales et dont l'homme supérieur s'accommode, car on ne fait rien de grand que par le nombre et par les passions. Un trop long règne des passions médiocres affaiblit le corps social, une fièvre trop forte le tue. Julien était parvenu à cette nudité du regard où l'œil voit là réalité telle qu'elle est.

Ce soir-là, alors qu'Emmeline s'attardait dans l'appartement du jeune homme, elle tomba en arrêt devant un tableau qu'elle n'avait encore jamais remarqué et qui reproduisait, selon une indication de l'encadreur, le palais des princes-évêques de Liège. Elle fut étonnée d'y voir des galeries envahies d'échopes, comme au Palais-Royal, ainsi que des arcades gothiques d'une belle venue, qui tranchaient sur des murs de brique rouge, comme à Venise. Elle chercha à découvrir un lien secret entre son amant et ce tableau. Elle crut le trouver dans la personne de la jeune femme qui, le dos tourné au prince, jouait avec un chiot, sur le côté gauche de la toile. Il s'agissait d'une courtisane, à coup sûr, née d'où ? Avait-elle aimé d'amour ? Savait-elle ce qu'est le péché ? Il sembla à Emmeline qu'elle représentait l'ancien monde, tel que la jeune femme le sentait couler dans ses veines. Ce n'était ni une qualité d'idée ni une affaire d'irréligion, mais une impulsion supérieure de la nature, qui portait Emmeline à aimer avec ses sens et avec son cœur, non avec sa raison. Elle était sur le point de céder à M. de Thiais sur la publication des bans de mariage ; elle y était pressée par M. de Vassols, par son confesseur, par Thérésia. Cependant elle se posait cette question : pourquoi pas moi ? pourquoi le prince-

évêque de Liège ? pourquoi Louis XV ? pourquoi son
père le marquis ? pourquoi le duc d'Orléans ? pourquoi Rose de Beauharnais ? pourquoi Barras ? qui
tous étaient des aristocrates. Qu'est-ce qui la contrai-
gnait d'épouser un homme qu'elle n'aimait pas et que
déjà elle trompait ? Qu'est-ce qui la retenait d'imiter
le xviiie siècle, qui s'était jeté dans la Révolution par
le truchement des plaisirs ? N'était-elle pas logique
avec sa classe et avec son temps, quand elle ambi-
tionnait de rompre le dernier lien des préjugés et
d'apporter son titre en dot à un proxénète ? N'était-
ce pas là prendre la marche du siècle ? Existait-il à
ces bouleversements sociaux une quelconque justification si au bout du compte, il n'y avait pas le droit
d'aimer qui l'on aime et de se gouverner à sa guise ?
Elle apercevait de plus vastes prolongements encore
qui lui venaient de ces tumultueux poètes allemands
qu'elle chérissait. Le dernier mot de la Révolution et
le premier de l'art nouveau ne seraient-ils pas de répandre dans toutes les classes de la société le génie propre
à ces hommes de liberté qu'avaient été les aristocrates du xviiie siècle ? Elle ne pouvait croire que Dieu
comptât les plaisirs comme des offenses, ni l'amour
comme un péché. Elle aurait voulu en être sûre et
voyait dans la gracieuse insolence de l'évêque en
repos avec sa maîtresse devant la cour de Liège une
sorte de justification. Elle se remémorait les scrupules de son enfance, quand elle se forçait à ne pas
regarder les chevilles d'une jeune et ravissante domes-
tique qu'elle aimait. Un jour, elle en avait fait l'aveu
en confession. « Vous vous exaltez, mon enfant, avait
dit le prêtre, Dieu ne considère pas les chevilles ! »
Il sembla à Emmeline que le rite de l'extrême-onction
comportait une réprobation de la chair, en même
temps qu'un secret amour de celle-ci. N'était-ce point
aimer la chair que penser encore à elle au dernier
moment, jusqu'à oindre les yeux, le nez, la bouche,
les mains, les jambes, tout ce qui avait touché et
été touché, désiré et été désiré, retenu et été retenu ?

Emmeline profita de sa solitude pour franchir la porte qui conduisait à l'appartement d'Adèle. Celui-ci ne comportait rien de remarquable, sauf le cabinet de toilette. Il y avait là tous les instruments de la prostitution, depuis les rubans ordinaires des filles jusqu'aux éponges contraceptives qu'Emmeline elle-même portait dans son réticule quand, après la messe, elle courait se jeter dans les bras de Julien. C'était l'unique moment de la journée où elle se sentait libre. M. de Thiais dormait encore, comme M. de Vassols, et tout le Palais-Royal. Elle marchait dans les galeries désertes, le front mouillé d'eau bénite ; elle réveillait Julien, qui avait dû modifier l'organisation de ses journées à cause de ces visites matinales. Les moineaux pépiaient dans le jardin, quelques clochards dormaient sous les arcades, des commis déversaient des victuailles, du charbon, du linge propre. Des ruines de chaises attestaient des combats de la veille. L'envers de la société accompagnait Emmeline chez son amant, avec lequel elle prenait le petit déjeuner au lit. Elle avait beau s'accuser d'impureté, elle ne sentait pas sa faute ; au contraire elle désirait de tout son être posséder comme Adèle des parfums, des onguents, et jusqu'à cette lingerie fine de fille qui était belle avant d'être vénale. Le malheur de sa mère avait été de n'avoir jamais conçu l'idée des secrets pourtant simples des courtisanes, au premier rang desquelles figure la propreté. Soudain la jeune fille crut voir son intelligence s'ouvrir. Elle appartenait par son père au parti d'Orléans, c'est-à-dire au Palais-Royal. Elle était de la même caste que Julien par le lieu. Un seul mot désormais importait : la liberté. Pourquoi borner celle-ci aux idées et ne pas l'étendre aux personnes ? Emmeline, en épousant Julien, n'éprouvait ni la sensation de trahir ses origines ni celle de manquer à sa famille. Au contraire, elle les accomplissait.

Quand Julien rentra, il vint s'asseoir au coin du feu en retirant ses bottes. Emmeline le considérait en silence. Elle portait, comme pour une fête, une robe en taffetas, avec une collerette au décolleté, des volants au jupon et des manches bouffantes. Pour la première fois, elle avait mis ses diamants.

— Nos espoirs sont-ils déçus ? demanda-t-elle, en voyant l'abattement de Julien.

Celui-ci ne comprit pas la question. Quels espoirs ? Le croyait-elle royaliste ou républicain ? Il avait combattu aux côtés de Barras, dans l'idée de tuer M. de Thiais. Ne l'ayant pas aperçu, il ne savait s'il était vivant ou mort.

— La République est victorieuse, répondit-il, et je crois bien qu'elle s'est donné un nouveau héros : le général Bonaparte.

Emmeline résuma à Julien sa méditation. Le jeune homme était hardi, intelligent, courageux, mais n'avait pas l'âme élevée. Il pensa que la marquise venait à lui par opportunisme, à cause de Vendémiaire. Il en profita pour presser le mariage et pour imposer comme une clause d'honneur la donation que lui fit Emmeline de la moitié de ses biens. Les bans furent publiés fin vendémiaire et le contrat passé chez le notaire Chavet. M. de Vassols ni personne n'étaient plus en position d'y faire obstacle. Emmeline déclarait, outre l'hôtel de la rue de Bourgogne, trois fermes en Beauce, un château à Dourdan, des prés dans le Périgord, des meubles, de l'argenterie, des bijoux, ainsi que des espoirs dans la succession de M. de Jully, qui figurait sur la liste des émigrés mais en fut rayé *post mortem* grâce à une intervention de Julien auprès de Barras. Julien, quant à lui, déclarait des immeubles pour dix millions de francs. C'était la donation d'Emmeline. Il pensait s'installer après son mariage au faubourg Saint-Honoré, mais Emmeline ne le voulut pas. Elle se plaisait au Palais-Royal où elle avait sous la main tout ce qu'elle aimait : les restaurants, les magasins de mode, les cafés, les théâtres, et le voisinage bariolé des filles. Elle fut avec Mme Tallien, Mme de Staël et Mme Récamier, la plus séduisante des jeunes femmes en vogue du Directoire. Son esprit, son goût de la poésie allemande, son amour de la musique italienne, sa charité la recommandaient à la bienveillance de tous. Elle était une des beautés que les étrangers de passage visitaient. Néanmoins, elle restait fragile. Elle avait besoin de beaucoup de fêtes et de beaucoup de confessions pour supporter ce que Julien nommait *la vie naturelle*.

PALAIS-ROYAL

TROISIÈME PARTIE

PALAIS-ROYAL

Julien se pencha à travers la croisée et considéra d'un regard aigu les jardins du Palais-Royal. Ceux-ci étaient déserts et silencieux sous l'averse glacée de mars. Un esprit distrait aurait attribué ce calme à l'assaut des intempéries. Julien, hélas ! en devinait trop bien la cause. Il avait été averti la nuit même de la trahison du maréchal Marmont, duc de Raguse. L'espoir de maintenir l'empereur sur le trône ou, sinon lui, son fils, le roi de Rome, s'évanouissait. Il commanda un thé et s'assit avec résignation dans sa bibliothèque tandis qu'une nouvelle soubrette s'essayait maladroitement à manipuler une théière qui paraissait lui brûler les doigts. Il alluma un cigare et se mit à réfléchir aux données confuses de la situation.

La veille, il s'était rendu comme chaque soir à la salle Louvois. Tandis qu'il sortait et s'apprêtait à rentrer à pied, une pluie violente l'avait retenu sous les arcades de la rue de Richelieu. Malgré les circonstances, les équipages défilaient comme à l'ordinaire. Alors que la pluie cessait et qu'il commençait à se diriger vers le Palais-Royal, il avait aperçu une jeune femme frileusement enveloppée dans une pèlerine, sous un bonnet à rubans. La demoiselle l'avait regardé avec insistance et s'était retournée vers lui au moment

de disparaître au coin de la rue de Louvois. Il n'avait
distingué ses traits qu'à demi et se souvenait surtout des yeux, qui étaient noirs et brûlants. L'incertitude de ce regard ajoutait à celle où était Julien
sur l'avenir de la nation.

Il ne dormit pas de la nuit et échafauda toutes
sortes de calculs pour retrouver l'inconnue. L'endroit
d'où elle sortait pouvait être l'escalier des coryphées,
quoiqu'il connût le corps de ballet par cœur et qu'à
coup sûr il eût identifié l'enfant, si elle avait été
de la danse. Contre toute raison, il avait convoqué
pour 7 heures du soir François-Esprit Auber, avec
l'espoir que celui-ci, mieux introduit que lui dans
les théâtres, serait capable d'orienter ses recherches.
Il avait connu Auber, alors âgé d'un peu plus de
trente ans, au château de Chimay, où Thérésia rassemblait chaque été une société choisie de musiciens
et d'artistes. Auber avait composé une œuvrette pour
le théâtre du château. Il s'était forgé dans ce cercle
restreint la réputation d'un homme d'esprit et d'un
compositeur d'avenir. Julien cultivait l'amitié. Il avait
protégé Barras aussi longtemps qu'il était resté l'adjoint du comte Réal au ministère de la Police, il
avait travaillé à maintenir un emploi décent à Tallien, et il restait seul à nommer Thérésia par son
prénom. Le monde s'était divisé à propos de celle-ci
en trois dénominations différentes. Pour le faubourg
Saint-Germain, elle était la marquise de Fontenay
sous prétexte qu'elle avait été avant la Révolution et
pendant quelques mois l'épouse du marquis de Fontenay ; pour la société impériale, elle était la princesse de
Chimay parce qu'elle avait acheté son brevet d'hono-
rabilité en épousant sur le tard M. de Chimay, qui
était prince du Saint Empire et qui s'était amouraché
d'elle au point de fermer les yeux sur ses huit enfants
de paternité variable ; pour tous ceux enfin qui la
méprisaient, elle demeurait Mme Tallien. Julien seul
l'appelait Thérésia et mettait dans ce prénom une
affectueuse amitié qui datait des folles nuits du

Directoire. Il n'avait pourtant jamais obtenu ses faveurs, mais Thérésia s'était montrée accommodante envers lui. Elle avait arrangé quelques-unes de ses affaires sentimentales et surtout l'avait introduit auprès de Joséphine de Beauharnais grâce à qui il était devenu baron au lendemain du couronnement. Il avait établi ses relations dans un monde de gens faciles qui jugeaient autrui avec d'autant plus de mansuétude qu'eux-mêmes avaient expérimenté de la vie tout ce qu'il faut en savoir pour qu'elle cesse de paraître sérieuse. Julien avait senti tout de suite qu'une amitié indéfectible le lierait à Auber. Il trouvait à celui-ci une fraîcheur d'inspiration et une qualité d'humour qui étaient proprement françaises. Or, à mesure que les années passaient, tout ce qui n'était pas français ou italien exaspérait le baron. Souvent, devant telle ou telle œuvre réputée d'un compositeur allemand, il portait la main à l'oreille en disant : « Cela a été composé dans une brasserie », ou encore : « Les Allemands ne comprendront jamais que la musique doit servir à l'amour et non à la digestion. » Sa haine de l'Allemagne remontait à la campagne de Prusse, où il avait suivi l'armée comme administrateur civil. Sa mission était de celles qui produisent un mouvement de recul dans les salons. Il s'agissait de dépister et d'exterminer les patriotes allemands. « Vous ne pouvez savoir, disait-il à Auber, ce que c'est qu'un pays où fumer la pipe et manger des pommes de terre constituent la suprême félicité. » Il disait cela comme s'il y trouvait le motif suffisant des exécutions capitales qu'il avait dirigées. Chez Auber, il appréciait la probité. Le mot ne revêtait pas dans sa bouche le sens commun. La probité désignait pour lui l'application complète de la personne à ce que l'on fait. Il tenait pour médiocre un homme qui ne conduit pas ses entreprises à leur terme et admirait du moins chez Napoléon cette manière d'être tout entier dans la vie réelle, sans souci des idées ni des préjugés.

Quand Auber arriva tout transi, tout mouillé, il s'installa au coin du feu avec cette bonhomie qui le caractérisait malgré son jeune âge.

— Vous connaissez la nouvelle ? demanda-t-il.

Julien savait bien entendu que les Alliés campaient aux portes de Paris. La vague l'avait atteint, même s'il comptait se mettre à l'abri des éclaboussures. Il se dirigea vers la fenêtre pour s'assurer qu'aucune botte étrangère ne foulait encore la pelouse du Palais-Royal, puis se rassit.

— Je ne vois qu'une solution, dit Auber, c'est de vous poster au même endroit chaque soir jusqu'à ce que l'événement se répète.

Il y avait songé, mais il espérait mieux d'Auber. La fiche signalétique n'était pas vierge avec ces trois renseignements qui naguère lui auraient suffi pour démasquer un conspirateur : une pèlerine grise, des yeux noirs et un bonnet. Les deux amis bavardèrent un peu, puis s'en allèrent à pied comme chaque soir salle Louvois, où l'on jouait *Fernand Cortez* de Spontini. Le baron portait beau. Il mangeait peu et restait mince malgré ses quarante ans. Ses cheveux coiffés à la romaine, le teint hâlé du promeneur impénitent, le soin de sa barbe et de ses mains, l'allure athlétique d'un homme qui n'avait cessé de fréquenter les salles de tir et les salles de lutte donnaient à toute sa personne une expression de force traversée dans le regard par des éclairs de violence. Le spectacle se déroula sans incident.

— C'était la dernière fois, murmura Julien à Auber. La liberté et la patrie ont encore de beaux jours devant elles, mais sur les scènes de théâtre uniquement. Ce printemps de 1814 sent décidément le cigare refroidi.

Peu bavard, il émaillait sa conversation de réflexions incisives qui dissimulaient des conseils ou qui résumaient une méditation. Pourtant il n'avait jamais aimé la mascarade impériale et attribuait à l'idée monarchique le bénéfice de la supériorité.

Hélas ! il y avait les Bourbons. L'idée républicaine, pendant le peu de temps qu'il l'avait servie, avait pris la forme d'une pantalonnade. L'idée consulaire s'était délitée dans l'Empire. La conquête de l'Europe par l'idéal révolutionnaire s'était muée en conquête armée. Et maintenant les Bourbons... Peut-être cette observation était-elle le cas particulier d'un phénomène universel. La politique n'était pas seule à se corrompre dans l'ambition, l'avidité et la médiocrité. Toute chose sur terre périt de la sorte. La beauté se fane, les œuvres d'art s'oublient, l'amour disparaît. Sa génération faisait corps avec les illusions perdues. Elle escortait la longue procession des espérances ruinées et la sanglante transition d'un monde à un autre. Julien ne souffrait pas pour l'Empire, mais pour ses habitudes qui allaient une fois de plus être bousculées. Il ne serait plus réveillé par le clairon des casernes et des lycées. La noire vie civile allait tout submerger. L'on a beau détester la guerre, il est difficile de ne pas aimer les couleurs du sang et des drapeaux.

Comme il était prévisible, personne ne parut. Les coryphées s'étaient égaillés depuis longtemps sans qu'une demoiselle à bonnet et à pèlerine grise eût fait son apparition au coin de la rue de Louvois. Julien quitta Auber d'un « à demain » optimiste. Les rues étaient calmes. Paris ne manifestait aucune velléité de résistance ; la vie continuait comme à l'ordinaire. Quand il rentra, son valet de chambre l'attendait sur le palier. « Madame la baronne vous fait dire qu'elle vous attend chez elle demain à 7 heures, après la messe. » Le baron sourit. Il s'attendait à cette démarche et s'amusa qu'Emmeline n'eût pas réformé ses habitudes matinales. En vue de cet appel, il avait soigneusement trié ses papiers. Son contrat de mariage, l'acte de donation qu'il avait fait de la moitié de ses biens à leur fils, la convention par laquelle il avait obtenu quittance d'Emmeline pour l'usage des biens paraphernaux de celle-ci, l'engagement solennel passé devant le coadjuteur de Paris de délier

7

Emmeline du devoir de cohabitation, sa soumission à la loi de l'Eglise pour tout le reste et notamment sur l'interdiction du divorce, tout était là comme un résumé brutal de leur histoire. Ils s'étaient séparés au lendemain de l'exécution du duc d'Enghien. Emmeline n'avait pas supporté le rôle que Julien avait joué dans cette affaire. Celle-ci rappelait par trop la manière dont M. de Jully avait été éliminé. Elle avait supplié Julien de quitter le ministère de la Police et de se ranger sous le drapeau blanc. Il avait protesté que ses devoirs le lui interdisaient. La formule était vague, et Emmeline n'avait pas cherché à l'approfondir. Elle avait été trop heureuse de mettre fin à une vie commune qui lui était devenue insupportable. Son âme torturée s'était enfin endormie à l'abri des grands principes.

Dès 5 heures, il se leva, fit sa toilette, marcha dans le Palais-Royal pour s'éclaircir les idées, prit son petit déjeuner, tira quelques coups de feu dans une salle d'armes voisine, et fit atteler sa voiture. A 7 heures précises, il était chez la baronne, rue du fauboug Saint-Honoré. Un valet à livrée vint lui ouvrir. Comme il faisait encore nuit, il éclaira les pas de Julien à l'aide d'un chandelier à trois branches et l'introduisit dans l'antichambre. Aussitôt après, le bruit d'un attelage annonça l'arrivée d'Emmeline qui revenait de la messe. Elle le fit introduire avant même de retirer son manteau, de telle sorte que Julien la découvrit d'abord de dos, occupée à secouer la pluie. Quand elle se retourna, elle offrit, à l'inverse de ce qu'il avait cru, un visage émacié par la solitude et l'ascèse.

Julien avait toujours agi par impulsion. Certes il avait calculé et suivi ses intérêts, mais les actions majeures de sa vie avaient été le résultat de foucades elles-mêmes commandées par un bouillonnement irrépressible de violence. A voir le visage d'Emmeline qui l'accusait, il sentit dans ses reins l'élan de la colère et chercha aussitôt à blesser.

— Monsieur, dit la baronne, en ce jour solennel

où monsieur le lieutenant-général va prendre posses-
sion de Paris au nom du roi, je voudrais que vous
songeassiez à votre fils. Il y a longtemps certes que
vous ne l'avez vu. Je vous prie toutefois de considérer
son avenir et la place qu'il peut occuper à la cour de
Louis XVIII.

Julien avait promis le silence à Eugène, mais sa
vindicte l'emporta.

— Madame, dit-il, j'ai l'honneur de vous informer
que je vois notre fils deux fois la semaine au Palais-
Royal où nous déjeunons ensemble.

Emmeline changea du tout au tout. Elle le regarda
avec terreur. Le baron vit dans les yeux de sa femme
la crainte qu'il inspirait au monde. De lui-même il
avait conservé l'image adolescente d'un homme vif,
hardi, sensuel, colérique, mais amoureux de l'art et
ennemi de la médiocrité. Il pensait avoir gardé la
pureté de ses vingt ans par cette déformation commune aux gens endurcis, qui se jugent purs parce
que durs. Dans le regard d'Emmeline, il lut l'opinion
du monde. Pour ce dernier, Théroigne et ses semblables étaient des criminels. Ils avaient forgé leur fortune sous le Directoire dans la spéculation et dans
le sang. Ils avaient pour s'élever sacrifié tout ce
qu'il y a de pur sur terre. Ils n'avaient même pas
l'excuse de la sincérité. La Révolution avait été un
chambardement social à la faveur duquel ils s'étaient
emparés de ce qui appartenait aux autres et au roi.
Assassins du duc d'Enghien, ils pouvaient l'être de
Napoléon s'il le fallait. Ils représentaient cette redoutable continuité du cynisme qui vicie tout pouvoir et qui
risquait bientôt de hisser Louis XVIII, par réalisme,
non sur le trône de ses ancêtres, mais sur celui de
Bonaparte. Quelles horreurs Julien avait-il pu prêcher
à leur fils ? N'avait-il pas contaminé cet enfant pour
lequel elle rêvait de pureté et de fidélité ? A un âge
où l'imagination cède aux séductions faciles, Julien
n'avait-il pas fait briller les mille facettes de son
esprit et de sa diabolique ironie ? Le silence d'Eugène

accablait la baronne plus que n'importe quoi. En même temps, elle se félicitait que son fils eût gardé un père. Elle demeura égarée, cherchant une réplique et ne la trouvant pas.

— Madame, dit Julien, vous êtes à jeun ; prenez donc la peine de manger. J'attendrai quelques minutes dans l'antichambre.

Emmeline se ressaisit.

— Si vous le voulez bien, nous prendrons le café ensemble, mon ami. J'ai appris votre infortune à la suite de l'affaire Fouché, et votre disgrâce.

— Je n'ai jamais été en grâce auprès de Bonaparte et je ne dois pas ma démission à une faute, mais à un mot. Il se fait que mon amitié pour Joséphine et pour Thérésia déplaît en haut lieu.

Emmeline sourit et, malgré sa pâleur, révéla quelques-uns des traits charmants qui étaient les siens autrefois, quand elle pardonnait les frasques de son mari.

— Je regrette beaucoup, dit le baron, que vous ayez répudié cette compagnie dans laquelle vous saviez que mon esprit se repose.

Emmeline inclina la tête. Elle admirait cette franchise calculée qui avait toujours signalé la diplomatie de Théroigne. Il était bien vrai que celui-ci avait besoin des ambiances vénales pour respirer. Les filles le reposaient des gens à principes qu'il avait appris à haïr sous la Terreur et qu'il considérait comme les parasites de l'humanité.

— Vous appartenez, dit-elle, à la catégorie de ceux qui se sont formé un code particulier au-dessus des lois morales.

— Ce fut à la faveur des grands événements qui s'achèvent. J'ai marché avec ceux-ci aussi longtemps qu'il fut nécessaire de saigner le peuple. Je marcherai avec les Bourbons puisque les fils de France semblent avoir fini de prouver par leur sang qu'ils n'étaient pas la valetaille que l'on disait chez vos ancêtres.

Malgré la tournure outrageante de la phrase, la

baronne l'entendit avec un transport de bonheur. Julien était donc disposé à lui offrir ce qu'elle s'apprêtait à demander en grâce : collaborer avec les Bourbons. Toutefois elle ne pouvait concevoir que Louis XVIII pardonnât au complice des assassins du duc d'Enghien. Elle s'attendait comme toute la noblesse à un rétablissement de la monarchie d'autrefois, sans loi constitutionnelle, ni guillotine, ni biens nationaux, ni Assemblée élue, et sans Code civil. Elle s'inquiéta pour la sécurité de Julien.

— Ne craignez pas, dit-il, j'ai comme d'habitude allumé des contre-feux.

Il but le café que lui offrit Emmeline.

— Vous lisez toujours Goethe ? demanda-t-il en apercevant le portrait de celui-ci.

Emmeline se mit à bavarder de littérature allemande et à vanter les élans du cœur. Elle s'exprimait avec des tournures naïves qui révélaient une femme élevée en dehors de la vie réelle. La vertu et le sentiment lui paraissaient de grands biens. Elle se berçait d'idées communes qui ressemblaient peu à la jeune aristocrate délurée qu'elle avait été. Elle manifestait ostensiblement sa piété, à l'exemple de toute l'aristocratie qui s'était convertie de la débauche la plus débridée à la bigoterie la plus bête. La licence avait produit la Révolution. Ce truisme, qui mettait Dom Juan au rang des philosophes, inspirait le retour subit du beau monde au culte de la Vierge. Ils étaient en train de préparer une bizarre mixture où l'Evangile, cette religion du pauvre, devenait l'auxiliaire de la propriété et des privilèges. Que n'abdiquaient-ils également leur insolente politesse ! Les blessures d'amour-propre qui en résultaient entretenaient une fumure révolutionnaire plus brûlante que la poudre. Le baron savait qu'à trente-cinq ans, une femme a le choix seulement entre deux partis : se payer le ridicule de vouloir encore être aimée ou récolter enfin le prix de la vertu dans une position sociale resplendissante. A l'évidence, Emmeline ne supportait pas la solitude. Elle voulait rayonner.

Un vent frais chassait les nuages et amenait le printemps sur Paris, tandis que le canon tonnait à Montmartre. Les dernières pluies fuyaient à l'horizon comme si le ciel avait voulu fêter le retour du roi ou du moins l'entrée de monsieur le comte d'Artois, lieutenant-général du royaume, qui se faisait appeler Monsieur, comme sous Louis XIV. Julien pénétra dans un cabinet de lecture du Palais-Royal où il demanda les nouveautés. On ne lui apporta rien de bien remarquable. Les journaux parlaient du front comme s'il était sur la Vistule. Une allusion à l'insurrection probable de Paris révélait que les alliés étaient sur l'Essonne. Julien s'appliqua à lire une tragédie fort ennuyeuse, puis n'y tenant plus, il délaissa l'odeur de naphtaline qui se chauffe au poêle à charbon et alla respirer dans les jardins. Un petit groupe de soldats de la garde d'honneur y était couché du côté des galeries de bois. Le sang souillait leurs uniformes déchirés. Les garçons du café de Foy leur apportaient des carafes d'eau et des cruchons de vin rouge. De jeunes nobles agitaient un drapeau blanc et chantaient un hymne à Henri IV. La population les considérait d'un air indifférent. Elle ne manifestait ni réprobation ni enthousiasme. Seul un charbonnier murmura devant Julien que la guillotine avait trop tôt arrêté son office. Le baron se dirigeait vers la rue Grange-Batelière où il pensait déjeuner quand soudain il aperçut sur le boulevard un bataillon de cosaques précédé d'un superbe uniforme blanc. Les mêmes jeunes gens, à peine grossis de quelques recrues, s'employaient à briser un aigle impérial. Les Russes les considéraient d'un air furieux, comme s'ils étaient offensés que ce symbole pour la défaite duquel ils avaient versé leur sang fût brisé devant eux par des Français. Les filles du Palais-Royal s'étaient retirées. Seuls les joueurs couraient à leurs occupations habituelles. Le baron ordonna à son maître d'hôtel de commander une volaille chez Véry, et s'enferma dans sa bibliothèque. Il ouvrit devant lui la chemise qui contenait la correspondance secrète de Fersen et de Marie-Antoinette, ainsi que les documents relatifs à la captivité du Dauphin. Il attendit patiemment la visite qu'il devinait. En d'autres temps, il aurait médité sur lui-même et sur son destin, mais la vie avait fait son œuvre. Le baron Théroigne avait perdu l'usage de l'introspection.

A trois heures, le même jour, Julien entendit sonner à sa porte. Le maître d'hôtel introduisit un homme au visage ingrat, à l'allure bourgeoise, au front souillé de pellicules, le comte Réal. C'était la deuxième ou peut-être la troisième fois que celui-ci venait chez Julien, alors qu'ils avaient travaillé ensemble pendant huit ans. Réal considéra les murs avec attention, comme s'il admirait la belle ordonnance aristocratique de l'appartement, mais peut-être n'était-ce qu'un effet de sa distraction, car aussitôt il laissa éclater son inquiétude.

— Si demain je ne suis pas fusillé à Vincennes, dit-il, c'est à vous que je le devrai.

Julien battit des paupières pour dissimuler son mépris. Il était chef de division au ministère de la Police lorsqu'un soir, il avait été appelé d'urgence chez Réal. Celui-ci lui avait exposé en quelques mots l'enlèvement du duc d'Enghien et la mission dont il venait d'être chargé auprès du tribunal militaire.

— Eh bien, je ne vous félicite pas, avait dit Julien, vous avez traversé la Révolution sans comprendre que l'habileté dans le meurtre consiste à le faire accomplir par autrui ! Cazotte ne vous suffit pas ?

Le passé de Réal était gâché par la mort du vieil écrivain Cazotte qui avait été l'une des premières victimes de la Terreur alors que Réal exerçait les fonctions d'accusateur public.

— Le duc d'Enghien doit mourir ! Je le sais, pardi, Savary et Hulin s'en chargeront, quel besoin de vous en mêler ? Arrivez trop tard, il faut toujours être en retard pour les sales besognes, cela sauvera votre réputation et celle du Premier consul.

Le conseiller d'Etat Réal s'était rendu aux raisons de Julien. Il avait corrigé le plan de l'assassinat sur un point de détail, mais qui fut essentiel. Au lieu d'arriver à temps pour interroger le prisonnier, il arriva trop tard pour le sauver. Cette lenteur calculée permit à Bonaparte de plaider l'accident et à Réal d'accuser la précipitation de Savary.

Tout le monde sut au ministère que le jeune Théroigne était l'auteur de ce coup d'adresse.

— Vous avez dans vos services, dit Napoléon à Fouché, un petit jeune homme qui n'est plus employé depuis le 18-Brumaire. Vous savez comment sont ces gens, je parle des thermidoriens, paresseux, corrompus, mais hardis : songez-y !

Fouché y songea. Il fit de Julien le surveillant, le podestat, le maître du Palais-Royal. Cette ville miniature enfermait tous les vices de Paris. Julien la quadrilla comme un champ de bataille et la mit en fiches. Personne d'autre que lui n'aurait été capable d'accomplir ce travail d'entomologiste. Un policier ordinaire se serait fié à ce qu'il y avait de plus bas. Au contraire, Julien prit appui sur ses plus hautes relations. Il distribua les rôles entre quatre personnes du monde, dont l'une fut chargée de la table, la seconde des jeux, la troisième de la prostitution, et la quatrième des librairies. Il voulait sans cesse des renseignements sur tous les sujets : sur l'âge des filles, leurs origines, leurs maladies, leurs particularités, sur les gains ou sur les pertes des joueurs, sur la fréquentation des restaurants, sur les épreuves des libraires, sur la situation précaire ou assurée des fortunes, sur les lettres de change, sur les héritages, sur le cirque, sur les dépenses des fournisseurs aux armées, sur les mœurs des représentants étrangers en poste à Paris. La clef de voûte de cette cathédrale du renseignement fut Mme Hamelin. Julien rencontrait l'ex-merveilleuse dans les salons, il la recevait, la visitait, et passait pour un de ses amants. Leur conversation consistait à peu près en ceci : « Le duc de Bassano s'est rendu hier au numéro 129. Il a demandé Mlle Elise, vous savez, cette petite Berrichonne qui, enfin, vous l'avez vue, c'est une curiosité... M. de Rouffignac a dit à Mme d'Abrantès, qui me l'a répété, qu'il a couché avec l'impératrice. Sous le Directoire, M. de Rouffignac était à M. de Talleyrand, il rachetait les lettres de change du prince. Mme Tallien est enceinte, on ne sait pas de qui, elle non plus, il ne faut pas trop demander ! »

Mme Hamelin fut l'instrument du plus haut fait de police de Julien. L'empereur venait d'épouser Marie-Louise et voulait se débarrasser de Fouché quand il apprit les négociations secrètes engagées par celui-ci avec l'Angleterre. Il exigea tout de suite des preuves. Julien imagina de faire rentrer Ouvrard de Hollande où il servait d'intermédiaire à Fouché, et de l'arrêter à Paris. Mme Hamelin écrivit de sa main gantée une lettre dont les termes lui furent dictés par Théroigne : « Le croiriez-vous, mon cher Ouvrard, après tant d'années, j'ai rêvé de vous cette nuit, et d'une manière fort impure... » Ouvrard arriva avec le glaive de Priape à la main, pour employer l'expression de l'ex-muscadine, et fut arrêté dans le lit de la dame. « Quelle scène vous avez manquée ! J'étais dans un lit de roses, il m'avait couverte de fleurs, j'ai sangloté, vous savez, c'était trop beau, faire arrêter Ouvrard qui m'avait refusé en 1802 une rivière de diamants qu'il offrit à Thérésia ! » Julien persuada Réal de payer à Mme Hamelin les cinquante mille livres de diamants qui manquaient à son repos. Pour sa part, il se contenta d'un tableau de Titien enlevé à Venise et qui représentait la déesse Flora. « C'est la femme, toute la femme », disait-il.

Julien se levait tard, déjeunait au Palais-Royal, et arrivait au ministère sur le coup de 3 heures. Il en repartait à 7 heures après avoir rédigé le bulletin de la préfecture de police de la Seine. La fine fleur du renseignement ne s'y trouvait toutefois pas, elle restait dans l'immense classeur de sa mémoire qu'il tenait à jour durant ses interminables insomnies. Il était heureux dans ce rôle de maître du Palais-Royal qui lui valait beaucoup de considération et toutes sortes d'avantages inavouables. Quelquefois il saluait une fille d'un bref coup de chapeau. C'était une convocation toujours redoutée, qui se terminait de manière parfois charmante. La liberté dont il jouissait disparut en 1810 quand Savary, duc de Rovigo, devint ministre de la Police générale. Julien détestait les manières cassantes et la rudesse bourgeoise du nouveau ministre. Savary lui ordonna de dévoiler son réseau et de classer désormais les rapports de ses espions dans les archives du ministère. Julien brûla ses papiers et démissionna sur un mot cruel : « J'ai trop peur qu'ils servent aux Autrichiens. » Napoléon venait d'épouser Marie-Louise. Cette insolence ne fut pas pardonnée au baron Théroigne.

L'aversion de Julien pour l'empereur avait grandi insensiblement pour des raisons qui d'abord n'eurent rien de politique. La première tenait à Thérésia. A maintes reprises, l'impératrice avait tâché de renouer avec son ancienne amie. Napoléon s'y était toujours opposé. Julien avait détesté de voir parvenir ces brutes du langage et des manières qu'étaient pour la plupart les généraux et maréchaux d'Empire ; il n'avait de considération que pour Junot qui, par malheur, était fou, et dont il employait occasionnellement l'épouse, Laure d'Abrantès. Il supportait moins encore l'affectation de dignité prétentieuse qui avait succédé à la liberté du Directoire. Mais ces raisons

fléchirent devant un motif nouveau et surprenant :
le policier devenait philosophe. Cette évolution rare
trouvait sa cause dans la nature même de l'espionnage auquel Julien se livrait. A force d'étudier les
mœurs bigarrées d'autrui, il s'était mis à les aimer
toutes, non dans leurs particularités, mais dans le
mouvement général de diversité qu'elles imprimaient
au monde. Logique avec son sentiment, il s'était découvert libéral. Peut-être l'avait-il toujours été ; il mettait enfin le mot sur l'idée.

— Il fallait en rester à Thermidor, dit-il à Réal,
au pis à Brumaire. La conquête armée est venue suc-
céder à la Terreur pour dénaturer la Révolution.

Réal resta silencieux un moment.

— Que pense Fouché de tout cela ? dit-il.

Julien à son tour se tut. Sa considération pour
Fouché n'avait jamais été bien grande. Certes, trop
de souvenirs l'unissaient à l'ancien conventionnel pour
qu'il ne fût pas avec celui-ci dans un rapport de cama-
raderie qui allait jusqu'au tutoiement. Ensemble ils
avaient préparé le complot *réacteur* de Thermidor.
Ensemble ils avaient servi Barras. Ensemble ils avaient
aidé Joséphine à résister aux frères de Bonaparte. Un
incident était venu altérer leurs relations. Le 18-Bru-
maire, quand Barras se vit dupé par Bonaparte et
par Talleyrand, il appela Julien au Luxembourg. Un
flottement chez les conspirateurs avait empêché ceux-ci
de s'emparer aussi rapidement qu'il aurait fallu des
papiers secrets du directeur. Or Barras détenait la
correspondance de Marie-Antoinette avec Fersen et
les procès-verbaux de la captivité du Dauphin au
Temple. Fouché et Talleyrand avaient ordonné des
recherches dans leurs administrations respectives sans
rien découvrir, et pour cause. Ces documents avaient
été soustraits par Barras au lendemain de Vendémiaire.
Le directeur désigna à Julien le coffre dans lequel il
cachait son *scapulaire*. « Tu as réussi à entrer dans
les prisons sous Robespierre, tu parviendras bien à
sortir du Luxembourg malgré Bonaparte ! » La har-

diesse du jeune homme lui inspira une manœuvre dangereuse qui consistait à disparaître du palais du Luxembourg par la prison du même nom grâce à un couloir souterrain qui circulait entre les deux bâtiments. Julien sortit de la prison avec les archives de Barras sous la chemise, mais s'il put signer le registre des sorties, il lui fut impossible de faire les entrées. Heureusement Catherine se trouvait au Luxembourg pour un vol assez sordide commis au préjudice d'un vieillard qui l'entretenait. Julien prévint la jeune prostituée de la prétendue visite qu'il lui avait faite le 18-Brumaire, dans l'après-midi. Par la même occasion, il travailla à son acquittement. Un détail anatomique, impossible à exprimer, pesait à charge de Catherine. Julien connaissait les trois ou quatre filles du Palais-Royal qui entretenaient la même particularité à l'intention des amateurs. Il confronta l'une d'elles avec le vieillard qui la confondit formellement avec Catherine. Cette dernière, quand elle fut entendue par Fouché, jura que Julien s'était trouvé le plus naturellement du monde dans sa cellule le 18-Brumaire et que sans doute l'absence de signature sur le registre des entrées s'expliquait par une négligence du gardien. Fouché ne fut pas dupe, Talleyrand non plus, mais ils durent s'incliner devant cet alibi irréfutable.

— Fouché est heureux, dit Julien à Réal, il va de nouveau pouvoir trahir !

La répudiation de Joséphine avait définitivement brouillé Théroigne avec Fouché. Le duc d'Otrante s'était entremis dans cette affaire pour organiser une campagne de ragots et d'anecdotes qui préparait les esprits à la répudiation comme à un acte politique nécessaire. Julien ne supportait pas que l'on touchât à Thermidor, ni par conséquent à Joséphine. Il usa contre le ministre d'une méthode identique à celle que celui-ci avait employée contre l'impératrice. Chaque samedi, Julien rassemblait la collection d'anecdotes salaces que Fouché destinait au plaisir de l'empereur. Les victimes favorites du duc d'Otrante étaient ses rivaux dans le gouvernement, Cambacérès, Fontanes, Savary, Maret, Régnier. Julien flatta la manie du maître en fabriquant des anecdotes qui paraissaient suffisamment vraisemblables pour être crues comme vraies, mais qui suscitèrent, quand on les connut, un mouvement général de réprobation contre Fouché. Julien y aidait en ressuscitant les archives de la Terreur et jusqu'aux preuves de la vénalité de Fouché sous le Directoire. Quand le ministre tomba sur l'affaire Ouvrard, l'opinion fut surprise qu'il eût duré si longtemps.

Fouché pourtant ne détestait pas Julien. Il l'avait décrit d'une phrase quand il avait dit à Savary lors de la passation des pouvoirs qu'un homme sans principes n'est pas nécessairement un homme sans morale. Savary n'y prit pas garde et crut pouvoir utiliser Théroigne contre le reliquat du parti thermidorien. Il récolta en retour la démission de son chef de service.

Julien fut puissamment aidé dans cette évolution vers le libéralisme par l'exemple du moine de la Grande-Force. Celui-ci avait été nommé, au lendemain du Concordat, évêque coadjuteur de Meaux. Sa résidence était à Paris où il fut chargé des œuvres charitables. Le moine ne tarda pas à déposer la croix, la crosse et le mauve épiscopal. Il s'était vu embrigadé dans la guerre sournoise que se livraient le clergé jureur et le clergé royaliste. Les ordres de l'empereur n'avaient rien pu contre cette haine cléricale qui, pour être moins franche, n'en était pas moins vive que celle de Danton et de Robespierre. L'idée fixe de l'ancien moine était de river l'Eglise de France au clou de saint Pierre, comme il disait, c'est-à-dire de la soumettre au pape pour éviter le retour des évêques commendataires, des abbés à bénéfices et des philosophes tonsurés. Du coup il fut rangé par les évêques royalistes dans le clan des Jacobins. Julien fut prié par Emmeline, un matin de 1806, de se rendre aux cagnards de l'Hôtel-Dieu, ces caves sordides qui ouvraient sur la

Seine et où les clochards disputaient la place aux rats. Julien loua une barque de pêcheur et se fit conduire par le fleuve. Il arriva alors que le moine administrait les derniers sacrements à ceux dont la nuit venait d'abréger les souffrances. *L'évêque des cagnards*, comme on le surnommait, était dans un état effrayant. Il était pâle, hâve, et avait contracté une fièvre qui lui dilatait les pupilles. Julien usa d'autorité pour le ramener au Palais-Royal où il l'entoura de bouillottes, de couvertures, et lui fit boire des boissons chaudes. Le moine guérit. Cependant sa santé en demeura ébranlée. Il avait pris le clergé en détestation et ne voulait plus voir ni prêtre ni évêque. Il lisait l'office tout seul dans un missel d'avant la Révolution, et il chômait la Saint-Louis, l'Epiphanie et la Fête-Dieu. Julien, qui avait peu connu son père, le chanoine, avait eu le bonheur de rencontrer des hommes qui l'avaient traité en fils. Le patron tisserand de la rue de la Tixeranderie et Barras avaient joué ce rôle. Pour ce même motif, il rendit visite chaque soir au vieux moine, alors que cette assiduité n'était guère dans sa nature. Bientôt il le trouva installé avec Mme de Sainte-Foix dans un logement minuscule égayé par la présence d'un sansonnet. Ces deux êtres, dont l'unique loi avait été de vivre en marge de la société, unissaient leurs souffrances et leurs souvenirs avant la mort. Ils parlaient beaucoup de Louis XV, qu'ils aimaient, le premier parce que le roi avait chassé les parlementaires, la seconde parce qu'il lui avait ravi son pucelage à treize ans. Comme eux, Julien haïssait les Jacobins et les royalistes, les doctrinaires de la débauche et ceux du puritanisme, les gens à systèmes, les financiers, les politiques, les généraux, tout ce qui est sûr de soi et carré dans ses principes. Il était pour le plaisir mais contre le bonheur, pour la licence mais contre le divorce, pour la monarchie mais contre les Bourbons. Il remerciait Dieu de lui avoir donné la joie de ce spectacle merveilleux et inouï : le vieux moine et la vieille maquerelle qui faisaient le tour du Palais-Royal à l'aube pour nourrir les oiseaux. Jusqu'alors il avait été thermidorien ; il serait libéral, puisque les idées comme les personnes ont une jeunesse et un âge mûr.

— A entendre les gens d'aujourd'hui, dit Réal, la Révolution fut un combat d'idées, comme si les idées n'étaient pas l'autre face des passions. Des hommes tels que vous, mon cher Théroigne, rappellent à point nommé que la Révolution pour ceux qui l'ont vécue fut dans la conquête de ces trois biens incomparables : l'argent, la liberté et la gloire. A ce sujet : les archives qui vous protègent, ne pourriez-vous en faire profiter également vos amis ?

Julien sourit sans répondre et reconduisit Réal à la porte.

Dès 5 heures, le prince Pozzo di Borgo, général de Sa Majesté l'empereur de Russie, invita le baron à l'Opéra. Il le conviait à se munir de ce qu'il nommait *les archives*. Julien s'habilla avec fébrilité. Il élimina l'austère redingote impériale et choisit un habit de satin vert qui constituait un discret hommage à l'élégance du régime qualifié d'ancien. Une grande animation régnait dans la salle. On savait Louis XVIII retenu en Angleterre par une crise de goutte, mais on espérait le comte d'Artois et l'empereur Alexandre. Ils ne vinrent ni l'un ni l'autre. En revanche, les loges et le parterre étaient remplis d'officiers étrangers, qui souvent n'avaient pas pris la peine de retirer leurs uniformes poudreux et qui accouraient à l'Opéra comme au cœur des plaisirs parisiens. Ils étaient acclamés par les jeunes gens de la noblesse. Cette aristocratique assemblée agitait le drapeau blanc et brandissait, en hommage aux soldats alliés, des fleurs de lys qui provenaient des serres de Sèvres et de Saint-Germain-en-Laye. Sosthène de la Rochefoucauld s'illustra en brisant l'aigle impérial qui ornait la scène au milieu des applaudissements français. Un officier russe détourna la tête et fit le geste de se brosser l'uniforme. Il se pencha vers Julien et lui dit dans un français d'une correction affectée :

— Ils eussent été mieux inspirés de ne pas attendre notre arrivée pour agir.

— C'est qu'alors il y avait une police et que maintenant il n'y en a plus, répondit Théroigne avec fierté.

Le silence s'établit quand le chef d'orchestre entra. L'usage impérial était de jouer avant l'ouverture une marche ou un hymne révolutionnaire. L'orchestre débuta sur l'air de *Vive Henri IV*, qui fut repris en chœur par l'assistance avec des paroles improvisées : « Vive Alexandre ! Vive le roi des rois ! Vive Guillaume et ses guerriers vaillants ! »

A l'entracte, un officier d'ordonnance vint chercher le baron pour l'emmener dans la loge du prince Pozzo di Borgo. Julien était peu soucieux de s'exposer à un piège.

— Dites au prince qu'étant français, c'est à moi de lui faire l'honneur de le recevoir.

L'officier d'ordonnance sursauta :

— Si mon accent ne suffit pas à vous démontrer que je suis, moi aussi, français, j'aurai l'honneur, monsieur, de vous en instruire sur le terrain.

— Vous servez bien mal, monsieur, dit Théroigne... L'on ne se soucie pas de questions particulières lorsqu'on est en service.

L'officier tourna le dos et claqua la porte. Il rentra aussitôt, la main sur l'épée, précédant trois personnages dans lesquels le baron reconnut, outre Pozzo, un uniforme anglais et un uniforme prussien. Toutefois il identifia aisément sous l'uniforme anglais un émissaire de Louis XVIII. Le baron, avec la rudesse délibérée qui le caractérisait, ne salua pas. Il ouvrit sa serviette et tendit au général Pozzo la minute de la vérification d'identité à laquelle Barras avait procédé le 10 thermidor au Temple. Il en résultait qu'à coup sûr le Dauphin était mort dès cette date et que le Comité de salut public lui avait substitué un sourd-muet. Louis XVIII pouvait donc régner. L'uniforme anglais se pencha par-dessus le chandelier et considéra Théroigne avec répugnance.

— Et la correspondance secrète ? dit-il.

Le baron lui remit une liasse de lettres qui contenaient le roman d'amour de la reine Marie-Antoinette et de M. de Fersen.

— Vous y lirez, dit méchamment Théroigne, que M. de Fersen aimait le Dauphin comme son fils.

— Ce n'est qu'une conjecture, répondit vivement l'uniforme anglais.

— C'est trop déjà qu'on la puisse faire, dit Julien.

— Au fait, demanda Pozzo, comment vous êtes-vous procuré ces pièces ?

— Je les ai volées, répondit tranquillement le baron.

— Quelles sont vos conditions ? dit l'uniforme anglais, comme s'il traitait avec un maître chanteur.

— Il existe, dit Julien, deux moyens d'asseoir Louis XVIII sur le trône. Le premier est de nouer entre le roi et son peuple un lien qui ne soit pas seulement héréditaire : je suggère de garder le drapeau tricolore. Le second touche à ma personne. Je sollicite le titre de comte et, pour mon fils, une place de colonel dans le régiment des chevau-légers de la maison du roi.

— Pour ce qui concerne ces deux dernières exigences, dit l'uniforme anglais, je suis autorisé à y satisfaire.

Il rédigea un brevet royal qu'il tendit au baron. De la main gauche il réclamait les documents. Julien les lui remit.

— Le roi a la bonté de vous faire dire par ma bouche, monsieur le comte, qu'il ne recherchera pas votre part de complicité dans la mort de M. le duc d'Enghien.

— Il devra lui aussi se faire de la Convention s'il veut régner, dit Théroigne.

Les trois hommes se retirèrent sans saluer. Durant

toute la soirée, Julien se remémora les moindres nuances de la conversation. La facilité de sa victoire l'étonnait. Elle dénonçait le caractère mal assuré du nouveau régime. Il regretta de n'avoir pas demandé la pairie et un million de livres. Peut-être les aurait-il obtenus, quoiqu'il ne fût pas Talleyrand.

Emmeline apprit avec ravissement que son mari était promu comte et donc qu'elle était comtesse. Sans curiosité, elle attribua cette grâce au génie de Julien. Certes elle aurait préféré que l'élévation profitât au blason des Sainte-Amarante pour l'illustration duquel son père et son grand-père avaient bombardé vainement les cabinets royaux de mémoires feudataires et généalogiques, mais elle se contenterait du titre puisque de toute manière elle portait le nom. Julien fut prié à déjeuner chez elle tous les jours, si bien qu'un semblant de vie commune se rétablit. Le comte venait chercher la comtesse chaque matin à la sortie de la messe ; il entrait dans l'église à la communion, regardait Emmeline s'approcher de la sainte table, s'agenouillait pour la bénédiction, et ressortait sous les regards approbateurs de Sosthène de la Rochefoucauld et des messieurs de la Congrégation. Parmi ceux-ci, quelques-uns se souvenaient d'avoir vu Julien en 1795 au club royaliste des Clichyens. Le doute se répandit sur le rôle véritable qui avait été celui de l'adjoint du comte Réal durant le règne de l'usurpateur. On murmurait qu'il avait servi le roi et que son rôle véritable dans la mort du duc d'Enghien s'était borné à monter un traquenard dont il avait communiqué le secret à Londres afin de le mieux faire échouer. La réputation d'Emmeline bénéficiait au comte. De nouveau ils se promenaient ensemble l'après-midi sous les marronniers du Cours-la-Reine ou dans les jardins des Tuileries. Ils parurent deux fois à la Comédie-Française. Julien se satisfaisait pleinement de ce simulacre de vie conjugale. Il calculait que le pouvoir changeait de main et qu'il était adroit de se rapprocher de l'Eglise et du trône, donc de l'épouse légitime. Du reste, il éprouvait le plaisir de mettre enfin ses actions en accord avec ses opinions. Il s'était trouvé empêché jusque-là de rallier franchement la monarchie en raison de l'étroitesse du parti noble. La déclaration de Saint-Ouen et la promulgation de la charte avaient comblé ses vœux. Louis XVIII lui semblait le plus sage, le plus prudent des rois. Il montrait de grandes faveurs à la noblesse d'Empire, il élargissait le champ des libertés qui avait quasiment disparu sous Napoléon, il favorisait les théâtres et l'Opéra. Monsieur le duc de Berry fréquentait le foyer de la danse, et le comte Théroigne eut à plusieurs reprises l'occasion de se trouver, sinon en sa compagnie, du moins en sa présence parmi les danseuses. Madame la duchesse d'Angoulême, *l'orpheline du Temple*, était un peu raide, un peu cassante, mais ses malheurs le lui faisaient pardonner. Le roi tenait trop au protocole, mais il n'y a pas de roi sans cour ni costume de cour, même si le rétablissement des barbes dans les coiffures prêtait à sourire ; il paraissait également naturel que le roi avantageât la partie de la noblesse qui avait partagé son exil et qu'il reconstituât dans cette intention les emplois honorifiques. Julien admirait que le roi eût imposé silence à sa rancune et maintenu au plus haut de la hiérarchie militaire ou civile des hommes dont il avait eu à souffrir.

Il manquait une seule chose au bonheur de Julien. Le soir, en quittant Emmeline, il se rendait à la salle Louvois dans l'espoir d'y retrouver la pèlerine grise. Il ne vit rien qui ressemblât à l'apparition de l'autre nuit. Il explora les cafés et les restaurants avoisinants. Aucune fille de salle ne présentait la même apparence. Il inspecta méthodiquement les carrefours habituels des filles, sans plus de succès. Elle s'était attardée à considérer Julien dans les yeux, puis s'était retournée encore vers lui au moment de disparaître, comme si elle le connaissait. Ce souvenir dérangeait la tranquillité du comte.

Début mai, Emmeline lui annonça comme une grande merveille qu'ils étaient admis à faire leur cour aux Tuileries. Julien n'avait jamais envisagé de se presser autour du monarque. Il craignait de réveiller des blessures mal cicatrisées. Toutefois, il ne vit pas malice à faire au pas de charge, comme Emmeline le lui représentait, le tour de la galerie de Diane et du pavillon de Marsan, dans une troupe mélangée de nobles de toutes origines. Il consentit ce sacrifice à Eugène dont la position de colonel dans la maison du roi justifiait que son père fût présenté à la cour. Emmeline avait quasiment appris l'étiquette par cœur et mettait un plaisir enfantin à en respecter les détails. Tout se déroulait parfaitement, il appréciait même le côté bon enfant de la présentation, qui se faisait sans faste, sinon sans protocole, au milieu d'une joyeuse bousculade provoquée par l'exiguïté des lieux quand il parvint au pavillon de Marsan, résidence de Monsieur. Celui-ci recevait avec la plus grande urbanité et montrait des manières exquises héritées de Versailles. Soudain un flottement se fit dans les cérémonies. Monsieur s'en aperçut et questionna à voix basse un de ses entours. Sur la réponse qui lui fut faite, il devint blême. Emmeline songea au duc d'Enghien et commit la sottise d'avancer son nom en premier, comme si elle voulait rappeler l'éclat de sa famille et l'alliance dont son mari était en droit de se prévaloir. Ce trait n'adoucit pas Monsieur, qui détestait ses cousins d'Orléans. Le bristol que Julien avait remis à l'huissier portait le Palais-Royal comme adresse, si bien que Monsieur s'imagina que les impétrants étaient logés chez Louis-Philippe et complices des ambitions de celui-ci. L'habit rouge qui se tenait à la droite de Monsieur comprit la situation et, arrachant quasiment le carton des mains de l'huissier, annonça avec insolence Madame la marquise de Sainte-Amarante et Monsieur le comte Théroigne. Il mit tant de morgue et de mépris dans l'énoncé des titres que toutes les personnes présentes se retour-

nèrent et dévisagèrent Julien avec étonnement. Celui-ci
s'avança, salua profondément, considéra à son tour
l'habit rouge et lui dit sur un ton de supériorité :

— Je suis bien heureux de me sentir français
parmi tant d'étrangers.

Les gentilshommes de la garde portèrent la main
à l'épée. Monsieur les arrêta d'un geste.

— Rengainez, messieurs, dit le comte, nous avons
pris la Bastille en 1789. On n'emprisonne plus sur un
mot.

L'habit rouge se planta devant lui :

— Sachez, monsieur le comte, que de longue date
je ne m'honore plus du nom de Français : je suis du
pavillon de Marsan.

Le mot fit le tour de Paris et occupa les salons
pendant plusieurs jours. Il tombait au plus mal. Le
sacrifice de la Belgique, de Nice et de la Savoie venait
d'être annoncé. Il suffirait désormais aux opposants
de dire : « Je suis français », pour exprimer leur
doctrine et leur programme.

Emmeline pleura beaucoup. Cette présentation à
la cour sur laquelle elle comptait pour entrer dans
le monde se terminait en catastrophe. Les salons du
faubourg Saint-Germain qui s'étaient entrouverts
depuis un mois se refermèrent. Elle se vit renvoyée à
sa solitude et ne le supporta pas. Julien lui écrivit
une lettre qu'il voulait de circonstance, mais qui fut
un trait de lumière pour la comtesse.

    « Ma chère et douce amie,

    « Le domaine des sentiments et des idées appar-
tient aux beaux-arts et aux plaisirs. Celui des intérêts
appartient à la politique. Je m'accuse d'avoir manqué à cette règle que cinq lustres de passions sanglantes et bouffonnes ont imposée. Je voudrais que
votre religion et que vos chers poètes allemands fussent du premier domaine, mais je n'en suis plus très
sûr. Moi-même, je suis rangé malgré moi là où je
ne voudrais pas être. Je crois et j'espère que vous

continuerez de porter avec fierté le nom de comtesse Théroigne. »

Emmeline fut à la minute guérie de son abattement. La lettre contenait un programme qu'elle voulut appliquer tout de suite. Son amie, la comtesse de Boigne, lui avait indiqué que l'éclat de Monsieur était dû moins au passé du comte qu'à l'alliance de celui-ci avec la famille de Sainte-Amarante, c'est-à-dire dans son esprit avec la famille d'Orléans. Louis-Philippe venait de rentrer au Palais-Royal avec la duchesse douairière, sa mère, qu'on surnommait *la Veuve Egalité*, et avec Mademoiselle. Deux clans se formaient. Au mot : « Je suis du pavillon de Marsan », Emmeline opposa : « Je suis du Palais-Royal. » Julien se souciait peu d'ajouter une aventure politique à toutes celles qu'il avait vécues. Le fameux « parti d'Orléans » était squelettique. Moins qu'un projet, c'était tout au plus espoir pour ceux qui rêvaient d'associer le costume républicain à l'idée monarchique. La vie du Palais-Royal risquait d'en être perturbée. Déjà Louis-Philippe avait pris quelques dispositions pour assainir les galeries de bois et rien ne répugnait davantage à Julien que les assainissements. Il risquait d'y perdre de précieuses habitudes inavouables. Toutefois l'on n'échappe pas aussi aisément à la renommée. Le mot du pavillon de Marsan valait au comte une sorte de célébrité. L'on chuchotait son nom, comme s'il était le chef d'un parti. On le disait en communication secrète avec l'île d'Elbe ou à la solde du tsar Alexandre qui passait pour ne pas aimer Louis XVIII. On prétendait que Barras et lui-même détenaient le secret du Temple. Précisément Julien reçut une lettre de Barras qui l'invitait à dîner. Les deux hommes ne s'étaient pas revus depuis quinze ans, et il était hors de doute qu'Emmeline ne supporterait pas la compagnie de l'ancien directeur. Celui-ci rappelait à la comtesse une orgie qui s'était déroulée à Grosbois, résidence de Barras sous le Directoire, et au cours de

laquelle des jeunes femmes masquées, parmi lesquelles Emmeline, nues comme Vénus, avaient été
jouées aux dés dans une assemblée de messieurs où
figuraient, outre Barras et Julien, les grandes figures
du régime directorial. Mme Tallien était assurément
de la partie. Les mauvaises langues y ajoutaient Joséphine, l'épouse de Bonaparte. Julien vint chez Barras
à l'improviste. Il connaissait suffisamment les usages
pour savoir que la politesse républicaine consiste en
tout à prendre le contrepied de la politesse commune.
Julien ne reconnut personne des hommes qui formaient la société de Barras. C'était pour la plupart
d'obscurs folliculaires qui mettaient à profit la liberté
de presse retrouvée pour imprimer des pamphlets
contre le gouvernement. La conversation était fort
exaltée. Les *crimes* de Talleyrand et la *trahison* du
duc de Raguse étaient parmi les plus importants sujets
politiques. Du roi, de la charte, des ministres, l'on
ne parlait pas. Quelqu'un proposa de poignarder Marmont, un autre d'adresser une lettre ouverte aux maréchaux d'Empire. Barras fit taire ces sottises et
condamna par avance toute allusion à Bonaparte ou
toute entreprise qui pourrait profiter à celui-ci. Il
voulait un parti purement républicain, dont Carnot
serait le chef. Le maître d'hôtel l'interrompit pour
communiquer son opinion, selon l'usage établi par
Barras qui donnait licence aux domestiques de par-
ticiper à la conversation. La réunion se prolongea
ainsi jusqu'à 11 heures. Ensuite, quand tout le monde
fut parti, Barras retint Julien.

— Eh bien, baron, dit-il, explique-moi comment
l'on devient comte.

Julien sourit.

— La dix-septième heure pour moi était arrivée,
répondit-il.

Barras hocha la tête en signe d'assentiment.

— Je m'en doutais, dit-il. Tu as raison. Ces gens-là
méritent qu'on salisse leurs hochets. Moi aussi, du

reste, j'en profite. Sans le secret du Temple, je serais exilé.

— Loin des filles ! soupira Julien.

— Loin des salles de jeux surtout, dit Barras. (Puis dans un sursaut :) Allons jouer, comte.

— Je ne joue pas, dit Julien.

— Tu me regarderas faire.

Les deux hommes s'en allèrent dans la nuit comme autrefois, à l'époque bénie où il n'y avait plus ni loi ni police, et où les mœurs du Palais-Royal servaient de modèle à la République. Barras s'arrêta devant le café de Foy. D'un geste, il désigna les galeries qui grouillaient de filles et de chalands.

— Tu verras que les curés nous le foutront en l'air ! dit-il.

Ils entrèrent au numéro 9. Julien se coiffa, selon l'usage des lieux où l'on jouait en haut-de-forme. Les joueurs se tenaient en silence autour des tables éclairées par de blêmes lanternes. Les tapis verts, l'argent qui roulait, l'anxiété des visages, la passion muette des mains conféraient à la scène quelque chose d'hallucinant. Les *messieurs de la chambre*, comme l'on appelait les hommes de service, distribuaient de la bière et des verres d'eau sucrée. Quelques filles, qui avaient leurs entrées en dépit du règlement, stationnaient à proximité des joueurs.

— A quoi joues-tu ? demanda Julien.

— Au trente et un et à cinq francs la mise.

— Bigre ! dit Julien, jouer à chaque taille la quinzaine d'un ouvrier, voilà qui paraît honnête pour un républicain !

Barras finissait de s'installer quand un général prussien entra. « C'est Blücher », murmura le chef de partie. Le Prussien s'installa en retirant ostensiblement son chapeau, comme les étrangers de marque en avaient licence, et vint s'asseoir à une table où l'on ne jouait qu'à l'or. Il aligna posément devant lui trente pièces d'or et attendit qu'un brave relevât le défi. Barras donna un coup de coude à Julien. Une femme vêtue de noir venait de s'avancer respectueusement vers Blücher.

— Je suis veuve d'un général français mort à Eylau, dit-elle, et si quelqu'un est assez généreux et assez patriote pour me prêter de l'or, je me ferai un honneur de relever le défi du roi de Prusse !

Aussitôt le chef de partie prêta trois pièces d'or à Adèle ; plusieurs joueurs en firent autant.

— Elle n'a rien perdu de son culot, dit Julien, ni de sa beauté, murmura-t-il pour lui-même.

— Tu vas voir, dit Barras, nous allons rire, la taille est truquée, tous les joueurs sont des pontes.

La partie commença. Selon les règles du genre, elle fut d'abord favorable à Blücher. Ensuite, sur un coup inattendu, il perdit vingt pièces. Tout le numéro 9 s'était groupé autour de la table. Blücher et sa moustache jouait d'un air impénétrable en buvant à petits coups le verre de bière qu'un *monsieur de la chambre* avait disposé sur un trépied à côté de lui. Le contraste entre les hauts-de-forme et la tête nue du général semblait résumer le combat silencieux de la France contre l'occupant.

— Ton ancien gagne-pain prend des risques, dit Barras.

Deux hussards de la mort entouraient Blücher, la main sur le sabre, prêts à sanctionner d'une décapitation le joueur qui aurait eu le front d'offenser leur maître. Sur un nouveau coup, Adèle gagna dix pièces d'or. L'on applaudit.

— Je continue la taille, dit-elle, pour l'honneur de la France !

De nouveaux applaudissements fusèrent. Les hussards manifestaient quelques signes d'impatience. Blücher n'avait plus qu'une seule pièce. Il sembla hésiter sur la régularité de la partie. A cet instant, Julien entra dans la lumière de la table et aligna cinq pièces d'or.

— Vous subissez un écart, général, dit-il, permettez-moi de couper la taille.

Adèle blêmit et d'un mouvement imperceptible fit signe aux pontes de perdre le coup à venir. Le chef de partie hésitait.

— Le comte Théroigne joue pour l'honneur du drapeau tricolore, dit Adèle, en rompant l'usage selon lequel on ne cite jamais le nom d'un joueur.

A ce mot, les pontes inclinèrent la tête. Les dix duels et les cent meurtres que la rumeur attribuait à Julien justifiaient assez ce recul. Le comte s'assit, retira son chapeau, ce qui provoqua des murmures, et joua sans rien comprendre. Il vit seulement les bouts de table qui poussaient l'or devant lui sous les exclamations enthousiastes des joueurs.

— J'arrête la partie, dit Julien. A la différence de Bonaparte, je ne remets pas sans cesse au jeu l'honneur de la France.

Blücher considéra le comte de ses yeux bleus et, lui serrant la main, le remercia chaleureusement pour ce mot, puis il sortit.

— Générale, cet or est à vous, dit Julien à Adèle. Je vous l'offre au nom du drapeau tricolore et je vous invite à souper.

Ce fut du délire parmi les joueurs et un profond soulagement chez les pontes. Adèle s'esquiva un instant pour partager le bénéfice de la tricherie et pour retirer sa robe de travail. Elle revint dans une coquette chlamyde blanche à bandes de soie vertes, qui datait du Directoire, mais qui avait encore belle allure. Tous deux s'attablèrent chez Véry et commandèrent du foie gras.

— Ainsi donc, après avoir joué tant de fois le rôle de marquise, tu fais maintenant la générale, dit Julien.

— Tu fais bien le comte, toi ! répondit Adèle.

— Et quel est ton nom ?

— Je suis la générale de Vassols.

— Bravo ! L'on n'oublie pas les vieux amis !

Dans la pénombre du numéro 9, elle semblait fraîche et séduisante. Sous les lustres du restaurant Véry, elle accusait son âge. Un certain affaissement des lèvres et quelque chose de bovin dans le regard déclaraient la vénalité.

Elle se mit à parler d'abondance. Julien écoutait à demi. Il la regardait boire et manger. Après le foie gras, elle commanda un gigot, et après le gigot, l'incomparable coq de bruyère qui faisait la célébrité de la maison. Il était hors de doute qu'elle le détestait et qu'il incarnait pour elle la réussite du crime, faute impardonnable aux yeux d'une personne malhonnête qui a échoué. Toutefois elle n'en laissait rien paraître. Au contraire, elle conservait une aménité qui lui venait de la Sainte-Foix. Celle-ci avait érigé en principe qu'il faut prendre les hommes par leur point faible. Adèle loua l'apparence physique de Julien, sa stature intacte, sa force musculaire, sans dire un mot de sa carrière ni de ses titres, et en effet le point faible de Julien était de prétendre à l'éternelle jeunesse. Au moral elle le flatta pour sa hardiesse, son coup d'œil, sa rapidité de décision ; elle tut l'habileté, l'adresse, la ruse, l'expérience, c'est-à-dire les qualités de l'âge mûr. Soudain elle mit un terme à ce long préambule pour adopter un air grave et méditatif. Julien s'attendait à quelque stratagème mais non à celui-là ; elle lui avoua tout de go qu'il était père d'une jeune fille ! A plusieurs reprises, il avait subi des sollicitations identiques de filles qui se prétendaient enceintes de ses œuvres. Il avait acheté sa paix par de petites rentes. Néanmoins il se raidit devant l'énormité du propos. Adèle passait les bornes d'au moins quinze ans. Il aurait brisé là, si la curiosité de connaître le passé de son ancienne amie ne l'avait retenu et il demanda à voir l'enfant. Adèle s'adressa à une beauté usée qui arpentait les galeries du Palais-Royal et qui fut trop heureuse d'acheter à ce prix les piécettes de son petit déjeuner. En attendant le retour de la messagère, Julien vint bavarder avec Auber. Celui-ci tout à coup désigna une personne qui passait dans le dos du comte :

— Vous avez donc retrouvé la pèlerine grise ?
demanda-t-il.

Julien se retourna. Sur le moment, il crut à un
complot. Adèle s'entretenait avec la pèlerine :

— Julien, voici ta fille !

Il congédia assez brutalement Adèle et l'envoya finir
la soirée avec de l'or au numéro 9. Il put ainsi à loisir
questionner la jeune fille, qui gardait un air modeste et
paraissait d'une intelligence bornée. Elle confia qu'elle
habitait avec sa mère la rue Verdelet, qui passait pour
l'une des plus étroites et des plus malodorantes de
Paris, et qui s'appelait autrefois rue Merderet.

— L'appartement du moins est-il confortable ?
demanda Julien.

— Non pas, répondit Césarette, le plus souvent
nous sommes obligées de *saloper* dans la rue.

Ce langage dénonçait pour le moins une éducation
négligée. Adèle avait présenté sa fille avec tout le bes-
tiaire commun de la métaphore : elle était méticuleuse
comme une souris, propre comme une chatte, douce
comme une brebis, vive comme une gazelle. Césarette
semblait surtout très propre. Julien en fit l'observation.

— Je me rends chaque jour aux bains *cabanés* de
la Seine, répondit-elle.

Le comte fut touché de ce trait, malgré la bizar-
rerie de l'expression. La propreté avait joué un grand
rôle dans sa vie. Grâce à elle, il s'était éloigné du vulgaire et avait accédé au Palais-Royal, où la propreté
des filles était de règle sous la férule des maquerelles.

— Votre mère vit-elle seule ? demanda-t-il.

— Elle vit avec un *cafiste*, déclara l'enfant.

Julien avait beau être au fait du parler populaire,
ce mot de cafiste lui échappait.

— C'est un monsieur qui passe sa vie au café,
répondit Césarette. Il n'est pas très honnête. J'ai failli
être frite une fois ; c'était alors que j'étais nue parce
que j'avais fait sécher ma robe, mais désormais je
suis sur mes gardes ; il ne m'aura plus.

— Quel métier faites-vous ?

— Je suis artiste à l'*Ambigu-Comique*, dit-elle.

— Et quel est votre emploi ?

— Je mouille !

Julien demeura une fois de plus interloqué.

— Oui, je mouille les chaussons des danseuses pour leur maintenir les pieds au frais ; quelquefois je joue les figurantes.

Césarette avait l'air candide et virginal qui plaît tellement aux libertins. Sa pauvreté la servait. Rien dans sa toilette ne rappelait l'arrogance des femmes du monde. Sa robe de toile grise bordée de dentelle en batiste donnait envie de vêtir l'enfant. Les traits de la demoiselle ne démontraient pas à Julien qu'elle fût sa fille, mais n'infirmaient pas non plus cette hypothèse. Césarette le considérait avec de grands yeux étonnés, intimidée sans doute d'être étudiée avec une attention aussi soutenue.

— Pour l'heure, dit-il, vous ne pouvez demeurer dans cette promiscuité. Venez demain déjeuner chez moi et prenez votre balluchon. Je vous trouverai un logement convenable.

La demoiselle interpréta cette phrase comme un congé. Elle trahissait par là son expérience de la galanterie, où toute conversation se conclut sur un rendez-vous. Elle salua le comte avec grâce à la manière des danseuses, en arborant un ravissant sourire. Elle ferma sa pèlerine, noua les nœuds de son bonnet, et disparut sous les regards avides des soupeurs qui enviaient déjà la bonne fortune du comte Théroigne.

— Eh bien, dit Auber, vos intérêts vont bon train.

Julien lui raconta l'anecdote. En ami véritable, Auber proposa d'engager l'enfant et de l'héberger. Il promit également de faire une enquête à l'*Ambigu-Comique* où l'on jouait des opérettes un peu niaises, qui ne réclamaient pas de grands talents chez les danseuses et moins encore chez les figurantes. Il raccompagna Julien et lui joua sur l'épinette un air nouveau de sa composition.

Le lendemain, dès 7 heures, Emmeline fit savoir qu'elle s'invitait à déjeuner. Cet empressement contraria le comte, qui avait prévu de recevoir Césarette. Ne voulant pas d'embarras domestiques, il choisit d'emmener la comtesse chez Véry. Les motifs d'Emmeline ne tardèrent pas à se manifester. Le duc d'Orléans recevait le jeudi et une sorte de petite cour se formait autour du fils de Philippe-Egalité. Emmeline y voulait occuper sa place le plus rapidement possible. Rien ne pouvait davantage déplaire à Julien. Il avait suivi sa femme à contrecœur aux Tuileries, où cependant le lustre et l'apparat avaient de quoi le distraire. L'idée de bavarder en vêtements bourgeois avec des messieurs qui caressaient le projet de reprendre la Révolution à sa naissance et d'en rectifier le cours n'était pas faite pour lui sourire. Il tenta d'effrayer Emmeline en évoquant la franc-maçonnerie, mais sans succès. « Vous avez toujours aimé vous frotter au péché », dit-il, ce qui fit rougir la comtesse. Le salon était extrêmement dépeuplé quand ils entrèrent. D'antiques personnes rescapées du parti d'Orléans le composaient. La *Veuve Egalité* et son fils furent très amènes avec le comte et la comtesse. La duchesse douairière avait fait sauter Emmeline sur ses genoux. Elle l'embrassa, l'appela « ma petite Emmeline », lui caressa les cheveux, évoqua des souvenirs lointains. Le duc fut à l'aune de sa mère. Il connaissait l'éclat du pavillon de Marsan et se félicitait que Julien, le tout premier dans la noblesse d'Empire, vînt faire sa cour au Palais-Royal. Il prit des nouvelles de la santé du comte comme s'il le fréquentait de toujours et lui resservit du café avec une liberté de manières qui tranchait sur le protocole rigide des Tuileries. Le duc tint les propos les plus nobles sur le roi, sur Madame, sur la charte, mais cette affectation de loyalisme était démentie par des mœurs d'inspiration républicaine. Louis-Philippe savait les nombreuses relations du comte et de la comtesse dans le milieu des artistes. Il montra beaucoup de science en musique, en peinture et en littérature. Il parla des savants — Cuvier, Lagrange — qui avaient illustré l'Empire, et du grand peintre David. Par là encore, il marquait son opposition aux Tuileries où la haine des idées nouvelles allait jusqu'à l'ignorance la plus choquante. Il s'entretint avec Emmeline des littératures allemande et anglaise, en s'affligeant du peu d'imagination des auteurs français, ce qui était presque un propos séditieux en un temps où le roi et Madame ne souffraient pas de théâtre qui fût postérieur à Louis XIV.

De tout cela, Julien fit le bilan. Il ne voulait plus exercer de fonctions officielles, mais il sentait le danger de n'être de nulle part, sans point d'appui et par conséquent sans défense, sauf la crainte qu'il inspirait. Toujours, depuis 1793, il s'était identifié au Palais-Royal. Il n'avait eu d'autre programme que les mœurs et les opinions de ce lieu qui précédait tous les autres sur le chemin de la mode et du succès. Le mouvement giratoire qui dépeuplait le Palais-Royal était amorcé, mais Julien n'était pas sûr encore de son aboutissement. D'une certaine manière, il s'était garanti contre les surprises en s'introduisant dans l'intimité d'Auber, c'est-à-dire du boulevard. Une seule chose retenait le comte : il ne voulait pas reprendre la vie commune avec Emmeline. Or, celle-ci serait peut-être tentée de se rapprocher de la duchesse douairière jusqu'à vouloir rentrer chez son mari. A 3 heures, Julien feignit d'être rappelé par quelque affaire et s'éclipsa en promettant de revenir. A sa stupéfaction, Césarette n'était pas venue déjeuner. Une missive était arrivée à sa place. C'était un mémoire du *cafiste* sur les droits imprescriptibles du père nourricier. Il commençait avec saint Joseph et se terminait avec lui, franc jacobin, ruiné par les riches et les pourris, qui avait pourvu à l'entretien de la fille du comte au prix d'un nombre incalculable de verres d'absinthe. Il s'ensuivait un calcul qui prenait en compte le bois à chauffer, le salaire du porteur d'eau, une demi-livre de pain par jour depuis 1807 et six sous de légumes, une once de savon par semaine, le prix des bains *cabanés* (quatorze sous par semaine car mademoiselle était coquette), l'argent perdu à lui faire apprendre l'orthographe alors qu'elle aurait pu travailler comme fille en linge, les chaussons et la robe nécessaires à son engagement, les douze leçons de danse qu'elle avait reçues, le tout évalué à trois cent soixante-quinze mille livres avec les intérêts composés depuis 1807. La placidité n'était pas la qualité majeure du comte. Il rêva d'aller assassiner le *cafiste* et se retint en considération de son rang. Il aurait pu le dénoncer pour viol, mais il aurait du même coup atteint la réputation de Césarette. Il retourna chez le duc d'Orléans dans l'espoir de calmer ses impulsions meurtrières. Emmeline lui trouva la mine tellement décomposée qu'elle crut à un malheur. Julien lui conta tout par le détail. Cette affaire enchanta la comtesse. Elle jugeait ravissante l'histoire d'une enfant supposée née du Palais-Royal, qui tombait en pleine Restauration comme une rose de Thermidor. Elle le pria de sauver Césarette. Julien attendit la tombée de la nuit pour se rendre rue Verdelet. L'amant d'Adèle s'était privé d'absinthe toute la journée ; il était sur le point de s'évanouir. Le comte pensa l'inviter au café le plus proche, celui des *Filles perdues*. L'endroit méritait trop son nom. Quelques femelles éméchées se vendaient à des ivrognes plus grossiers qu'elles. Ce n'était pas à proprement parler de la prostitution, mais un marché d'un type spécial où des femmes sans toit ni ressources venaient offrir ce qu'elles appelaient leur pucelage à des célibataires désireux de se les attacher pour quelques semaines.

Le *cafiste* en riait et ne voulut pas suivre le comte dans une maison qui ne fût pas plébéienne. Ils tombèrent finalement d'accord sur une salle de billard crasseuse qui dissimulait un club républicain. Julien put à loisir étudier la mine du *cafiste*. Il avait une verrue sur le nez, la face rougie par l'alcool, les cheveux collés sur le crâne, de mauvaises dents noircies par le tabac. Il crachait constamment dans un bocal qui avait été déposé sur la table à cette intention. Son costume était étroit et râpé. Des bagues en ferblanc et une épingle de cravate en verroterie achevaient de signaler l'hôte invétéré des cafés. Julien fut à peu près sûr de l'avoir vu officier comme ponte à la table où l'on avait joué Blücher. Le *cafiste* commença par un long discours sur ses convictions républicaines. Celles-ci l'avaient envoyé à Cayenne sous le Directoire. Il énonça les griefs qu'il formait contre la noblesse. Le plus important était d'avoir les mains blanches quand l'honnête homme va au charbon. Julien lui posa la question de savoir comment il avait rencontré l'ancienne élève de Mme de Sainte-Foix. L'homme ricana méchamment. « Elle aurait pu tomber plus bas », répondit-il, d'où Julien déduisit qu'Adèle était vérolée.

— Je ne vous cache pas, cher ami, dit-il, que je trouve votre chiffre exorbitant.

— La seule chose qui me paraisse exorbitante en ce monde, répondit l'autre, c'est de voir que la fortune prospère sur le fumier.

Il fut impossible de le faire rabattre d'un centime. Le comte se leva et sortit.

Dès 6 heures du matin, il était au ministère de l'Intérieur. Le fichier eut tôt fait de révéler que le *cafiste* — Fournier Antonin, né à Marseille en 1774 — avait été déporté à Cayenne en 1797 pour *babeuvisme*. Il protégeait à l'époque une fille nommée Catherine Lazare, qui se prostituait au Palais-Royal. Julien se souvenait d'un joli garçon, à la faconde méridionale, qui avait vécu avec Catherine dans les combles de *Beauvilliers*. Celle-ci habitait désormais rue Vieille-du-Temple. Julien y courut. Il découvrit une coquette maison dont l'arrière-cour abritait un commerce de grains. Catherine avait peu changé. Son visage restait gai et joufflu, ses cheveux étaient noués en chignon ; elle portait une robe neuve coupée selon les canons de l'élégance de 1795. Elle reconnut Julien et l'embrassa cordialement. La basse éducation de Catherine et le raffinement d'Adèle paraissaient favoriser cette dernière. Le destin en avait disposé autrement. Catherine avait extrait de M. de Vassols ce qu'elle appelait son dernier jus. En récompense, l'ex-président à mortier lui avait légué une petite bourse qu'elle avait investie dans les grains. Elle s'était mariée avec un négociant qui avait fait prospérer le commerce. Julien l'interrogea sur Antonin Fournier. Catherine s'assombrit et bredouilla des explications qui démontraient assez qu'elle s'était débarrassée de son protecteur en le dénonçant. Il la questionna aussi sur Adèle. Catherine l'avait fréquentée jusqu'en 1802. A l'époque, Adèle était encore riche. Elle était commanditée par quatre banquiers qui se partageaient les frais et les plaisirs. Deux d'entre eux étaient morts de maladie vénérienne ; ils avaient aussi partagé les risques. La petite Césarette était née vers 1800. La paternité de Julien était donc plausible.

Fort de ces renseignements, le comte décida d'agir sans verser un sou. L'idée simple de se débarrasser du *cafiste* par une dénonciation lui avait été communiquée par Catherine. Il retourna au numéro 9 où Adèle renouvelait à peu près chaque soir son exercice

de veuve patriotique aux dépens tantôt d'un étranger
et tantôt d'un bourgeois. Fournier se tenait parmi les
pontes. Il lançait à Julien des regards haineux. Le
comte acheta les services d'un *commandant à moustaches en croc*, qui avait authentiquement perdu le
bras gauche à Austerlitz et qu'on surnommait *Croc-
moustache*. Ce *fouchtra* d'Auvergnat connaissait les
cartes à fond. Il tranchait quelquefois des litiges de
jeux. Julien lui offrit plusieurs cafés allongés de
cognac en guise de *gloria* et lui promit de coquets
honoraires s'il élucidait la tricherie. Un samedi soir,
alors que de nombreux joueurs se bousculaient autour
des tables du numéro 9, Julien introduisit les policiers
dans la taille. Celle-ci se jouait au détriment d'un
cultivateur beauceron, qui perdait sa récolte avec de
grands mouvements de désespoir. Il venait de briser
les râteaux. *Croc-moustache* arrêta la main du *cafiste*
au moment du flagrant délit. Tandis que les policiers
emmenaient Fournier et Adèle, Julien revendiqua Césarette. La jeune fille accueillit son libérateur avec des
transports de joie, non pour les motifs que Julien
supposait, mais parce qu'elle allait pouvoir enfin se
rendre à la noce de son amie Tulipe, dont le souper
était déjà fort avancé puisqu'il était passé minuit.
Julien conduisit sa *fille* au restaurant du *Veau qui
tète*, place du Châtelet. Il n'avait plus l'âge d'entrer
de plain-pied dans le mouvement endiablé d'une farandole, mais il fit tout de même honneur à sa réputation. Césarette était aux anges ; elle pensait avoir
conquis sa liberté.

Le surlendemain, Julien reçut d'Adèle la lettre suivante :

« Cher comte,

« Rien ne nous a jamais séparés à l'époque où nous vivions dans une tolérance réciproque l'un envers l'autre. Je hais Fournier et ses idées folles d'indemnisation. Il m'a placée où je suis. Hier j'ai quitté les Madelonnettes, qui étaient une prison fort répugnante, mais une prison tout de même où l'on a l'orgueil du crime ; je viens d'être transférée à Saint-Lazare pour la raison sanitaire que tu devines. Tel fut mon malheur : un homme m'a infectée. J'y ai perdu la santé, l'honneur, la fortune. Ce fut après la naissance de ma petite Césarette, que j'aime plus que tout au monde. Fournier m'a disputé chaque sou que je consacrais à l'éducation de mon enfant. Le résultat en est que Césarette ne sait pas danser et est réduite à des rôles de figurante. Je te prie, mon cher comte, de me tirer d'ici. Tu en as le pouvoir. Césarette sera à toi. Je renoncerai à la revoir jamais, afin de ne pas la corrompre par mon exemple. Je dénoncerai Four-

nier et je te révélerai le secret de la naissance de ma
fille. Je te supplie d'agir vite.

« Ta vieille complice, Adèle. »

Depuis qu'elle vivait chez le comte, Césarette était
pour celui-ci un sujet de grave préoccupation. Elle
apprenait les bonnes manières avec une facilité remarquable. Elle se tenait droite à table, se servait parfaitement du couteau et de la fourchette, elle avait
très vite distingué l'ordre des repas : petites entrées,
grandes entrées, entremets, rôts, desserts, et calqué
son comportement sur celui du comte qui prenait
négligemment dans les plats en abandonnant le principal aux hôtes et aux domestiques. Elle avait établi
entre ceux-ci et elle-même une barrière infranchis-
sable. Sa coquetterie, son élégance, son goût spontané des chiffons exaltaient son exceptionnelle beauté.
Tout ce qui relevait des plaisirs lui était facile, mais,
cette limite franchie, Césarette perdait l'esprit. Sa
conversation était plate ; son unique attitude en
société était de sourire ; elle paraissait gracieuse au
moment de la révérence, puis se taisait et donnait
immanquablement à penser qu'elle était sotte. Emmeline avait voulu la voir. Elle fut découragée par le
silence obstiné de la jeune fille. Sans doute celle-ci
avait-elle pris conscience de l'écart qui séparait son
milieu natif de celui où elle était projetée, mais
Julien s'impatientait de cette attitude. Il avait eu à
franchir des obstacles identiques et n'en avait pas
souffert. Le monde certes avait changé. La liberté
débridée de la Révolution n'existait plus. Les mœurs,
le ton, le style servaient de nouveau à signaler l'éducation et la fortune. L'on ne grimpait plus l'échelle
sociale comme en 1795, et le Palais-Royal, qui paraissait à Julien l'endroit le plus libre du monde, semblait à Césarette un étroit cénacle ruisselant d'or.
Pour la première fois, Julien vit le Palais-Royal, non
avec ses yeux embués de souvenirs, mais avec les yeux
de la jeunesse. Il le trouva *pittoresque*, c'est-à-dire

conforme à l'image que les étrangers se faisaient de Paris. Les prostituées y étaient vêtues en égéries du Directoire, et chaque limonadier racontait ses *journées* de 1792 ou de 1794. Césarette ne discutait pas les raisons de Julien en faveur du Palais-Royal. La plate architecture du boulevard, ses marronniers de province inspiraient à la jeune fille des sensations exquises. L'élégance, le rire, la musique, les journaux, la mode, l'argent, les vraies grisettes d'une nuit émigraient vers cet endroit.

Un matin de novembre 1814, il se présenta à Saint-Lazare. Adèle vint dans un uniforme de serge bleue, les cheveux rasés, la peau maculée de taches mauves et rouges qui signalaient des pustules badigeonnées à l'alcool. Julien la questionna d'abord sur les déclarations qu'elle avait faites à la police. Il fut soulagé d'apprendre qu'elle avait nié toute participation consciente à la fraude de Fournier. A peine avait-elle concédé qu'elle n'était pas générale, tout en protestant qu'elle l'aurait été sans la mort héroïque du glorieux Desaix à Marengo. Elle appliquait à la lettre les instructions de la Sainte-Foix, qui étaient de nier même l'évidence et de toujours s'inventer de hautes relations. Le monde est ainsi plein de recettes godiches qui réussissent presque à tout coup, comme si elles épousaient étroitement les plis de la triste intelligence humaine. Julien posa enfin la question.

— Suis-je le père de Césarette ?

Adèle feignit d'être gênée. Elle n'avait rien perdu de son sang-froid pour dévoiler un *secret*.

— Te souviens-tu qu'Emmeline éprouvait quelquefois la nostalgie des privautés de Mlle Raucourt ? demanda-t-elle. (Julien ne comprenait pas où elle voulait en venir.) A l'époque de votre amitié pour moi, j'ai tenu la chandelle. C'était en 1799. J'étais à la fois le mari d'Emmeline et ta femme, comte. Voilà comment *vous* m'avez fait Césarette.

Julien regarda Adèle avec froideur.

— Ma réputation est au-dessus du chantage, dit-il,

je veux dire qu'elle est en dessous, mais pour Emmeline, c'est différent. Si cette histoire arrive aux oreilles
de qui que ce soit, tu ne sortiras pas de prison.
— Je veux ma rente, dit-elle, une mère a droit à
sa rente.
— Pourquoi donc n'as-tu jamais parlé de cette
naissance plus tôt ? demanda-t-il.
— Parce que sous l'Empire, tu n'avais pas besoin
d'honneur, répondit-elle.
Julien croyait avoir épuisé toute illusion sur les
hommes, mais il en conservait encore un peu sur les
femmes. Cette réplique les lui ôta. Il ne voulut aban-
donner à personne le soin de la défense de la *générale*.
Il s'assura les services de Chaix d'Est-Ange, qui passait pour le meilleur avocat de Paris. La libération de
son ancienne protégée fut rapidement obtenue. Le
jour même où Fournier partait pour le bagne, Julien
signait un contrat de rente viagère à Adèle et une
reconnaissance de paternité pour Césarette.
Toutefois le monde ne le tint pas quitte à si bas
prix. Les mauvaises langues murmuraient que cette
soudaine paternité était le prétexte d'une débauche
inavouable. Emmeline sentit la nécessité de dissiper
ces rumeurs par une éclatante manifestation publique.
Elle venait d'être nommée préceptrice des enfants
d'Orléans. Personne mieux qu'elle n'était à même de
gouverner le combat souterrain de la branche cadette
contre la branche aînée. Elle avait appris de Julien
comment une révolution politique se prépare, se pro-
longe ou se brise par une simple transformation des
mœurs. Elle avait vu le Palais-Royal organiser la
guerre des muscadins contre *la queue de Robespierre*
avec pour seules armes des chiffons et des binocles.
Elle avait vu la Révolution périr dans les théâtres et
la République assassinée par les gazettes. Elle se souvenait de quelle façon son père et le maître de celui-ci,
Philippe-Egalité, avaient utilisé les cafés pour détruire
Louis XVI. Le Palais-Royal s'identifiait au libéralisme
et trouvait enfin la perfection de son usage avec le

retour du duc d'Orléans. Le protocole interdisait aux princes royaux de se rendre aux cérémonies des particuliers. Il sembla à Emmeline qu'un grand bal pour le quinzième anniversaire de Césarette, auquel participerait Louis-Philippe, constituerait pour la jeune fille une belle entrée dans le monde et un camouflet pour les Tuileries. Elle convertit sans peine Julien à son idée et promit de se charger de tout.

Le bal commença à 10 heures. Le buffet était composé de langoustes froides, de bœuf en gelée, d'œufs pochés, de salades, de pâtisseries et de fruits. Martin chanta une romance qu'Auber avait spécialement composée pour l'événement. Elle mettait en valeur la plasticité vocale du célèbre baryton et son aptitude à tenir l'aigu. Pendant qu'il chantait, le duc et la duchesse d'Orléans se glissèrent dans le dos de l'assistance. La discrétion de cette entrée avait été voulue. Seul l'empressement du comte et de la comtesse à traverser la salle pour saluer les princes royaux révéla au public la présence de ceux-ci. Les hommes et les femmes se rangèrent spontanément à gauche et à droite du bal, mais ne purent empêcher le duc et la duchesse de serrer les mains d'un air bonasse et bourgeois. Le duc embrassa Césarette et lui offrit une croix en or. Il complimenta le comte et la comtesse pour leur générosité et veilla à bavarder ostensiblement avec Thérésia Cabarrus, autant dire avec Thermidor. Dans un grand fracas de fanfare, le ballet et la troupe de l'*Ambigu-Comique* s'engouffrèrent sur la scène pour jouer *Madame Angot*. Césarette fut enchantée de cette surprise. Elle battait des mains et adressait de petits signes à ses amies. Ce divertissement contenait le symbole de la soirée. Par-dessus l'Empire, Julien tendait la main à la Révolution. Il désignait du doigt à Louis-Philippe le modèle de la monarchie bourgeoise et la source du libéralisme : Thermidor. Il le mettait en garde contre l'affadissement de l'idée. Sa force était dans le libre bouillonnement des passions et des désirs.

La fête dura jusqu'au milieu de la nuit. Les danses avaient été soigneusement réglées par Vestris afin qu'à aucun moment le plaisir ne faiblît. Les femmes étaient comme transportées par le bonheur de valser, tandis que les messieurs s'empressaient auprès des demoiselles de l'*Ambigu-Comique*. Quand le bal fut terminé, Julien s'approcha d'Emmeline.

— Vous paraissez fatiguée, madame, dit-il, accepteriez-vous de loger chez moi pour une nuit ?

Emmeline acquiesça en souriant. Julien fit coucher Césarette, servit un verre de sauternes à la comtesse et vint s'asseoir près d'elle au coin du feu. Ils tisonnèrent la flamme avec les souvenirs. La conversation roula sur Sainte-Pélagie, sur la Révolution, sur le Directoire et sur la parenthèse impériale. Ils parlèrent aussi du *romanticisme* et de Shakespeare.

— Vous rappelez-vous Mlle Raucourt ? demanda-t-il.

Emmeline répondit sans méfiance.

— D'après Adèle, elle serait un peu cause de la naissance de Césarette.

Emmeline rougit violemment et se dressa comme si elle s'était brûlée aux chenets.

— Je vois que vous saviez, dit Julien.

— Mon ami, répondit Emmeline, vous avez sur moi la supériorité de la naissance, je veux dire que vous tenez de vos origines un esprit d'entreprise que je ne possède pas, mais j'ai sur vous la supériorité de l'éducation. Vous vous êtes cru arrivé quand vous êtes devenu baron. Si je ne vous ai plus aimé, ce n'est pas à cause du duc d'Enghien ni pour les motifs que vous venez d'évoquer, mais parce que j'ai détesté votre apparence d'homme parvenu et fier de l'être. Votre regard s'est éteint, vos traits se sont durcis, vous avez cessé d'être l'*homme naturel* que vous vantiez sous le Directoire. Pardonnez-moi, mais en vous voyant, j'avais l'impression de lire le Code civil ! Pour votre gouverne, depuis douze ans, je nourris Césarette.

Je n'ai pas comme vous des juges pour me protéger
du chantage !

— Est-ce tout ? demanda Julien.

— Non, ce n'est pas tout. Paris est plein de vous
depuis l'éclat du pavillon de Marsan. Il vous suffirait
d'une action, d'un geste pour devenir le chef du parti
libéral. Notre vie n'aura son sens que du jour où le
Palais-Royal aura trouvé son emploi grâce à mon
père, à vous, à moi, à Eugène, et grâce au duc d'Orléans. Quant à Adèle, vous avez, je crois, les moyens
de lui imposer silence.

Césarette fut bientôt admise dans le corps de ballet de l'Opéra, grâce aux leçons de Vestris et à l'influence du comte Théroigne. La jeune fille manquait du style zéphyrien qui était à la mode, mais elle avait du *ballon* et son aisance dans les entrechats en faisait une excellente danseuse d'accompagnement. Monsieur le duc de Berry fréquentait le foyer de la danse. Son premier gentilhomme, M. de Thiais, était un personnage arrogant, roide, soupçonneux, vêtu de noir, dont les manières revêches contrastaient avec celles de son maître qui était plutôt affable. Quelquefois le duc de Berry organisait des soirées auxquelles il conviait des danseuses. Une rapide sélection s'organisait dans une petite salle attenante au foyer de la danse. Le duc s'y retirait, et les danseuses qui sollicitaient l'honneur de danser pour lui attendaient leur tour devant la porte. Elles entraient une à une, faisaient quelques pas et ressortaient. M. de Thiais leur remettait un carton si elles étaient invitées ; il les saluait d'un mouvement de son haut-de-forme si elles ne l'étaient pas. Quand le contingent était complet, il claquait bruyamment la porte, comme l'on faisait à Versailles devant les solliciteurs rebutés. Ce bruit était d'étiquette. Il paraissait insolent avant 1789 ; il était inconvenant en 1815. Césarette ne s'était jamais présentée chez monsieur le duc de Berry par crainte du comte. Un soir qu'elle savait son père au Palais-Royal chez le duc d'Orléans pour l'anniversaire du jeune duc de Chartres, elle prit sa place dans le petit rang à côté de la porte. M. de Thiais officiait comme à l'ordinaire avec une morgue royale. Il fit attendre Césarette la dernière. Le contingent était complet lorsqu'il l'appela pour aussitôt lui claquer la porte au nez. L'incident serait demeuré sans conséquence si *Croc-moustache*, subsidié par Julien pour surveiller Césarette, n'avait espionné dans la coulisse. Il fit rapport à son maître, qui distingua immédiatement le parti qu'il pouvait tirer de cette orgueilleuse innocence pour lui-même et pour la maison d'Orléans.

Il s'inquiéta du jour où monsieur le duc de Berry procéderait de nouveau à sa petite cérémonie. Quand il fut averti qu'elle aurait lieu, il ordonna à Césarette de s'asseoir dans le petit rang ; lui-même s'installa en spectateur dans le foyer de la danse. A chaque entrée et à chaque sortie, il considérait M. de Thiais avec arrogance. La noble personne avait sans aucun doute reconnu son ancien rival auprès d'Emmeline, mais n'en montrait rien. Le contingent était déjà complet et la voix de monsieur le duc de Berry venait d'ordonner très distinctement d'arrêter l'appel quand M. de Thiais, par vanité, nomma Césarette. La jeune fille bondit et se mit en position de saluer gracieusement. A cette seconde, la porte claqua devant elle. Elle resta bouche bée, ne comprenant rien à ce qui lui arrivait. Le comte se leva.

— Quel est ce bruit, monsieur ? demanda-t-il.

— Ce bruit est d'étiquette, comte, répondit M. de Thiais.

— Celui-ci également, dit Julien, en giflant le gentilhomme.

Quoique le duel parût forcé, le roi essaya de l'éviter de toutes les façons. Il ne voulait pas que Paris sût l'assiduité de monsieur le duc de Berry au foyer de la danse, ni le plaisir qu'avaient pris les entours de l'héritier de la couronne au rétablissement d'un usage anachronique. Il dépêcha le comte Decazes chez le comte Théroigne en priant celui-ci d'excuser M. de Thiais, mais cette lettre ne portait d'autre signature que celle du comte Decazes lui-même, si bien que Julien demanda des excuses personnelles à M. de Thiais, qui refusa. La cour n'était pas unanime sur cette affaire. Madame et le pavillon de Marsan pensaient que le cas était blâmable, mais qu'*a fortiori* M. de Thiais ne pouvait se dérober.

Julien se prépara soigneusement au duel. Il s'entraîna toute la journée avec *Croc-moustache*. Il rédigea son testament. Il coucha tranquillement avec Emmeline. A 6 heures du matin, il était dans les jardins du Palais-Royal. M. de Thiais l'y attendait déjà en compagnie de monsieur le duc de Berry.

— Je ne veux pas, dit Julien, qu'un malheureux ricochet puisse atteindre un prince royal et je ne voudrais pas davantage, monsieur, que votre mort fût un fâcheux présage pour la carrière de monsieur le duc.

Sosthène de la Rochefoucauld accepta finalement d'être le témoin de M. de Thiais. *Croc-moustache* fut celui du comte Théroigne. Les deux témoins convinrent sans peine que le comte était l'offensé. Il leur eût été difficile de décider autrement après le roi. Julien avait donc le choix des armes. Il prit le pistolet où il se savait imbattable. Il recula de vingt pas, tira le premier et logea sa balle sous la poitrine du gentilhomme. Celui-ci mourut tout de suite. Conformément à l'usage, Julien vint s'incliner devant le corps de sa victime ; il s'y trouva face à monsieur le duc de Berry :

— La fatalité, monsieur le duc, m'aura maintenu malgré moi dans le parti de la Révolution. (Il ajouta dans un souffle) : C'est qu'on ne renie pas si facilement ses origines.

Tout le monde crut qu'il pensait à sa naissance. En réalité, il songeait au Palais-Royal. Emmeline, courageuse, avait suivi le duel par la fenêtre. Elle adressa à son mari un signe de victoire. Sûre de celle-ci, elle avait déjà commencé son emménagement. Malgré sa dureté de cœur, Julien était encore capable de s'attendrir sur lui-même. Ses yeux s'embuèrent. « Ma mort eût été logique », pensa-t-il. Il aurait voulu mourir au champ de bataille, en 1795, dans l'aube de la jeunesse, béni des dieux, avant que la vieillesse ne vînt gâter sa vie et son siècle. Mais enfin, puisqu'il fallait vivre, il ordonna à son secrétaire de préparer une proclamation.

La logique pouvait trouver à se satisfaire de voir Julien conclure sa carrière dans le libéralisme comme une paraphrase de la Révolution, mais lorsqu'il y songeait, il ne trouvait d'autre motif à son comportement que le désir de demeurer au Palais-Royal. Louis-Philippe venait de réunir le bataillon des meilleurs avoués de Paris pour faire déguerpir de son palais tous ceux qui tenaient leur titre de quelque comité révolutionnaire. Julien était de ceux-là. Afin de s'entraîner à une destinée plus calme, il avait tenté de loger chez Emmeline, rue du Faubourg-Saint-Honoré, dans une superbe chambre datant des dernières années de Louis XV. Quand il avait vu à minuit la rue toute noire sous ses pieds, il était précipitamment rentré au Palais-Royal avec sa femme et ses gens.

Julien n'usait presque plus des commodités de celui-ci, quoique Emmeline fût distraite. Néanmoins, il restait le contemplateur du spectacle de sa jeunesse et l'admirateur de ce que la France avait été en 1795, quand tout paraissait possible. L'égoïsme et les haines personnelles avaient tenu Julien sagement à l'écart des Cent-Jours, qu'il avait passés à

Dourdan dans le château familial des Sainte-Amarante. Le retour de Napoléon ne l'avait pas étonné. Il avait pu juger combien la cour et le faubourg Saint-Germain vivaient en dehors du siècle. Il ne regretta pas l'échec de l'empereur. Néanmoins il souffrit de la défaite de Waterloo à cause de la Belgique qui était définitivement perdue. L'été de 1815 finissait. La seconde Restauration venait de disperser Carnot, La Fayette, Benjamin Constant ; le comte Théroigne accédait au rang de chef de parti. Le hasard et l'amour de soi-même y étaient pour beaucoup. Au reste, il ne s'accusait nullement de manquer à l'idée libérale par cette exclusive considération du plaisir, laquelle, au contraire, lui semblait le véhicule le plus assuré entre l'ancienne et la nouvelle société. Louis XVIII ? Napoléon ? les soldats du tsar ? était-ce l'ordre ? Et la justice : le 21 janvier ? Robespierre ? les massacres de septembre ? Ces mots creux pèsent le poids de l'ambition ou de la haine qui les habitent, tandis que les plaisirs et la liberté consistent en choses concrètes qui se définissent par la personne et par le respect de la personne de chacun. De nouveau, il voyait les Français en train de se déchirer pour imposer leur constitution, leur école, leur université, leur conception des spectacles, des ordres dans l'Etat, de la littérature, alors qu'il eût été si simple de laisser à la liberté le soin d'achever ce qui est vieux et d'élever ce qui est neuf.

— A quoi songez-vous ? demanda Auber qui était inquiet du long silence du comte Théroigne.

Celui-ci eut un geste vague pour signifier qu'il pensait à tout et à rien.

— Il fait beau, dit-il, Thérésia sera contente.

L'été en effet brillait de mille feux.

— Peut-être sera-ce ici, ou sera-ce là ? dit Julien en désignant une haie puis une autre. Ils en délibèrent au Congrès de Vienne.

Auber hocha la tête. Bien que Julien ne lui en eût

jamais parlé, il savait que l'arrachement de la Belgique à la France constituait pour l'ancien adjoint de Barras la déroute de ce grand mouvement de liberté qui avait uni les deux pays en 1792 comme deux cœurs battant à l'unisson. Pour l'heure, personne ne savait encore si le château de Chimay, où Thérésia les attendait, se retrouverait en France ou aux Pays-Bas, mais M. de Chimay, prince du Saint Empire, trop heureux de chagriner sa femme, avait déjà pris la route de La Haye, où le prince d'Orange venait de lui signifier que la cour luthérienne des Pays-Bas ne désirait pas l'ornement d'une Thérésia Cabarrus. « Dix années de vertu ne suffisent donc pas à réparer quelques folies de jeunesse », avait écrit innocemment celle-ci à Emmeline. « Nous irons à elle, avait dit Julien, puisqu'elle ne peut plus venir à nous. »

Thérésia les attendait sur le perron du château, entourée de petites filles qui tenaient des bouquets de fleurs à la main et qui firent aux visiteurs la grâce d'un compliment et d'une révérence. Emmeline embrassa chaleureusement celle qu'autrefois elle appelait sa marraine. Julien considéra le parc avec nostalgie.

— Vous avez bien de la chance, dit-il, d'être redevenue une personne de l'Ancien Régime.

Thérésia sourit. Le choix même de l'expression indiquait que pour Julien cet ordre ancien ne reviendrait pas, qu'il ne connaîtrait ni retour ni restauration.

— Je ne puis vous garantir que vous êtes en France, dit Thérésia, mais vous n'êtes pas en Allemagne !

— Nous ne sommes encore que flamands ! répondit Julien qui avait une mémoire tenace des idiomes et des divisions territoriales des Pays-Bas.

— Je vais vous conduire à vos chambres, dit Thérésia, et vous faire servir des rafraîchissements.

La journée se passa en charmants bavardages sous une tonnelle qui évoquait Watteau. Le XVIIIᵉ siècle ne se décidait pas à mourir. Vingt années de fureur

et de sang n'avaient pas suffi à dissoudre son indolence. Les manières de Thérésia entretenaient cette
illusion. Il n'y avait jamais rien eu en elle de grave.
Son sourire, son abandon, sa rêverie semblaient promettre un bonheur indéfini. Elle eût été mieux que
Joséphine une grande impératrice. Hélas, elle avait
choisi Tallien et Barras au lieu d'un quelconque Bonaparte. Peut-être lui avait-il manqué la vergogne d'Emmeline, cette qualité qui retient les femmes d'être à
tous les hommes, c'est-à-dire de n'en gouverner aucun.
L'union entre Julien et Emmeline était déjà branlante
lorsqu'en 1802, Julien s'était rendu au bal masqué du
Premier consul en compagnie de Thérésia. Il avait
pris soin de se montrer à visage découvert, si bien
que tout le monde pensa reconnaître Emmeline dans
la blanche créature qui l'accompagnait. Aussi Bonaparte avait-il fait l'hommage d'une danse à ce masque
ravissant et vertueux. La mise en scène avait été calculée entre Julien et Thérésia pour permettre à celle-
ci de se rapprocher du Premier consul et de tenter
une dernière fois sa chance. Bonaparte avait été affable, mais n'avait rien modifié à sa résolution d'exclure Thérésia des Tuileries. Auber s'efforçait de discipliner l'orchestre de la chapelle du château. Apparemment il éprouvait des difficultés. Le barbier qui
avait rasé Julien à son arrivée lui avait désigné une
contrebasse d'où il avait extrait un rasoir. « Tout
à l'heure, dit-il, vous me verrez dans l'orchestre ! »
Le trait, qui semblait emprunté à l'Italie, ravit
Julien. Il en avait connu vingt autres semblables lors
de son séjour à Milan en 1808. Il s'était lié avec un
musicien du nom de Coccia qui était le personnage
le plus fantasque que l'on pût imaginer. Il n'écrivait
naturellement qu'à table, de telle sorte que chaque
nouvel acte de ses multiples opéras était signalé par
une augmentation de son embonpoint.

— Vous ne trouvez pas que Grétry est véritablement trop français ? dit Julien à Auber.

Celui-ci suait sang et eau.

— Vous avez de la chance de reconnaître Grétry sous le miaulement des cordes, répondit-il.

La nuit tombait ; la représentation commença sur la terrasse parmi les torchères. L'ouverture fut impitoyablement massacrée par l'orchestre. Thérésia était contrite. Julien s'amusait de l'événement, car chaque note de la musique de Grétry semblait repousser les Hollandais au-delà du Rhin, comme autrefois les armées de Jourdan et de Dumouriez. Alors qu'Auber s'efforçait d'imposer le même duo à deux solistes, un bruit de fanfare retentit dans la campagne. Thérésia, désespérée de voir sa fête sombrer dans le ridicule, se mit la tête entre les mains. Dans le fond de l'allée qui conduisait à la cour d'honneur, l'on voyait arriver un régiment en uniforme d'Empire, précédé d'un porte-étendard à bonnet à poil, marchant au pas cadencé. Les tambours se mêlaient au duo d'amour de Grétry. C'était la ville de Chimay qui venait faire l'hommage de son irrédentisme à Auber et au comte Théroigne. Auber avait déposé la baguette et l'orchestre sombrait dans un étrange cafouillis de tous les instruments lorsque le jeune soprano s'avança jusqu'à la rampe. L'usage était sous la Révolution de chanter à cet endroit un hymne révolutionnaire. Julien s'en souvenait mais croyait l'usage oublié. Comme la fanfare amorçait son virage devant la scène, la jeune chanteuse ouvrit les bras et entonna *la Marseillaise*. Un temps d'arrêt suspendit le pas de la fanfare qui était composée d'anciens du 148e de ligne, régiment presque entièrement belge. Julien se leva et lança son chapeau en l'air en criant : « Vive la France. » Les grognards se mirent au garde-à-vous, la petite assemblée fit de même, et tout le monde accompagna l'orchestre dans une retentissante *Marseillaise*.

Ce fut à Chimay que Julien écrivit le premier et le plus fameux de ses articles du *Constitutionnel*. La fin en parut remarquable :

« Le libéralisme est pour moi l'insurrection de l'instinct de vie contre les faiseurs de systèmes. Je ne me souviens pas d'avoir jamais considéré que la Révolution fût autre chose que le commencement de la liberté en Europe, ni que celle-ci pût être vaincue. »

CONCORDANCE DES CALENDRIERS
REPUBLICAIN ET GREGORIEN

1er vendémiaire : 22 septembre 1793 ; 22 septembre 1794.
1er brumaire : 22 octobre 1793 ; 22 octobre 1794.
1er frimaire : 21 novembre 1793 ; 21 novembre 1794.
1er nivôse : 21 décembre 1793 ; 21 décembre 1794.
1er pluviôse : 20 janvier 1794 ; 20 janvier 1795.
1er ventôse : 19 février 1794 ; 19 février 1795.
1er germinal : 21 mars 1794 ; 21 mars 1795.
1er floréal : 20 avril 1794 ; 20 avril 1795.
1er prairial : 20 mai 1794 ; 20 mai 1795.
1er messidor : 19 juin 1794 ; 19 juin 1795.
1er thermidor : 19 juillet 1794 ; 19 juillet 1795.
1er fructidor : 18 août 1794 ; 18 août 1795.
Jours sans-culottides an II : 1-5 = 17-21 septembre 1794.
Jours sans-culottides an III : 1-6 = 17-22 septembre
   1795.
 9 thermidor an II : 27 juillet 1794.
12 germinal an III : 1er avril 1795.
1er prairial an III : 20 mai 1795.
13 vendémiaire an IV : 5 octobre 1795.

TABLE DES MATIÈRES

ACHEVÉ D'IMPRIMER LE
21 JUIN 1983, SUR
LES PRESSES DE LA
SIMPED A ÉVREUX POUR
JULLIARD ÉDITEUR
A PARIS

Numéro d'édition : 4688
Numéro d'impression : 7313
Dépôt légal : septembre 1983